MYST 014

怪奇孤兒院

MISS PEREGRINE'S HOME FOR PECULIAR CHILDREN

蘭森·瑞格斯（Ransom Riggs）◎著
伍立人◎譯

高寶書版集團

怪奇孤兒院

MISS PEREGRINE'S HOME FOR PECULIAR CHILDREN

序

正當我開始接受平凡無奇的生活時，不凡的事逐一發生了。這些突如其來的轉變令人錯愕，永遠改變了我，也把我的人生劃分為前後兩階段：「之前」和「之後」。之後一連串不凡的變化接踵而來，全都和我的祖父亞伯拉罕．波曼息息相關。

在我的成長過程中，波曼爺爺是我所認識的人物當中最具傳奇色彩的。他待過孤兒院、打過仗、搭蒸汽船遠度重洋、騎馬橫越沙漠、參加過馬戲團表演，也經歷過荒野求生，他對槍枝和防身術了若指掌，除了英文之外，還會至少三種語言。對一個從未離開過佛羅里達州的孩子而言，他的人生充滿濃烈的異國色彩。每次只要我們聚首，我總是殷切哀求他告訴我更多故事；而他總是依順著我，輕聲訴說他的經歷，彷彿這一切是不可告人的祕密，而我是他唯一信任的人。

六歲的時候，我決定要成為一個探險家，唯有如此，我的人生才有可能像波曼爺爺的一半精采。他不斷鼓勵我，陪我共度無數個午後，在我身旁彎著腰，教我閱讀世界地圖。我們在地圖上釘了一連串紅色的大頭圖釘，用想像力策劃航線；他告訴我，有朝一日，我會發現許多令人驚奇的地方。回到家裡，我興高采烈地宣告志向，把厚紙板捲成筒狀貼在眼前，口中高喊「有陸地」或是「準備上岸慶功囉」，卻被我爸媽轟到外頭。我猜他們擔心爺爺給我灌輸太多不切實際的夢想，蒙蔽了更實際的企圖心，導致我無法自拔，無法朝向社會普遍認同的目標前進。大概是因為如此，所以某天媽媽把我拉到一邊促膝長談，告訴我，我不能當探險家，因為這個世界已經被探索完了。我生錯了時代，而且我心裡覺得被欺騙了。

我慢慢了解波曼爺爺大多數的故事根本不切實際，更覺得自己被背叛。他的童年故事尤其扯，他說他出生在波蘭，十二歲時被送到英國威爾斯的孤兒院。當我問他為什麼要離開父母時，他的回答永遠千篇一律：因為怪物要抓他。他說，波蘭的怪物多到讓他無法喘息。

「怎樣的怪物？」我睜大眼睛問道，這問題已經變成了一種例行公事了。「可怕極了，彎腰拱背，皮膚潰爛，眼珠烏漆嘛黑。」他說：「而且他們這樣走路！」然後他左搖右晃地追著我，宛如老電影裡的怪物，我則邊跑邊哈哈大笑。

他每次描述怪物，都會增添一些恐怖的小細節：他們散發惡臭，像腐敗的垃圾堆；他們身體透明，只看得見影子；他們的嘴巴裡藏著好幾條觸鬚，觸鬚會瞬間張牙舞爪地竄出來，把人捲進他們有力的口中吞食。不久之後，我就患上失眠的問題；天馬行空的想像力作祟下，我常常誤以為窗外輪胎和溼馬路的磨擦聲是怪物沉重的呼吸，也常把門縫的陰影幻想成扭動的黑灰色觸角。我害怕怪物，但是想到爺爺隻身和他們搏鬥、並得以存活下來訴說他的冒險故事，就覺得心情一振。

他在威爾斯孤兒院的故事也總是令我聽得出神。他說，那是個奇幻之地，專門保護被怪物迫害的孩子，島上每天豔陽高照，從沒有人生病或死亡。所有的孩子都住在一棟大房子裡，受一隻睿智的大鳥保護——至少他的故事是這麼說的。然而，隨著年紀增長，我心中也開始冒出問號。

「怎樣的大鳥？」那是七歲的一個午後，我懷疑地盯著爺爺問道。他坐在茶几的另一頭，故意讓我贏一局大富翁。

「一隻叼著菸斗的大老鷹。」他說。

「你一定以為我很蠢吧，爺爺。」

他手上那一疊橘橘藍藍的玩具鈔越來越薄。「我當然不會這樣想，雅哥。」我知道我一定刺激到他了，因為他始終無法完全擺脫的波蘭腔又跑出來了；他的「會」說得像「灰」。「想」說得像「賞」。一陣罪惡感襲來，我決定姑且順著他的話。

「但是為什麼怪物要傷害你？」我問道。

「因為我們和一般人不一樣，我們很特別。」

「怎麼個特別？」

「喔，各有各的特別之處。」他說：「有一個女孩子會飛，有一個男生肚子裡住著蜜蜂，還有一對兄妹可以把巨石舉過頭。」

我看不出他是否是認真的，但是我爺爺並非愛說笑話的人。他看穿我臉上的懷疑，失望地皺起眉頭。

「沒關係，你不一定要相信我的話。」他說：「我有照片為證！」他從折椅上站起身走進屋子，留下我一個人在戶外陽臺上。一分鐘後，他捧著一個老舊的雪茄盒回來，從裡頭抽出四張布滿折痕的泛黃照片，我不由自主地把身體湊向前。

第一張照片暗淡模糊，看似一套沒有人穿的衣服，否則就是穿衣服的人沒有頭。

「他當然有頭啊！」爺爺笑盈盈地說：「只不過你看不見。」

「為什麼？他會隱形嗎？」

「嘿，你真是小天才！」他挑了挑眉，似乎對我的推理能力大為驚嘆。「他的名字叫做米勒，很會搞笑的孩子。他有時候會跟我說：『嘿，亞伯，我知道你今天做了什麼好事。』接著他會告訴我我當天去了哪裡、吃了什麼、有沒有趁著四下無人偷偷挖鼻孔。他有時候像小老鼠一樣跟蹤人，因為他沒穿衣服，所以你看不到他，他很愛觀察！」他搖搖頭說：「我正想給你看這張，你看看。」

他遞了另一張照片給我。我看了一會兒，只聽他繼續說：「所以呢？有看出什麼嗎？」

「一個小女孩？」

「還有呢？」

「她戴著后冠。」

他用手指彈了彈照片的底部。「她的腳呢？」

我把照片拿到眼前細看，小女孩的腳並沒有踩在地上，但是她也沒有跳躍——她似乎浮在半空中。我的下巴掉了下來。

「她會飛！」

「很接近了。」爺爺說：「她會飄浮，只不過她的自我控制力不好，我們有時候必須在她身上綁一條繩子，以免她飄走！」

我目不轉睛地盯著她洋娃娃般的臉龐，壓抑心中的震撼。「這是真的嗎？」

「當然是真的。」他理所當然地回答，一邊拿走我手中的照片，並遞上另一張。這次是一個纖瘦的小男孩，他徒手舉起大岩塊。「維多和他妹妹不太聰明。」他說：「但是，老天啊，他們真強壯。」

「他看起來並不強壯。」我看著男孩瘦弱的手臂說道。

「相信我，他很強壯。我有一次和他比腕力，他差點把我的手扭斷！」

不過最詭異的就是最後一張照片，那是一個人的後腦杓，上面卻畫著一張臉。

我一邊盯著最後一張照片，一邊聽波曼爺爺解釋。「他有兩張嘴，看到了沒？一張在臉上，一張在後腦杓，所以他才長這麼大塊頭、這麼胖！」

「但是這是假的。」我說：「這張臉是畫上去的。」

「當然啦，油彩畫的臉是假的，這是為了馬戲團表演。但是我告訴你，他真的有兩張嘴，你不相信嗎？」

我思考了片刻，看看照片，又看看我爺爺。他的表情真誠而開朗，他何必說謊？

「我相信。」我說道。

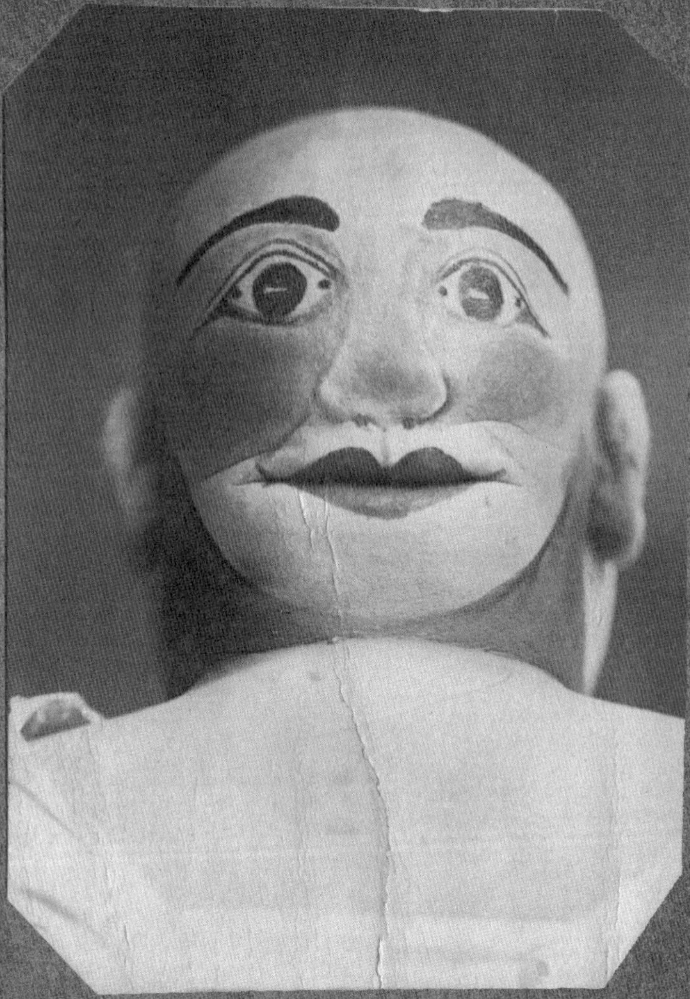

我當時真的相信，還信了至少好幾年；最主要的原因是因為我想要相信他，就好像其他同齡的孩子想要相信耶誕老人存在一樣。我們緊緊抓著童話故事不放，直到有一天我們因為相信而付出了慘痛的代價。對我而言，那代價發生在二年級的某天午餐時間，羅比・詹森當著一整桌女生的面把我的褲子扯下來，並高喊我相信童話，我猜他大概看不慣我總是在學校裡反覆宣揚我爺爺的故事。就在那令我羞辱難堪的幾秒鐘裡，我知道我休想在未來幾年甩開「童話男孩[1]」的封號了。因為這樣，我埋怨起爺爺，雖然我也知道我沒理由把責任推到他身上。

那天下午，我爸爸媽媽都在上班，波曼爺爺照例來學校接我回家。我坐上他那輛老舊龐蒂克車的乘客座，大聲告訴他我再也不相信他的童話故事了。

「什麼童話故事？」他一邊問，一邊低頭從眼鏡上方看著我。

「你知道的，那些故事，關於小孩子和怪物的。」

他面露困惑。「有人說那是童話嗎？」

我告訴他，虛構的故事就是童話，童話是給會尿褲子的小嬰兒聽的，還指控他的故事和照片都是假的。我以為他會發怒或是為自己辯駁，不過他只說了聲「好吧」，接著就駕著龐蒂克進入車道，大力踩下油門，直駛而去。事情就這樣告一段落。

❶ Fairy boy。fairy 另有歧視同性戀的意味。

我猜他早就料到了會有這一天，我終究要長大；但是他轉眼間便絕口不提，更讓我覺得自己好像被背叛了一樣。我無法諒解他為何要編造這一切謊言，騙我相信這些誇張的無稽之談。事隔好幾年，爸才向我解釋：爺爺曾經告訴過爸同樣的故事，其實那並非謊言，而是誇大、改編過的事實，這是因為波曼爺爺的童年完全沒有童話，只有恐怖的故事。

第二次世界大戰爆發前，爺爺逃出了波蘭，是他們家族中唯一的倖存者。他的父母把這個最小的兒子送上前往英國的火車，把他交給一群陌生人。當時他才十二歲，全身上下只有一個行李箱和身上的衣服，口袋只有一張單程車票，從此再也沒見過他的爸爸媽媽、哥哥、堂兄弟、阿姨或叔叔。他驚險逃過怪物的魔爪，家人卻在他十六歲生日前就都被怪物殺死了。不過這些怪物並非七歲小孩噩夢中的妖怪，滿口觸鬚、皮膚潰爛；這些怪物具有人類的面孔，穿著整齊合身的制服，腳踢正步，平凡的模樣讓人看不出他們真實的身分，等到他們的身分曝光時，卻為時已晚。

就如同怪物一樣，他口中的奇幻島也是美化過後的真實存在。相較於恐怖陰暗的歐洲大陸，爺爺生長的孤兒院想必像天堂一樣，所以在他的故事版本裡，那裡美輪美奐，就像是終年陽光普照的祥和聖地，住著守護天使以及魔法孩童，當然他們並非**真的**會飛、隱形，或舉起大石頭。他們之所以被追殺，並非因為具有奇特的能力，而只是因為他們奇特的血緣——他們都是猶太人，他們都是戰爭孤兒，被鮮血沖到彼岸的小島上。他們的特別之處並不在於具有特異功能，而在於他們逃離了猶太貧民區和毒氣室。這是一樁奇蹟。

我再也不請爺爺說故事給我聽，而我心中也暗自覺得他鬆了一口氣。他早年的故事彷彿包覆了一層迷霧，我無意窺探。他經歷過地獄般的低潮，自然有權保持私密。想到我曾經忌妒他的人生歷練，我感到羞愧難耐。他付出了慘痛的代價才有今天，而我只能告訴自己，我並不配獲得現在的生活，能夠平安、平凡的生活就是最大的幸福。

然而，幾年後，我十五歲了。一件不平凡而可怕的事發生了，把我的人生劃分成「之前」和「之後」。

1

「之前」的最後一天，我花了一下午，用一盒盒的成人尿片搭建出一座一比一萬比例的帝國大廈模型。成品美輪美奐，真的不誇張，它的基座長達五英尺，高高矗立在化妝品陳列區；底層用的是特大號商品，觀景臺採用輕便型，頂端著名的尖塔以試用包小心翼翼堆疊而成。一切接近完美，只欠缺一個關鍵的小細節。

「你用的是內不漏（Neverleak）。」雪莉一邊說一邊疑惑地皺著眉頭，望著我的藝術作品。「我們促銷的是適而泰（Stay-Tite）。」雪莉是店經理，她無精打采的肩膀、鬱鬱寡歡的神情和她的制服合為一體，就好像我們上班必須穿藍色馬球衫一樣。

「我以為妳說用內不漏。」我說道，因為她確實這麼說過。

「適而泰。」她邊堅持邊懊悔地搖頭，好像我完成的高塔是一匹瘸腿的賽馬，而她拿著珍珠握柄的手槍，別無選擇。空氣中浮盪著短暫而尷尬的寂靜，她不斷搖著頭，目光在我和高塔之間來回游移。我則兩眼無神地盯著她，假裝不明白她以退為進的用意。

「喔……」我最後終於說：「妳是希望我重做一次嗎？」

「實在是因為你用內不漏啊。」她回答。

「沒問題，我馬上動手。」我腳上穿著黑色制服球鞋，輕輕踢開塔底的一個紙盒，宏偉的建築瞬間如瀑布傾瀉而下，散倒在我們周圍；尿布淹沒了地板，四處飛散，還撞上顧客的腿，讓很多人大吃一驚。其中一個紙盒甚至滾到自動門邊，玻璃門滑開，一陣八月的熱浪湧了進來。

雪莉的臉漲紅，宛如成熟的紅石榴。她應該要當場開除我，但是我知道我沒這麼幸運。這整個夏天，我一直試圖讓仕美公司開除我，結果證明這幾乎不可能。我一再遲到，不斷編造荒誕可笑的藉口，還誇張地找錯零錢，甚至故意把商品陳列在錯誤的架子上，像是把乳液和瀉藥、節育商品和嬰兒洗髮精擺在一塊。我鮮少如此認真努力，但是不論我假裝得多麼弱智無能，雪莉依舊固執地支付我薪資。

容我把先前的陳述修飾得更清楚：對我而言，被仕美開除幾乎不可能。一般員工在犯這麼多小錯誤之前老早被掃出門外了。這是我人生的第一堂政治學。我住在安格伍這個小而靜滯的濱海城鎮，這裡有三家仕美，薩拉索塔郡有二十七家，全佛羅里達州共有一百一十五家，它就像無藥可救的疹子，密密麻麻遍布全州。我之所以無法被開除，是因為每一家仕美都是我的舅舅所有；而我之所以無法辭職，是因為沿襲已久的神聖家族傳統。我們家族的每個孩子都必須在仕美從事第一份工作。儘管我處心積慮地自我毀滅，下場都是和雪莉陷入沒有勝算的爭執，並招來同事無盡的深惡痛恨；不過，面對現實吧，他們無論如何都會厭惡我，因為不管我打翻了多少陳列品，少找顧客多少零錢，有朝一日我還是會繼承公司的大筆股權，而他們什麼也得不到。

雪莉吃力地穿越尿布堆，手指戳著我的胸口，正準備要數落我，這時廣播系統卻打斷她的計畫。

「雅各，二線有人找你。雅各，二線。」

她怒視著我離開現場，臉頰漲紅如石榴，隻身站在高塔的殘骸中。

員工休息室是一個陰溼且沒有窗戶的小房間，藥妝店助理琳達在汽水販賣機鮮豔的燈光照耀下，小口啃著去邊的三明治。她見我進來，轉頭望向牆上的電話。

「二線有人找你。我不知道是誰，但是聽起來超詭異的。」

我握起懸盪的話筒。

「雅哥？是你嗎？」

「喂，波曼爺爺。」

「雅哥，感謝老天。我需要我的鑰匙，我的鑰匙呢？」他聽起來慌亂焦躁，上氣不接下氣。

「什麼鑰匙？」

「不要跟我耍花樣。」他打斷我的話。「你知道我在說什麼。」

「你大概放錯地方了。」

「一定是你爸逼你瞞著我。」他說：「跟我說，我們不必告訴他。」

「沒有人逼我什麼。」我試圖轉移話題。「你今天早上有吃藥嗎？」

「他們要來抓我了，你知道嗎？過了這麼多年，我不知道他們怎麼找到我的，但是他們就要來了。我該怎麼對付他們？拿天殺的奶油刀嗎？」

這已經不是我第一次聽他這樣胡言亂語。爺爺年紀大了，老實說，他的狀況已經開始失控。他心智衰弱的徵兆起初很細微，像是忘了買日用品或是把我媽媽叫成我阿姨。不過這個夏天以來，他失智的病況急轉直下；他為經歷戰爭的那段人生編造過許多幻想故事，好比各種怪物和奇幻島嶼，這些想法如今對他而言都成了精神壓迫，與現實融為一體。過去幾星期以來，他格外焦慮，爸媽擔心他可能傷害自己，考慮送他進安養中心。我也不明白為什麼接到他不祥電話的總是我。

我一如往常地盡力安撫他。「你很安全，一切都很正常。我等一下就帶影片過來陪你看，你說好不好？」

「不！別過來！這裡不安全！」

「爺爺，怪物不會來抓你的，他們在戰爭中全部都被你殺光了，記得嗎？」我轉身面向牆壁，試圖不讓琳達聽見這段詭異的對話；她困惑地望向我，接著馬上低頭，假裝閱讀時尚雜誌。

「沒有全部殺光。」他說：「不、不、不。沒錯，我是殺了很多，但是還有更多活著。」我聽見他乒乒乓乓地翻箱倒櫃，拉開抽屜和摔東西的聲音，他已經徹底崩潰了。「你不要過來，聽到沒？我沒事……割斷他們舌頭，戳瞎他們眼睛，非這麼做不可！要是我能找到天殺的鑰匙就好了！」

波曼爺爺口中的鑰匙可以打開車庫中的巨大置物櫃，裡面存放的大批刀槍足以提供小型的武裝部隊造反之用。他花了大半人生收集武器，總是不辭勞苦地前往其他州參觀槍展，不時來一趟漫長的打獵之旅，還常常趁晴朗的星期天拖著心不甘情不願的家人去打靶場練習射擊。他愛槍成痴，甚至擁著它們入眠。爸爸的那一張老照片就是最好的證據：照片中的波曼爺爺握著手槍小憩。

我曾經問我爸爸為什麼爺爺這麼熱衷槍枝，他說很多當過兵或是經歷過身心創傷的人都可能會這樣；我猜想大概是因為爺爺的人生太過困頓坎坷，所以他無論身在何處都缺乏安全感，即使在家也不例外。諷刺的是，如今他漸漸被幻覺和被害妄想症所掌控，待在家反而真的變得不安全了，更何況家裡還有大批槍枝伴隨左右，這就是為什麼爸爸把鑰匙藏了起來。

我繼續撒謊，告訴他我不知道鑰匙在哪兒。電話那頭的波特爺爺更加口無遮攔，氣急敗壞地東翻西搗。

「去他的！」他最後說：「如果鑰匙對你爸來說真那麼重要，那他就收著吧，順便請他幫我收屍！」

我盡可能禮貌地結束對話，然後打給我爸爸。

「爺爺發作了。」我告訴他。

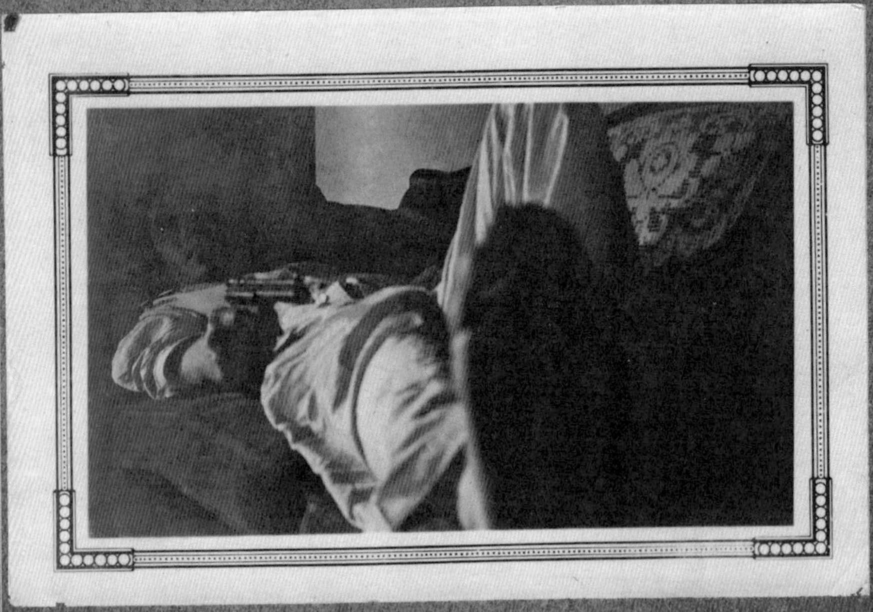

「他今天吃藥了嗎？」

「他不肯告訴我，但是聽起來沒有。」

我聽見爸爸嘆息。「你可不可以去探望探望他、確定他平安無事？我現在忙到一半走不開。」我爸爸在鳥類保育中心兼差當義工，協助被車子撞傷的白鷺鷥復健，或是誤吞魚鉤的鵜鶘重獲新生。他是個業餘的鳥類學者，一心想成為自然生態作家，一疊未曾發表的手稿足以證明他的志向。這實在不算真正的工作，不過如果你碰巧娶了個有錢老婆，她的家族又碰巧擁有一百一十五家藥局，那就另當別論了。

而我的工作當然也不算真正的工作，只要我想走，隨時可以開溜。我告訴他我會去探望爺爺。

「謝了，雅各。我保證我會盡快解決爺爺的問題，好嗎？」

爺爺的問題。「你是說把他送進安養院。」我冷冷地說：「把他變成別人的問題。」

「你媽和我還沒決定。」

「你們早就決定好了。」

「雅各……」

「我可以照顧他，老爸，真的。」

「你現在或許可以，但是他的狀況會越來越糟。」

「好，隨便你。」

我掛了電話，接著打給我朋友瑞奇請他來接我。十分鐘後，停車場的方向傳來了低沉粗啞的喇叭聲，一聽就知道是他的骨董車 Crown Victoria。離開前，我告訴雪莉這個壞消息，我得等明天才能重新用適而泰堆建高塔了。

「家裡有突發狀況。」

「最好是。」她回應道。

外面日頭漸落，悶熱得令人發黏，瑞奇坐在飽受摧殘的汽車車蓋上抽著菸。他的靴子上沾黏了一層泥濘，唇邊繚繞著幾縷菸絲，夕陽照亮他染成綠色的頭髮，種種意象都令我聯想到少不經事、粗野叛逆的詹姆斯・狄恩。他受到佛羅里達州南部特有的多元次文化交叉薰陶，培養出這種古怪的特質。

他看我走來便躍下車蓋。「你被開除了嗎？」他在停車場彼端高吼。

「噓！」我暗示他小聲點，一邊跑向他。「他們不知道我的計畫！」

瑞奇朝我肩膀揮了一拳，我知道他意在鼓勵我，卻差點打斷我的肩旋轉肌腱。「不用擔心，特教生，明天還有機會。」

他之所以叫我特教生，是因為我被分到少數資優班；更精確地說，這些資優班是學校特殊教育學程的計畫之一。瑞奇認為「特殊教育學程」這個名稱很有趣，每次聽見這個詞總是莫名樂不可支。這就是我們的友情——在相互惹惱和相互合作中建立的友情。所謂的合作就是以我的智慧財產和他的四肢發達做利益交換，雖然我們不曾以白紙黑字立下約定，但是彼此都心照不宣，只要我幫他英文考試過關，他就不會讓那些在學校走廊徘徊的凶神惡煞動我一根汗毛。和他交朋友還有另一個附加好處，那就是讓我爸媽極度不安。他應該是我最好的朋友，不過說得悲慘一點，他是我唯一的朋友。

瑞奇踹了乘客座的門一腳，車門應聲而開，我隨即鑽了進去。這輛 Crown Victoria 非比尋常，它宛如一座博物館，經歷了豐富的民間藝術洗禮。瑞奇聲稱，他當初在垃圾場看到這輛車，只花了一整瓶二十五分硬幣就入手了。它的身世迷離，從濃郁的氣味就可以斷定它歷史悠久，後照鏡前掛著的樹形空氣芳香吊飾也難掩它的臭味。座椅上貼滿密密麻麻的黑膠帶，以防內部分崩離析的彈簧扎進乘客臀部。汽車外型更有看頭，鏽蝕的坑坑洞洞宛如月球表面；瑞奇為了多賺些油錢，還常常利用半夜在夜店外招攬醉漢，每人只要付一塊美元就可以拿高球桿揮擊，唯一的條件是不能砸到有玻璃的地方，不過這條禁令也未能徹底執行。

引擎起死回生般隆隆作響，藍煙陣陣湧冒。我們離開停車場，駛過商家林立的街道，前往波曼爺爺的家；我不禁隱隱擔憂，設想抵達時現場會是什麼景象。最糟的情況莫過於爺爺一絲不掛，揮舞獵槍沿街奔跑，在門前的草坪上發呆流口水，或是手上拿著鈍器躺著空等，一切都有可能。每當我談到爺爺總是語帶敬意，但想到瑞奇對他的第一印象卻很可能是以上這些狀況，焦慮、恐慌不禁席捲而來。

我們緩緩開進爺爺住的社區，天空陰鬱的顏色令我聯想到皮膚上新生成的瘀青。人稱這一帶為迷陣村（Circle Village），街道縱橫交錯，到處都是死胡同。我們在大門外停下來，準備向警衛表明來意，不過警衛亭裡的老男人正在呼呼大睡，大門又一如往常地敞開，所以我們就長驅直入了。這時我的手機響起，爸傳簡訊來詢問狀況，我只不過花了片刻回訊，瑞奇就迷路了。我告訴他我不知道該往什麼方向前進，他聽了放聲咒罵，頻頻朝窗外吐菸草汁，同時不斷加速急轉彎，把輪胎磨得厲聲作響，而我只能盯著窗外，找尋熟悉的蛛絲馬跡。雖然我從小去過爺爺家無數次，認路還是很不容易，因為每一棟房子都和鄰棟大同小異，全都是低矮的方形建築，有些貼了鋁製壁板，有些採用仿七〇年代的復古深色木材，或是門前以水泥柱廊裝飾，增添些許氣派輝煌的假象。路標因為長年烈日曝晒，多半已經斑駁得無法辨識。唯一足以辨明方位的就是家家戶戶前院的裝飾品，草坪上多樣的藝術雕塑是迷陣村最大的特色。

終於，我看見一個手捧信箱的金屬管家人形，它目中無人的表情數十年如一日，臉頰上的鐵鏽好似悲戚的淚滴。我朝瑞奇大喊左轉，接著只聽見一聲尖銳的磨擦聲，我整個身體已經撞上了乘客座的門。劇烈的撞擊似乎撞鬆了我腦袋裡卡死的螺絲，我忽然間認清了方向，輕而易舉地認出所有路徑。「火鶴亂舞那邊右轉！一群耶誕老人那邊再左轉！前面那個灑尿天使！」

瑞奇駛經天使雕像後轉了個彎，把車速放慢下來，難以置信地觀察著我爺爺居住的環境。每一棟房子都散發著陰森詭異的氣息，沒有一個門廊亮著燈，沒有一扇窗透露出電視螢幕的動靜，也沒有一個車棚停著車。這一帶的居民全都逃到北方躲避夏天殘酷的熱浪。家家戶戶前院的精靈石雕都被埋沒在失控的野草裡，防風屏緊閉，每一戶都看似蒼涼的防空洞。

「左邊最後一棟。」我說道。瑞奇輕踩油門，我們朝著街道彼端衝去。經過不知道第四棟還是第五棟房子時，我看到一個老人站在前院澆水，他的禿頂像雞蛋一樣圓亮，身穿睡袍、拖鞋；他的房子與鄰近建築一般漆黑、死寂，竄生的草皮高及他的腳踝。我回頭望著他，驚訝地發現他似乎回瞪了我一眼；不過這實在不可能，因為他的眼珠呈現乳白色的混濁感。我心想，*奇怪了，波曼爺爺從來沒有提過他有位失明的鄰居*。

街道的終點是一排濃密的矮松，瑞奇往左急轉彎，駛進爺爺的車道後熄火下車，並走到我的車門邊把門踢開，接著我們窸窸窣窣地踩過乾枯的草皮進入門廊。

我按了門鈴，耐心等候。遠處傳來陣陣狗吠，在這鬱悶的夜晚中顯得更加孤獨、淒涼。始終沒有人應門，我猜想可能門鈴故障，於是開始捶門，瑞奇則在一邊猛揮將我們重重包圍的小飛蟲。

「也許他出門了。」瑞奇狡獪地笑。「趕著和辣妹約會。」

「你再笑嘛。」我說：「他的女人緣搞不好比我們都好，這一帶多的是身價不凡的寡婦。」我故意用玩笑掩飾心中的不安，寂靜令我焦慮。

我從一旁的小樹叢中摸出預藏的備份鑰匙。「在這裡等我。」

「最好是。為什麼？」

「因為你身高六英尺五，滿頭綠髮；我爺爺不認識你，而且他有很多槍。」

瑞奇聳聳肩，又丟了一團菸草在嘴裡，接著走到前院的椅子上坐著伸展筋骨，於是我打開門，走進屋內。

儘管燈光黯淡，我依舊可以看出屋裡一團亂，彷彿被小偷洗劫過一樣。書架和櫥櫃空空盪盪，原本的書籍和擺設凌亂掉落滿地。沙發墊掀翻了過來，椅子倒在地上，冰箱、冷凍庫的門開一半，裡頭的食物溶成黏黏的液體，在地上鋪設的油毯上形成一片小水坑。

我的心一沉。波曼爺爺這次真的瘋了。我呼喊他的名字，四周還是寂靜無聲。

我逐一走進每一間房，打開一盞盞燈，找尋躲避怪物攻擊的無助老人。我查看了家具後面的牆縫、空間狹小的閣樓、車庫的工作臺下，甚至檢查了鎖死的武器櫃，只見把手上布滿刮痕，想必他曾經試圖撬開它。陽臺上竄爬的蕨類枯黃敗壞，在微風中毫無生氣地擺盪；我跪在人工合成草皮上低頭窺探藤板凳下方，生怕發現什麼異狀。

我忽然看到後院隱約有一絲微光。

我跑到紗門外，看到草坪上有一把被丟棄的手電筒，光束正好指向院子旁邊的樹林。人稱這片低矮的林地為「世紀林」（Century Woods），茂密的鋸櫚樹和敗壞的老棕櫚綿延一英里，正好隔開了迷陣村和隔壁社區。根據當地的傳說，樹林裡有許多毒蛇、浣熊和野豬。我想像爺爺獨自穿著浴袍失魂落魄地在其間游盪，滿口胡言亂語，心中不禁湧現一陣陰鬱悲涼的情緒。每隔一兩個星期，我就會在電視上看到某個老年人掉進蓄水塘裡、被鱷魚吞噬的新聞。最糟糕的狀況莫過如此。

我呼喊瑞奇的名字，沒多久他就沿著房子外圍飛奔而來，並且馬上發現我沒注意到的疑點：紗門上有一道長條割痕。他低聲吹了一聲口哨說：「割得真可怕，可能是野豬幹的，山貓也有嫌疑。你看看這些動物的爪子有多利。」

不遠處傳來一陣淒厲的狗吠，我們同時打了一個寒顫，互相使了一個不安的眼神。「或者是狗。」我說。原本孤獨的狗叫聲掀起連鎖效應，附近的好幾隻狗隨之哀嚎，聲音從四面八方傳來。

「也有可能。」瑞奇點頭說：「我車箱裡有一把點二二手槍，你等我。」他說完就快步回車上取槍。

狗吠聲漸漸平息，取而代之的是嗡嗡不絕的蟲鳴，模糊而疏離。汗珠從我臉上一顆顆滴落。天色已暗，不過晚風忽然停了下來，靜止的空氣比這一整天下來還要悶熱。

我撿起手電筒，謹慎地往樹林方向邁進。我很肯定爺爺就在那裡面，不過到底在哪裡？我不會追蹤足跡，瑞奇也不會，但是冥冥中似乎有一股力量引領我；我的胸口感到陣陣悸動，溼黏的空氣彷彿在我耳邊細語，令我不敢停駐片刻。我像是一隻獵犬嗅到獵物的氣息，大步往灌木林前進。

在佛羅里達州的樹林裡奔跑舉步維艱，因為沒有樹木的地方都長滿高度及膝、葉片鋒利的鋸櫚，以及糾結、茂密的雞屎藤。我只能一邊盡力往前跑，一邊呼喊爺爺的名字，漫無目的地揮舞手電筒。我從眼角餘光瞥見一道白影，立刻朝它直奔而去，走近一看才發現那是我好幾年前遺失的足球，脫了色，也洩了氣。

就在我打算放棄、回頭找瑞奇的時候，忽然看見不遠處有一排看似剛剛被踐踏過的小棕櫚。我握緊手電筒走向前，發現附近的葉片上沾黏了深色的液體。我感到喉嚨一陣乾渴，努力站穩腳步，繼續順著足跡前進；越往前走，我的胃就感到越緊縮，彷彿身體對我發出警告。最後，壓扁的樹叢往外擴散，他就倒在上面。

爺爺仆倒在一片蔓生植物上，彷彿從高空上摔下來。他的雙腿往外張開，一隻手臂扭曲地壓在身體下面。直覺告訴我他已經死了。他的內衣被鮮血浸透，褲子破裂，一隻鞋子也不見了。手電筒抖動的光束在他身上游移，而我全身動彈不得，只能呆呆地望著他。重新調整好呼吸之後，我輕輕喊他的名字，他沒有反應。

我膝蓋無力地跪在地上，手貼著他的背部；浸溼衣服的血液依舊溫熱，我可以感覺到他短淺的呼吸。

我一隻手塞進他身體下方，慢慢把他翻過身。他還活著，不過生命跡象越來越微弱。他的眼神渙散模糊，臉頰凹陷、蒼白。這時候，我才看到他的身軀上有好幾道深刻的傷口，我頓時感到天旋地轉。這些傷口又寬又深，表面沾滿泥土；他剛才躺過的土地被鮮血浸成溼溼黏黏的泥濘。我不忍直視，一邊盡量撇過頭，一邊用他撕裂的衣服蓋住傷口。

我聽見後院傳來瑞奇的聲音。「**我在這裡！**」我放聲嘶吼，或許我應該多說些什麼，像是**小心危險**或是**有血跡**，但是我失去了語言能力。我心中想的只有爺爺應該在病床上壽終正寢，那裡應該寂靜莊嚴，頂多只有醫療器材的聲音，而不是死在這陰溼、發臭的荒郊野外，還有螞蟻在四周橫行，我這時才發現他顫抖的手上握著一把銅製的拆信刀。

一把拆信刀，這是他僅有的防身武器。我才把刀從他指間抽走，他的手就無助地抖動，似乎想抓住什麼，我只好握住他的手。我們十指緊緊相扣，他的手蒼白薄弱，上面布滿紫色的血管。

「我必須抱你離開這裡。」我一邊告訴他，一邊把一隻手塞進他背後，一隻手抱住他的大腿；正當我準備抬他起來時，他發出微弱的呻吟，身體頓時變得僵硬沉重，所以我只好把他放回地上。我不忍心再傷害他了，但是我也不忍心把他一個人留在這裡。我無能為力，只能等待，於是我輕輕拍去他手臂上、臉上，和稀疏白髮上的泥土。忽然間，我注意到他的嘴脣隱約在顫動。

他的聲音微弱得幾乎聽不見，比悄悄話還要小聲。我彎著腰，把耳朵貼近他嘴邊；他神智不清地喃喃細語，混雜了英語和波蘭話。

「我聽不懂。」我輕聲說。我反覆呼喊他的名字好久，直到他的目光聚焦在我臉上，接著他忽然重重倒抽一口氣說：「快去島上，雅哥，這裡不安全。」

被害妄想症是他的老毛病。我握緊他的手，告訴他我們很安全，他不會有事。這是我今天第二次對他說謊。

我問他發生了什麼事，到底是什麼動物攻擊他，但是他完全聽而不聞。「快去島上。」

他反覆地說：「你在那裡很安全，答應我。」

「好的，我答應你。」我還能說什麼？

「我以為我能保護你。」他說：「我應該早點告訴你的……」我可以看出生命正從他身上流逝。

「告訴我什麼？」我忍住眼淚問道。

「沒時間了。」他的聲音細微，接著他用力從地上抬起頭，一邊虛弱地顫抖，一邊在我耳邊用氣音說：「去找大鳥，去圈套裡，去老人葬身處的另一頭，一九四〇年，九月三號。」我點點頭，但是他一定看得出來我聽不懂。他用最後的一絲力氣繼續說：「愛默生，那封信。告訴他們發生了什麼事，雅哥。」

他說完就倒回地上，全身虛脫，力量耗盡。我告訴他我愛他，而他似乎慢慢墜入自己的世界裡，他的目光從我臉上慢慢飄向後方星光點點的天際。

過了一會兒，瑞奇才從灌木叢中衝出來，看見倒在我臂中的老人，嚇得倒退一步。「天啊，老天爺，老天爺啊。」他邊說邊用手搓揉自己的臉，口中含糊地問著還有沒有脈搏、有沒有報警、有沒有在樹林裡看到什麼。這時，我的體內忽然湧現一股異常詭異的悸動，於是我放下爺爺的遺體，慢慢站起身，全身上下的每一個末梢神經似乎瞬間啟動，這是我從未有過的直覺反應。樹林裡有東西。沒錯，我可以感覺到。

樹林裡只有我們，有月光，沒有動靜，但是我就是知道何時該舉起手電筒照向哪裡。那一瞬間，我在細微的光束裡看見了一張臉，那張臉跟我童年時期噩夢中常常出現的那張臉孔如出一轍。他冷冷瞪著我，一對眼珠彷彿漂浮在漆黑的液體中，碳黑色的皮膚上烙印著一道道深刻的紋路，背部明顯隆起，嘴巴令人作嘔地半張半閉，好幾根像鰻魚般的舌頭從口中伸出來竄動。我放聲大叫，而他一轉身就消失了；樹叢間傳來一陣窸窸窣窣的騷動。瑞奇也發現不對勁，他舉起點二二手槍，扣下板機，砰、砰、砰、砰。他說：「那是什麼？那到底是什麼？」但是他沒有看見，我也不知道該怎麼告訴他。我只能僵直地站在原地，任手中微弱的手電筒漫無目的地照著樹林。接著我大概失去了意識，只聽見他喊著，**雅各、雅各！特教生！你還好吧？**然後我什麼都不記得了。

2

爺爺死後的幾個月，我的生活陷入毫無生氣的煉獄，每天在灰棕色的等候室和好幾間不知名的辦公室之間往返，聽著別人在背後竊竊私語，等著官員分析、審問；我聽著他們日復一日地提問，只能頻頻點頭，重複千篇一律的故事，忍受著無數同情的眼神和緊蹙的眉頭。爸媽則把我當成不堪一擊的小寶貝，不敢在我面前爭吵或煩惱，生怕我一碰就碎。

我受到噩夢所擾，夜夜都尖叫著醒過來，甚至得戴著護齒睡覺，以免牙齒磨成碎末。我只要闔上眼睛，一定會看到那張臉孔——樹林裡那張口吐觸鬚的臉孔。我深信他殺害了我爺爺，而且很快就會來找我。我常常感到一股噁心、恐慌竄流過全身上下，就好像那天晚上一樣；我幾乎可以確定他正在附近等著我，可能徘徊在幽暗的樹叢裡、停車場中、旁邊的汽車後，或是我停放腳踏車的車庫外。

於是我決定不再離開家。我甚至無法出門去車道上拿早報，這樣的情況持續了好幾個星期。我睡在洗衣間的地板上，墊了好幾張毛毯當地鋪，因為那是家裡唯一沒有窗戶，又可以從裡面上鎖的房間。爺爺的喪禮當天，我一個人抱著筆電坐在洗衣間的烘乾機上，試圖把自己關在線上遊戲的世界裡。

我始終無法原諒我自己，腦海中不斷浮現同一句話，*要是我相信他就好了*。但是我沒相信他，沒有任何人相信他；現在我終於了解他內心的感受了，因為，同樣的，沒有人相信我。我的證詞一開始聽起來都合情合理，不過當我被迫大聲說出那幾個字時，一切似乎立刻變成瘋言瘋語。我印象非常深刻。那天，一位警官來到家裡訪問我，我一五一十告訴他事情經過，甚至告訴他我所看到的不明生物；他坐在廚房餐桌的另一邊點著頭，卻沒有在筆記本上留下任何筆錄。偵訊結束後，他只說了聲「很好，謝謝」，接著回頭問我爸媽我是否「做過任何檢查」，好像我聽不出他影射的含意一樣。我告訴他我又想到了一件事情要補充，接著對他伸出中指，氣沖沖地離開。

那是幾星期以來爸媽第一次斥責我。老實說，我鬆了一口氣，原來罵人的聲音聽起來可以這麼熟悉、甜美。我也口不擇言地回嗆了幾句，說爺爺死了他們最開心，只有我一個人真心愛爺爺。

警察和我爸媽在大門外交談許久後開車離去，一個小時後載著一位自稱「人像素描家」的男子回來。他手中拿著一塊大畫板，要求我重新描述那隻生物。我一邊說，他一邊畫，並不時停下來詢問我細節。

「他有幾個眼睛？」

「兩個。」

「了解。」他冷靜地說，好像對警方的人像素描家而言，畫怪物這檔事再正常不過。

他企圖安撫我的用意昭然若揭。最後他還打算把完成的肖像送給我，這舉動完全洩了他的底。

「你們不需要留下來存檔嗎？」我問他。

他挑了挑眉，和警察交換個眼神。「也是，我到底在想什麼？」

這實在是侮辱人。

就連我最好的朋友、也是唯一的朋友瑞奇也不相信我。他當時也在場，但是他對天發誓，他當晚並沒有在樹林裡看到任何生物——儘管我的手電筒直直照到了那東西。他有聽見狗吠，我們都聽見了，因此警方推論可能是一群野狗咬死爺爺。這樣的結論並不令人吃驚，因為很多人在別處都看過野狗群。兩個星期前，還有一個女子在世紀林中散步，結果被野狗咬傷好幾口，而且意外全都發生在晚上。「正因為是晚上，所以很難看清生物的樣子。」我說。不過瑞奇只是搖搖頭，口中絮絮叨叨地說著「該看神經科醫師」之類的話。

「你是說精神科醫師吧。」我回嗆。「謝謝你，有這麼挺我的朋友真是我的福氣。」我們坐在我家屋頂的陽臺上看著海灣漸漸吞沒夕陽，瑞奇坐在爸媽從艾米許村❷買回來的昂貴木製靠椅上，身體扭曲得像個彈簧一樣；他盤腿把腳壓在臀部下方，雙臂在胸前互抱，嘴裡叼著菸，一口接著一口吸吐，散發著一種陰森而堅定的氣息。我知道他在我家時總是顯得些

❷ Amish country。在美國俄亥俄州、賓州、印第安那州境內有一群傳統的基督徒拒絕汽車及電器等現代設施，過著簡樸復古的生活。他們不從軍，不接受社會福利，有一套自己的生活規範。

TICONDEROGA

許不自在，但是這一次不太一樣，當他看向我的時候，我可以明顯感覺到他刻意滑開目光。令他不舒服的不是我父母的財富，而是我。

「隨便你怎麼說，我只是跟你說我的心裡話。」他說：「你如果繼續談論怪物，他們一定會把你關起來，到時候你就真的得當特教生了。」

「不要再這樣叫我了。」

他一邊彈飛手中的菸蒂，一邊朝護欄外吐出一大團咀嚼物。

「你剛剛一邊抽菸一邊嚼菸草嗎？」

「你以為你是誰？我媽嗎？」

「我看起來像是為了獲得食物券、連卡車司機都可以睡的人嗎？」瑞奇通常不介意我拿他媽開玩笑，不過這一次顯然太過火了。他從椅子上彈起來，重重推我一把，我差點重心不穩跌到樓下。我站穩腳步，一邊嘶吼一邊趕他走，但是他早已經不見了。

我隔了好幾個月才再次看到他。朋友不過如此。

最後，我爸媽終究帶我去向精神科醫師求助。高倫醫師沉默寡言，皮膚是暗沉的橄欖色。我並沒有抗拒看醫生，我也知道我需要幫助。

我原以為我算是個重症病患，不過高倫醫師很快就完成了診斷。他平穩、輕鬆地解釋我的病況，不帶絲毫感情，冷靜的口吻似乎帶有強烈的催眠效果。經過兩次看診之後，他成功讓我相信，我當晚目睹的怪物不過是想像力作祟；爺爺在面前死去對我造成嚴重的心理創傷，導致我看見並不存在的幻象。高倫醫師說，爺爺很久以前常常對我講述恐怖故事，在我腦中種下了怪物的形象；當我跪在土地上，手中抱著爺爺的遺體時，強烈的震撼牽動了小時候沉睡的記憶，於是我召喚出爺爺口中的怪物，這一切都很合理。

這樣的病症還有個學名：急性壓力反應（acute stress reaction）。「看來你的壓力真的太大了。」媽得知診斷結果時顯得鬆了一口氣。我並不介意她的話，不論如何，這病名聽起來比瘋子好多了。

儘管我不再相信怪物存在，病況卻沒有好轉。我依然受到噩夢所苦，天天神經兮兮，認為別人要加害於我，人際互動也出了問題，偶爾想上學才出門，爸媽只好為我聘請一位家庭教師。最後，他們終於同意讓我退出資優班。「康復」變成我的新工作。

不過，很快的，我發現我就連這份工作都無法勝任。高倫醫師解釋完我的病情之後，似乎也束手無策，只會開處方籤而已。還會做噩夢？我有藥可以開給你。搭校車會恐慌？這個應該有效。睡不著？試試看提高劑量。這些藥讓我體重驟增、反應遲鈍，但是我每天晚上還是只能睡三、四個小時，生活依然苦不堪言，所以我開始對高倫醫師撒謊。我假裝一切正常，儘管每個人都可以看到我暗沉的大眼袋，儘管一絲絲細微的噪音都可以讓我像隻緊張的野貓般跳起來。我憑空編撰了一整個星期的做夢紀錄，把我的夢境寫得平淡簡單，就像正常人一樣。我假裝自己夢見去看牙醫，或是在天空中翱翔。我還告訴他，我連續兩晚夢見自己在學校裸體。

這時，他突然打斷我。「那些生物呢？」

我聳聳肩。「沒有夢到，我猜這表示我漸漸好轉了吧？」

高倫醫師拿著原子筆在桌上輕輕敲了一會兒，接著低頭寫字。「我希望你不是為了討好我才這麼說。」

「當然不是。」我說著，一邊轉頭瞥向牆上一整排裱框的證書，每張證書都象徵他在心理學不同細目上的成就，我相信他應該懂得分辨患有急性壓力反應的青少年是否在說謊。

「我們開誠布公、好好談一下。」他放下手上的原子筆。「你是說你這個星期沒做噩夢？一次也沒有？」

我知道自己不善於撒謊，為了不自取其辱，我只好坦承。「好吧。」我喃喃地說：「也許夢過一次。」

其實我那個星期的每一個夜裡都做噩夢，夢境大同小異。夢裡，琥珀色的薄暮微光漸漸從窗外退去，我總是蹲在爺爺臥室的牆角，手上緊握著粉紅色的塑膠ＢＢ槍瞄準門口。原本放床的地方出現一臺霓虹閃爍的大型自動販賣機，裡面裝的不是糖果，而是一排鋒利的戰術刀和威力十足的手槍。爺爺穿著老式的英軍制服，站在販賣機前塞進一張張鈔票；但是買槍需要花上好幾張大鈔，眼看時間就要不夠了。最後，一把耀眼的點四五手槍終於往前滾向玻璃，但在落入出口前卻卡住了。他操著意第緒語❸破口大罵，朝販賣機奮力一踹，接著跪在地上，試圖把手伸進出口取槍，手臂卻被卡住。這時候，他們來了，黑色的大舌頭在外面的玻璃窗上游走，似乎正在思索進門的方法。我拿著BB槍瞄準他們、扣下板機，卻沒有任何反應。波曼爺爺像個瘋子在一旁放聲大吼——**去找大鳥、去找圈套！雅哥你怎麼聽不懂？你真是天殺的笨透了！**——然後玻璃窗瞬間破裂，碎片像雨滴般朝屋裡飛來，我們被黑色的舌頭纏繞，通常這時候我就會渾身大汗地驚醒，心跳飛快，胃部糾結成一團。

夢境總是千篇一律，我們也談論過不下百次，但是每次會診，高倫醫師還是逼我重新敘述一次，彷彿在交叉比對我的潛意識，檢查先前是否遺漏了任何關鍵。

「夢境裡，你爺爺說什麼？」

「跟以前的夢一模一樣。」我說：「關於大鳥、圈套、墳墓之類的。」

「也就是他的遺言。」

我點點頭。

高倫醫師雙手手指相碰，輕輕抵著下巴，這正是精神科醫師陷入沉思的招牌動作。「關於其中的意涵，你有沒有什麼新的想法？」

❸ Yiddish。指歐洲沒有被同化的猶太人所使用的語言，也是中、東歐猶太人日常生活中所用的語言和文字，混雜了德語、希伯來語及斯拉夫語。

「有，狗屁不通。」

「幫幫忙，我知道你不是真的這麼認為。」

我試圖假裝不在乎他的遺言，但是我確實在乎。這些話語如同那些噩夢一般天天侵蝕著我。儘管全世界都認為他的遺言純粹是失智、幻想的產物，沒有任何意義，我卻不敢這麼想，因為我對爺爺有所虧欠。高倫醫師也深信，一旦我理解了這些字句，將有助於消弭噩夢，所以我盡力思考其中意義。

爺爺的遺言並非全然沒有意義，他囑咐我去島上，他擔心怪物會來追殺我，他認為小島是唯一能遠離怪物攻擊的地方，這和他童年的記憶相符。後來他還說：「我應該早點告訴你。」不過他實在沒時間把話說清楚，我不禁思考他會不會預先做好配套方案，死前留下蛛絲馬跡，好讓我沿線訪查、追蹤到某人、追查出他的祕密。他的遺言語帶玄機，提到圈套、墳墓、信，我猜想其中自有含意。

我曾經以為「圈套」指的是迷陣村的某條街名，因為迷陣村裡多的是像圈套般錯縱盤旋的死胡同；我也想過「愛默生」可能是和爺爺通信的朋友，可能是他戰爭時的同袍弟兄，至今還有連絡。也許這位愛默生就住在迷陣村，住在圈套般的死胡同裡，住在墳墓旁；或許他保有一封一九四〇年九月三號寄出的信，這封信裡藏著我需要的資訊。我知道這一切聽起來荒誕無稽，但是更多荒誕無稽的事都確實發生了。我在網路上查不出任何資訊，於是決定親自前往迷陣村的社區服務中心一探究竟。一群老人家聚集在那兒玩著沙狐球，討論最近動過哪些手術。我問他們是否知道墓地在哪裡，是否認識一位叫做愛默生的男子。他們困惑地盯著我，彷彿我身上長了兩個頭。他們不敢相信會有位青少年和他們說話。迷陣村裡沒有墓地，附近一帶沒有人叫愛默生，也沒有圈套街、圈套路，或是圈套大道。我全然沒有頭緒。

儘管如此，高倫醫師依然不讓我放棄，還建議我閱讀那位據說很有名的老詩人愛默生❹的作品集。「愛默生一生撰寫了大量的書信。」他說：「說不定你爺爺指的就是其中的作品。」他的建議就像是病急亂投醫，不過為了應付高倫醫師，某天下午，我還是請爸送我去圖書館一探究竟。我很快就發現愛默生確實寫過、也發表過許多書信。我當下感到血脈賁張，彷彿謎團就要破解了，不過三分鐘後我馬上發現兩件事，激情瞬間冷卻：第一，愛默生出生、死亡於十九世紀，因此他寫的信絕對不可能回溯到一九四〇年的九月三號；第二，他的文筆既拗口又艱澀，我爺爺不可能對這種文謅謅的東西感興趣。我同時發現愛默生的作品具有強烈的催眠效果，我的臉很快就埋在書中，睡得不省人事，口水流滿在一篇名為「自助（Self-Reliance）」的散文，夢中再次出現了販賣機和怪物襲擊——那是當週第六次做相同的噩夢。我尖叫著醒來，並被狠狠地趕出圖書館，心中不斷咒罵高倫醫師和他愚蠢的爛理論。

壓死駱駝的最後一根稻草發生在幾天後。我的家人決定把波曼爺爺的房子賣了，不過在讓有興趣的買家看屋之前，房子必須先清乾淨。高倫醫師認為「面對造成創傷的現場」可能

---

❹ Ralph Waldo Emerson.（1803-1882），美國十九世紀傑出的思想家、散文家、詩人、演說家。

對我的病情有益，所以爸爸和蘇西姑姑要我幫他們一起收拾遺物。進入房子之後，爸爸頻頻把我拉到一邊，詢問我是否撐得住。令我感到意外的是，我似乎沒有太多情緒反應。周遭的矮樹叢上纏繞著封鎖犯罪現場的警用膠帶，陽臺上破裂的紗窗在微風中飄盪，租來的巨型垃圾箱佇立在路旁，似乎等著吞噬爺爺殘存的生命。這一切並不令我害怕，只是令我感傷。

等到確定我不會當場昏厥、口吐白沫之後，我們才著手辦正事。大家人手一個垃圾袋，肅穆地沿屋打掃，層架、櫥櫃、地板下的隔間逐一清空，並把家具下方累積成團的灰塵全部掃出來。我們把爺爺的遺物分成兩堆，一堆具有保存價值，另一堆則注定丟入垃圾箱。我爸爸和姑姑並非多愁善感的人，所以垃圾箱那堆越積越高。我努力游說他們留下部分遺物，諸如車庫一角那被水泡過、堆積達八英尺高的**國家地理雜誌**。我曾經花上無數個午後細細閱讀它們，幻想自己與新幾內亞的泥人族為伍，或是在不丹險峻的斷崖上發現古堡。但是我的建議總是被斷然拒絕。我留不住爺爺收藏的復古保齡球衣（爸堅稱：「它們很土。」），留不住大樂團和搖擺樂的七十八轉留聲唱片（「有人會花大錢買下。」），也留不住那牢牢上鎖的武器櫃裡面的大量軍武（「你在開玩笑吧？我希望你是在開玩笑。」）。

我指責爸沒心沒肝，阿姨則瞬間遠離現場，留下我們父子倆在書房一邊乾瞪眼，一邊整理堆積成山的老舊財務紀錄。

「我只是比較務實一點，人過世了以後就是這樣，雅各。」

「是嗎？那等你過世以後呢？我把你的手稿也全燒了好不好？」

他漲紅了臉。我確實不該這麼說，把他未完成的著作扯進來實在不得體。但是他沒有厲聲斥責我，只是輕輕地說：「我今天帶你過來，是因為我以為你已經成熟到能面對這一切，我想我錯估你了。」

「你確實錯估我了，你以為把爺爺的東西丟了我就可以忘了他。這不可能。」

他雙手一揮。「你知道嗎？我受夠和你爭執了，你想留什麼就留吧。」他把一捆泛黃的文件丟在我的腳邊。「這是甘迺迪被暗殺那年以來的報稅逐項扣減紀錄，把它們全部裱起來吧！」

我踢開那一捆紙大步離開，把房門重重一摔，然後獨自在客廳等他來道歉。過了一會兒，碎紙機再度響起，我料想他不會主動示好，於是氣沖沖地來到另一頭的臥房，把自己鎖在裡頭。沉悶的空氣中瀰漫著皮鞋的氣息，爺爺的陳年古龍水透露著些許敗壞的酸臭。我靠在牆邊，注視著房門和床中間的地毯上那一條凹陷的痕跡。陽光無聲地從窗外灑進來，照耀著床鋪下方探出一角的雪茄盒；我走向前，跪在床邊把它抽出來。老舊的雪茄盒上覆蓋著一層灰，彷彿等候我許久，彷彿是爺爺留給我的遺物。

雪茄盒裡裝著我熟悉的照片：隱形男孩、漂浮女孩、舉岩塊的大力士，以及後腦勺畫著臉譜的人。照片已經斑駁剝落，也比我印象中還要小。此刻，接近成年的我一眼就看穿其中的虛構成分：只要一點點攝影上的加減光就可以讓小男孩的頭消失不見，瘦弱的小男孩手上舉的巨岩很可能是石膏或保麗龍做的。但是六歲的小孩沒有這麼敏銳的觀察力，如果他願意相信，就更難察覺其中的弔詭了。

這些照片下方還有五張波曼爺爺從未讓我看過的照片。仔細一看，我不難了解其中的原因。其中三張照片明顯造假，就連小孩子都能一眼看穿：第一張粗糙且可笑，主角是一個「受困」在瓶子裡的小女孩，一看就是重複曝光的作品；另一張是一個「飄浮」在半空中的小嬰兒，我認為後方陰暗的大門裡一定有東西舉著她；第三張是一隻狗，不過狗頭上粗陋地貼著小男孩的臉孔。這三張照片已經夠詭異了，另外兩張更像出自大衛．林區❺的夢境：其中一張是一位年輕的肢體表演者，面色不悅地表演驚悚的後彎；另一張的主角是一對身穿奇裝異服的詭異雙胞胎。儘管爺爺從小在我腦子裡灌輸各種奇想和口吐觸鬚的怪物，他也知道這樣的照片會造成夢魘，兒童不宜。

跪坐在爺爺房間積滿灰塵的地板上，細細端詳手中的照片，我忽然回想起當我發現這些故事並非真實時，內心被背叛的感受。真相顯而易見：他的遺言只不過是同樣的花招，他只是想再唬我一次，好讓我噩夢連連、疑神疑鬼到必須接受多年的心理治療，吃藥吃到新陳代謝大亂都無法根治。

我蓋上雪茄盒，拿著它走回客廳。爸爸和蘇西姑姑正在那兒清空一只滿滿的抽屜，一疊從未用過的優惠券就這樣倒進容量十加侖的大垃圾袋裡。

❺ David Lynch。美國電影和電視導演、編劇、製片人、作曲家和攝影家，作品風格詭異懸疑，多帶有迷幻色彩。

我把雪茄盒交給他們，他們完全沒有過問裡面是什麼。

「就這樣？」高倫醫師說：「他的死毫無意義？」

我躺在沙發上，盯著牆角的水族箱，其中一隻金黃色的俘虜魚慵懶地繞著圈。「除非你有更好的想法。」我說：「除非你有任何從來沒有告訴過我的高明論點，否則……」

「否則什麼？」

「否則，我們只是在浪費時間而已。」

他邊嘆氣邊按壓鼻梁，彷彿在緩解頭痛。「我沒辦法推斷你爺爺的遺言有什麼意義。」他說：「你怎麼想才重要。」

「你說的那套心理學根本狗屁不通。」我回嗆。「我怎麼想不重要，真相是什麼才重要！但是我想我們永遠不會知道真相，所以管他的。你只要給我開藥，等著收錢就好了。」

我想要激怒他，想要他與我爭辯，想要他堅持我是錯的，但是他只是板著臉坐在那兒，用原子筆敲著座椅靠手。「聽起來你似乎已經放棄了。」他沉默了一會兒說：「我很失望，我以為你不會輕易放棄。」

「那麼就是你認識我不夠深。」我回答。

我完全無心參加派對。當我聽到爸媽頻頻暗示接下來的週末多麼空虛無聊，我就隱約感覺大事不妙，因為大家都知道我十六歲的生日就要到了。我不斷哀求他們今年別大費周章，不想過生日的原因很多，但是主要是因為我實在想不到該邀請誰。然而，他們認為我獨處的時間太多，同時堅信社交活動有助於心靈療癒；於是我提醒他們，電療也同樣有效。但是媽熱愛各種慶典，絕不願意放棄各種雞毛蒜皮的機會辦活動（她曾經打電話廣邀好友幫我們家的玄鳳鸚鵡慶生），只是為了讓她向親朋好友炫耀我們的房子。她總是舉著酒杯，帶領賓客參觀每間房裡富麗堂皇的擺設，頌揚建築師的設計奇才，一邊訴說偉大艱辛的裝潢史（「我們可是花了好幾個月才把這燭臺從義大利運來。」）。

我們剛剛回到家，結束和高倫醫師乏善可陳的會診。我尾隨爸走進異常陰暗的客廳，只聽他口中咕噥著「真可惜，今年完全沒幫你籌備生日」以及「沒關係，還有明年」，接著，所有的燈瞬間全開，照亮熱鬧的橫幅、氣球；客廳塞滿了叔叔、伯伯、姑姑、阿姨，還有幾乎從沒談過話的表兄弟——媽把她認識的人全都請來了。我訝異地發現瑞奇也在其中，他站在一大缸綜合果汁附近，看似不知所措，身上的鉚釘皮夾克更和旁邊的人群顯得格格不入。大家一一舉杯祝我生日快樂，而我只能假裝驚喜；這時候媽忽然從旁邊摟著我，輕聲說：「還可以吧？」其實我既沮喪又疲憊，只想好好玩一場線上遊戲 Warspire III: The Summoning，然後邊看電視邊入睡。現在該怎麼辦？難道請大家打道回府嗎？我只能告訴她一切都好，而她面露微笑，像是在謝謝我一樣。

「誰想看我們家新增添的家具？」她高聲一呼，一邊幫自己倒了些夏多內白酒，然後帶領大隊親戚上樓。

瑞奇和我各自站在客廳的兩邊，不發一語地相互點點頭，似乎暗示雙方都同意繼續忍受彼此一兩個小時。自從他差點把我推下屋頂那天起，我們始終沒有說過話，但是我們知道每個人都需要朋友，就算是假象也比沒有好。正當我準備走向前與他攀談時，巴比舅舅抓住我的手肘，把我拉到一角。巴比舅舅塊頭高大、胸膛肥厚，開大車、住豪宅，多年來幾乎天天大啖鵝肝和巨無霸漢堡。我猜他終有一天會心臟病發，把家產全部留給愛抽大麻的表兄弟，以及他纖瘦、沉默的老婆。他和萊斯舅舅是仕美的共同總裁，他們都會習慣性地把別人拉到牆角說悄悄話，任何人看了都會誤以為他們有意策劃叛亂，而非讚美女主人調製的酪梨醬多美味。

「這個，你媽媽告訴我你的狀況漸漸好轉了——就是關於……爺爺的事。」

其實是我的事。沒有人知道該怎麼談論我的問題。

「急性壓力反應。」我說。

「什麼？」

「就是我之前的毛病，現在也沒完全好。不重要啦。」

「那就好、那就好。」他揮揮手，彷彿要揮開一切不愉快的過去。「你媽跟我討論過了，我們想讓你趁暑假來坦帕市看看家族企業怎麼運作。想不想來總部跟我工作一段時間？還是你比較喜歡陳列商品？」他的笑聲刺耳，令我忍不住往後倒退一步。「你還可以住我家，週末跟我還有表兄弟去釣海鰱。」接著他鉅細靡遺地描述他的新遊艇，用字遣詞比情色文學還要詳盡，好像這樣就可以打動我心。他滔滔不絕地說了五分鐘後，一邊咧嘴而笑一邊向我伸出手。「所以你意下如何，雅各老大？」

我知道我根本沒有拒絕的餘地，但是我寧可遠赴西伯利亞參加苦力營，也不想和我舅舅以及他驕縱的孩子共度暑假。我知道我有朝一日終究得去仕美總部上班，不過我還想多享受幾個自由自在的暑假，或是先念完四年大學，我並不想這麼快把自己關進企業牢籠裡。我躊躇半晌，努力思考得體理由脫身，但是我卻說：「我覺得我的精神醫師可能不會同意。」

他濃厚的眉毛連成一線，含混地點點頭說：「喔，好吧，當然。我們就看著辦吧，老大，這樣好不好？」他沒等我回答，就假裝看到遠方有熟人，揮著手臂揚長而去。

媽宣布拆禮物的時間到了。她總是堅持要我當著大家的面拆禮物，這對我而言是項艱鉅的任務，因為我不善於說謊。換句話說，當我收到別人重新包裝轉送的鄉村音樂專輯或是一年份的 Field and Stream[6]（多年來，萊斯舅舅始終沉溺在自己的幻想中，堅信我熱愛戶外運動）的時候，我很難裝出滿臉感動。但是為了不失禮，我總是硬擠出微笑，並且把每一個拆開的小玩意兒高高舉起，好讓大家歡呼一番。最後咖啡桌上只剩下三個禮物，這才是重頭戲。

[6] 戶外休閒雜誌。

我先拿起最小的禮物，裡頭裝的是一把鑰匙，爸媽把開了四年的豪華轎車送給我。媽趕緊解釋，這是因為他們要買新車了，所以把舊車留給我開。我的第一輛車！全場的客人嗚嗚啊啊發出讚嘆，而我只感覺滿臉灼燙。在瑞奇面前接受如此奢侈昂貴的大禮根本是炫耀，他開的車價值還不到我十二歲時一個月的零用錢。我爸媽似乎永遠都在提醒我金錢的重要，但是我真的一點也不在乎。不過話說回來，也只有財大氣粗的人有權輕鬆地說自己不在乎錢。

第二個禮物是我去年夏天一直拜託爸媽送我的數位相機。「哇。」我邊說邊把玩著它。「這超酷的。」

「我正在籌畫一本新的鳥類書籍。」爸說：「我在想，說不定可以讓你來幫我拍照。」

「新書！」媽驚呼。「這真是太厲害了，法蘭克，說到這個，你之前寫的那本書後來到底怎麼了？」她顯然多喝了幾杯。

「我還在刪刪改改。」爸小聲回答。

「喔，我了解了。」我隱約聽見巴比舅舅竊笑。

「來吧！」我大聲說，一邊伸手拿最後一個禮物。「這是蘇西姑姑的禮物。」

「其實。」正當我撕開包裝紙時，姑姑忽然插話。「這是你爺爺送你的。」

我停了下來，客廳一片死寂。大家難以置信地瞪著姑姑，彷彿她召喚了沉睡的惡靈。爸咬緊下顎，媽則把杯裡的最後一口酒乾了。

「你打開就知道。」蘇西姑姑說。

我拆開包裝紙，裡頭裝的是一本老舊的精裝書籍，書頁有許多折角痕跡，外頭的書套也不見了，書名是**愛默生文選**（The Selected Works of Ralph Waldo Emerson）。我目不轉睛地盯著封面，無法理解這本書怎麼會落到我顫抖的手中。除了高倫醫師，沒有人知道我爺爺的遺言；他也多次承諾，除非我哪天想不開，喝通樂自殘，或是兇性大發炸了陽光高架橋❼，否則我們在辦公室的談話內容絕對不會外流。

我困惑地看著姑姑，滿腔疑問卻不知從何開口。她勉強擠出一絲微笑說：「我們整理爺爺的房子時，我在他的桌子裡翻到這本書。書上寫著你的名字，所以我想這是他給你的禮物。」

願上天祝福蘇西姑姑，畢竟她的感情比較豐富。

「真有心。我還不知道你爺爺喜歡看書呢。」媽試圖舒緩緊張的氣氛。「真體貼。」

「沒錯。」爸咬著牙，慌張地補充道。「謝啦，蘇西。」

我翻開書。沒錯，書名頁上寫著潦草的字，一看就知道那是爺爺顫抖的筆跡。

我起身離開，生怕自己當眾哭泣。書的內頁間卻滑出了什麼，掉落在地上。

我彎腰把它撿起來，那是一封信。

愛默生。信。

---

❼ Sunshine Skyway bridge。座落於美國佛州坦帕灣，是全世界最長的混凝土斜張橋。

我感到血液直沖腦門。媽趕緊湊到我身邊，緊張地小聲問我需不需要喝些什麼，但是我知道她其實是換個方式告訴我，忍住，大家都在看。我回答。「我覺得有點……」接著我一手按著肚子，迅速衝回房間。

這封信紙張精緻，沒有印分行線；字跡圓潤華麗，帶著幾分書法的氣質。黑色的墨水色調深淺不一，想必出自歷史悠久的鋼筆。信上這麼寫著：

最親愛的亞伯：

但願你讀到這封信時，身體平安健康。我們已經好久沒有接獲你的消息了！但是我寫信給你的目的並非責備你，而是要讓你知道我們還是無時無刻不想念你，也持續在為你的平安祈禱。你始終是我們勇敢、俊美的亞伯。

島上的生活沒有什麼改變，但是我們就是喜歡這樣安靜、平淡地過日子！過了這麼多年，若有緣重逢，不知道我們是否還能認出你，但是我確定你一定能認出始終在原地踏步的我們。我們真心期盼能看到你的近照，是否可以寄給我們一張？隨信附上我自己的一張老照片。

小艾始終對你日夜牽掛，可以寫封信給她嗎？

敬愛你的院長

阿爾瑪·拉菲·裴利隼

THE SELECTED WORKS OF RALPH WALDO EMERSON

Edited and with an introduction

BY CLIFTON DURRELL, PH. D.

To Jacob Magellan Portman,
and the worlds he has
yet to discover—

ANTHEM BOOKS
NEW YORK

Dearest Abe,

I hope this note finds you safe & in the best of health. It's been such a long time since we last received word from you! But I write not to admonish, only to let you know that we still think of you often & pray for your well-being. Our brave, handsome Abe!

As for life on the island, little has changed. But quiet & orderly is the way we prefer things! I wonder if we would recognize you after so many years, though I'm certain you'd recognize us— those few who remain, that is. It would mean a great deal to have a recent picture of you, if you've one to send. I've included a positively ancient snap of myself.

E misses you terribly. Won't you write to her?

With respect & admiration,

Headmistress Alma LeFay Peregrine

如同寄信者所寫的，她確實附上一張老舊的相片。

我把相片放在桌燈的微光下，試圖細細端詳那女人的側臉，但是什麼都看不清。那相片非常奇特，和爺爺其他的相片不一樣，沒有採用任何攝影或是修片技巧。上面只有一個女人，叼著菸斗的女人。一彎菸斗從她嘴上垂降而下，形象跟福爾摩斯有幾分神似，令我不自覺地盯著它瞧。

爺爺要我找的就是這個嗎？沒錯，一定是，我心想。不是愛默生寫過的信件，而是夾在愛默生書中的一封信。不過這位院長是誰？這位裴利隼女士是誰？我研究了一下信封，上面沒有寄件人地址，只有一個褪色的郵戳，上面隱約印著英國，克姆里，石洲島（Cairnholm Is., Cymru, UK）。

英國是歐洲的一個國家。我小時候看地圖的時候也知道克姆里指的是威爾斯。而石洲島想必是裴利隼女士信中所提到的島嶼。它會不會就是爺爺小時候曾經生活過的那座島嶼？

九個月前，他告訴我「去找大鳥」。九年前，他也曾經信誓旦旦地告訴我，他小時候住過一陣子的孤兒院受到保護，保護他們的正是一隻「叼著菸斗的大鳥」。七歲時，我只能了解字面上的意思；但是現在我發現照片中的院長口中正叼著菸斗，她的名字又叫裴利隼（Peregrine），而「隼」指的就是一種老鷹。爺爺要我找的大鳥會不會就是曾經救過他的女人、也就是孤兒院的院長？

過了這麼多年，也許她還生活在島上；她曾經照顧過的孩子雖然長大了，但或許一輩子不曾離開，一直照顧著虛弱衰老的救命恩人。

這是我第一次覺得爺爺的遺言或許有些邏輯。他希望我去島上尋找這位女人，也就是他的老院長。如果世界上有人了解他的童年祕密，這人非她莫屬。不過信封上的郵戳顯示，這封信已經有十五年歷史；她有可能還活著嗎？我在腦海中算了一會兒，如果她在一九三九年成立孤兒院，假設她當時只有二十五歲，那麼她現在應該已經年近一百。所以這是有可能的，安格伍這裡就有些年紀更大的老先生、老太太，她們還能自己開車上街呢。況且，如果裴利隼院長真的過世了，石洲島上很可能還有人在小時候認識爺爺，他們也可以幫我解答疑惑，他們可能知道爺爺的祕密。

她在信中寫著，我們是**始終在原地踏步的人**。

你一定不難想像，說服我爸媽讓我去威爾斯外海的小島過暑假比登天還難。他們都表示反對，媽的立場尤其堅定。他們認為這是個極糟的主意，我也無力辯駁。花費昂貴是原因之一；第二，他們更希望我利用暑假跟巴比舅舅見習，早日了解藥妝帝國的營運模式；此外，沒有人與我為伴，因為爸媽對這趟行程都沒有興趣，我又不可能隻身前往。這些理由都讓我啞口無言，我想要去石洲島的理由只是覺得我應該去，我也知道這不具任何說服力，只會讓我顯得更瘋狂，同時讓他們更擔心。我絕對不能告訴爸媽波曼爺爺的遺言，也絕對不能讓他們知道信和照片的存在，否則他們很可能把我送進精神病院。我只能編造一些聽似正常理智的說辭，好比「我想要更了解家族歷史」，或是「查德．克拉瑪和喬許．貝爾暑假都可以去歐洲，為什麼我不行？」我有事沒事就故意提一下這件事，同時盡量不顯得太過迫切（我有次甚至一時情急，說出「你們又不是沒錢」這樣的爛理由，當下後悔莫及），但是這趟旅程看來終究遙不可及。

不過許多事情就在這時候接二連三發生，助我一臂之力。首先，巴比舅舅臨陣退縮，他擔心我去他們家住一個暑假會搞得雞犬不寧，話說回來，誰敢與瘋子同住一個屋簷下？所以我的行程頓時空了下來，此外，我爸發現石洲島其實是鳥類極其重要的棲息地，據說全球半數以上的特定鳥類族群都以這裡為家，這正中他愛鳥成痴的弱點。他忽然開始談論計畫中的新作，每次只要他提起這個話題，我就竭盡所能地鼓勵他，並假裝興趣濃厚。不過最關鍵的要角竟然是高倫醫師，我只不過試圖拉攏他幾次，他不但沒有對我的計畫嗤之以鼻，還出乎意料鼓勵我爸媽讓我去旅行。

「這趟旅行或許對他會有很大的幫助。」某天下午的會診結束後，他告訴我媽。「他爺爺曾經賦予這個地方奇幻神祕的色彩，如果他親自走一趟，或許可以破除神話，他會發現這裡就和其他地方一樣平凡無奇，說不定這麼一來，爺爺告訴過他的幻想故事就會跟著瓦解。

真相是打破幻想最直接有效的方式。」

「但是我以為他早就不相信那些有的沒的故事了。」媽回頭對我說：「對不對，小雅？」

「我不信了。」我向她保證。

「他的意識確實不相信。」高倫醫師說：「不過潛意識在此刻仍然困擾著他，導致他做夢、焦慮。」

「你真的認為去那裡有助他改善病況？」媽瞇著眼睛盯著高倫醫師問道，彷彿準備聆聽真理。當她不確定我該做什麼或是不該做什麼的時候，高倫醫師的意見就是至高的鐵律。

「我認為是如此。」他回答。

就這麼容易。

之後，一切水到渠成，進展快速得出人意料。機票買好了，行程敲定了，計畫定案，爸和我六月將同遊三週。我不知道三週會不會太長，不過他聲稱他需要這麼多時間仔細研究島嶼上的鳥類生態。我原以為媽會反對——整整三個星期！——不過越逼近出發日期，她似乎越為我們感到興奮。「我的兩個男人。」她容光煥發地說：「就要一起去大冒險了！」

老實說，起初她的熱情令我感動，直到某天下午，我不小心聽到她和朋友講電話。電話中，她透露自己多麼慶幸可以「重新找回自己的生活」三個星期，不必「擔心兩個成天只會哀哀叫的大孩子」。

我也愛你，我真想用傷人、譏諷的語氣回應，不過她沒看到我，所以我還是保持沉默。我當然愛她，不過主要是因為愛母親是孩子的義務；如果她是個陌生人，而我在大街上遇到她，恐怕不會想陪她走完這一段路。不過話說回來，這假設根本不成立，因為在她眼裡，走路是窮人做的事。

學期結束到出發前之間的三週空窗期，我盡力調查這位阿爾瑪・拉菲・裴利隼女士是否仍然在世，不過網路完全查不到任何資訊。如果她仍然健在，我希望能與她電話聯繫，提醒她我即將登門拜訪。不過我很快就發現，石洲島上幾乎沒人有電話。整座島上只有一個電話號碼，於是我撥了。

我等了將近一分鐘才連上線，電話鈴聲微弱模糊，一會兒靜默，一會兒又微弱模糊地響起，我幾乎可以感覺到兩地之間遙遠的距離。最後，我總算聽見歐洲國家的鈴聲，嗡、嗡……嗡、嗡……接著一個男人接起電話，聲音聽起來似乎已經酩酊大醉。

「目屎窖！」對方怒吼。他的背後隱約傳來喧鬧的噪音，就像大學兄弟會的狂歡派對才有的叫囂聲。我試圖自我介紹，但是他想必聽不見。

「目屎窖！」他再次嘶吼。「是哪位？」我還沒來得及回答，他已經把話筒拉遠，對別人大叫。「我說閉嘴，你們這群醉漢王八蛋，我在講……」

然後，電話就這麼斷了。我疑惑地把話筒靠在耳邊好一陣子才慢慢掛上。我根本懶得再打回去。如果石洲島唯一的電話號碼連通的是叫「目屎窖」的鬼地方，島上其他的地方還得了？難道我人生的首次歐洲之旅得在鎮日躲避醉漢以及觀察鳥類大小便中度過？或許如此。但是如果我可以就此解開爺爺的謎團，好繼續原本平淡、庸俗的人生，那麼忍受這一切也不算什麼。

3

濃霧密布，就像厚厚的眼罩遮蔽視線。船長告訴我們即將抵達時，我還以為他在說笑；在渡船搖搖晃晃的甲板上，只看見一片無邊無界的灰幕。我握緊船邊的扶手，凝視青綠色浪潮，心中暗忖海裡的魚群大概馬上就可以大啖我剩下的早餐。爸站在我身旁，穿著一件長袖襯衫打顫；這裡的氣候比我所熟悉的六月寒冷、潮溼多了。我們忍受了三十六小時的舟車勞頓，轉了三次飛機、換了兩班火車、在汙穢不堪的火車站小睡，現在又搭上漫長無盡、令人反胃的渡船；我默默祈禱，希望這一切煎熬——不論是對我或是對爸而言——都值得。這時候，爸忽然高聲大叫。「快看！」我抬起頭，一座高聳的岩石山在眼前混濁的帷幕上逐漸清晰。

那是爺爺的島嶼，在迷霧重重包圍下，更顯得陰森、荒涼；成千上萬的鳥在島嶼周遭守護、盤旋，就像是遠古巨人所建造的堡壘。我抬頭眺望險峻的懸崖，只見上端沒入鬼魅般的雲海。如果這裡真是個具有魔法的奇幻空間，或許也沒什麼好大驚小怪。

我的暈眩似乎瞬間消失。爸手舞足蹈，就像個準備過耶誕節的小孩子，目光緊盯著在我們頭頂盤旋的鳥群。「雅各，你看！」他指著空中大片黑點放聲叫。「曼島海鷗（Manx Shearwaters）！」

隨著我們漸漸靠近山崖，我注意到海水下方隱隱透露著形狀奇特的陰影。一名船員經過我身邊，發現我靠著扶手凝視海底的奇形怪狀，於是對我說：「從來沒有看過沉船嗎？」

我回頭看著他。「這是真的嗎？」

「這一帶的海域都是墓園。以前老船長常說：『哈特蘭角石洲島，晝夜陰魂海上漂[8]！』」

他才說完，我們正好經過一艘非常靠近水面的沉船一角，泛綠的殘骸輪廓清楚而明顯，彷彿淺埋在墓地裡的僵屍，隨時會浮出水面。「有看到那個嗎？」他指著沉船說：「它是被德國的潛艇擊沉的。」

「這一帶有潛艇？」

「可多了，當時愛爾蘭海到處都布署了德國潛艇。如果你可以把它們擊沉的船隻打撈上岸，就可以掌握大隊海軍了。」他誇張地挑了挑半邊眉毛，接著一邊仰頭大笑一邊離開。

我小跑步到船尾，看著沉船漸漸消失在我們的航跡下方。正當我好奇著需不需要使用攀岩設備登上島嶼的時候，適才陡峭的山崖已經緩緩往我們的方向展開。我們繞過海角，進入布滿岩石的半月彎，各色漁船在遠方的港口隨波起伏、擺盪，更遠處是一片略微凹陷的綠地，小鎮座落其中。丘陵綿延不絕，和後方高聳的山脈相連，羊群在緩坡上密密麻麻點綴了醒目的小白點。這裡和我所見過的任何地方都截然不同，令人感動，美不勝收。我們在海灣

❽ Twixt Hartland Point and Cairnholm Bay is a sailor's grave by night or day.

中朝陸地航行，渡船刺耳的引擎聲夾著海浪，一點點喚醒我內心深處冒險家的心情；彷彿這裡在地圖上都是藍色，沒有任何標記，而我於此發現了陸地。

渡船停妥後，我們扛著行李進入小鎮。身處其中，觀察四周，我才發現這裡就像許多事物一樣，近看並沒有遠遠看那麼美。漆著白色塗料的小屋沿著碎石、泥土鋪成的街道排成一線，若非屋頂上的碟形衛星天線，應該更顯得古雅迷人。石洲島實在過於偏遠，從英國本土牽電線過來不合乎經濟效益，所以到處都架設了臭氣沖天的柴油發電機，機組運作的嗡嗡聲不絕於耳，就像憤怒的黃蜂振翅舞動，和牽引機刺耳的引擎聲相互較勁——這是島上唯一的交通工具。小鎮的外緣有許多廢棄、傾頹的老舊小屋，證明人口迅速縮減；小孩子大多離開了這仰賴農漁為生的古老小鎮，離鄉背井去別處謀發展。

我們拖著行李，沿路找尋叫做牧師居的地方，爸在那裡訂了一間房。我料想那應該是個改建成民宿的老教堂；它或許稱不上精緻高檔，不過我們此行的目的是賞鳥和追查線索，只需要晚上有個睡覺的地方就夠了。我們問了好多當地人，大家都投以疑惑的表情。「他們應該會說英文，不是嗎？」爸大聲問。正當我的手瘦痛得無法負荷沉重的行李箱時，我們來到了一座教堂前。我們原以為這就是民宿，進去才發現它確實被改建過，但並非改建成民宿，而是陰暗破舊的小型博物館。

我們在掛滿舊漁網和羊毛剪的房間裡找到兼職的館長。他一看到我們立刻展露笑顏，知道我們只是迷路之後，臉又垂了下來。

「我猜你應該是指牧師窖。」他說：「那是島上唯一有房間出租的地方。」

他的口音活潑輕快，像節目主持人般為我們指引方向。我非常喜愛聽威爾斯人說話——儘管一半以上都聽不懂。爸向他道謝之後，準備轉身離開，不過既然他這麼樂於助人，我決定多待一會兒，再問他一個問題。

「請問有一所很老的孤兒院，那在哪裡？」

「很老的什麼？」他瞇起眼睛問道。

那一瞬間，我忽然很擔心我們會不會找錯了島；更糟的情況是，孤兒院會不會也是爺爺編造的謊言。

「那是個收容流亡孩童的地方。」我說：「戰爭期間？有一個大房子？」

那男人咬著下唇，滿臉懷疑地盯著我看，似乎猶豫該幫我或是不要多管閒事，最後他決定對我施以同情。「我不知道這裡有什麼難民。」他說：「但是我大概知道你說的是哪裡。它在島的另外一頭，橫渡沼澤、穿越森林，但是如果我是你，我絕對不會一個人去那裡冒險。那裡偏離主要道路太遠了，出了什麼事也沒人聽得見，一個不小心就可能掉進萬丈深淵。」

「謝謝你的資訊。」爸的眼神轉向我。「答應我，不要一個人亂跑。」

「好吧、好吧。」

「話說回來，你為什麼會對那裡感興趣？」那男人說：「旅遊導覽書上根本沒提到那個地方。」

「只是他的家族歷史研究計畫。」爸在門邊替我回答。「我爸爸小時候曾經在那裡生活過幾年。」我可以感覺到他深怕我提起精神科醫師或是死去的爺爺。再次謝謝那男人之後，他匆匆拉我出門。

我們依照館長指示的方向折返，路上看見一尊陰森肅穆的黑石雕像。這尊雕像名為「等待的女人」，是為了紀念迷失在海上的島民。她張開雙臂，迎著好幾條街外的港口站立，神情令人憐憫；過一條馬路，雕像的正對面就是牧師窖。我告訴你，我雖然不是什麼大飯店評鑑家，但是光看那斑駁頹圮的招牌，我就知道這絕對不會是什麼四星級的優質旅舍，也休想指望枕頭上會散發淡淡薄荷香。招牌上方粗大的字體印著葡萄酒、啤酒、烈酒，下方中型的字體寫著精緻美食，最底部才看到馬克筆手寫的多間房間出租，顯然是最後才補充上去的，然而，多間兩字已經被劃掉；換句話說，只有一間房出租。我們狼狽地把行李拖向門口，爸口中一直碎碎念，指控他們詐欺、登假廣告。我回頭望著等待的女人，心中暗忖她會不會只是等著服務生幫她送酒。

好不容易把行李塞進門內，我們站在門口，瞇著眼觀察這晦暗、低矮的小酒吧。當我的眼睛適應了瞬間黯淡的空間後，我才發現用窖這個字形容這裡真是非常貼切：鉛條裝飾的小格子窗限制了照進來的光線，室內的亮度剛好只能看見倒生啤酒的機器，顧客不至於看不見桌椅而絆倒，但桌子殘破不穩，看起來更適合拿來當作生火的木材。儘管現在還是大白天，吧臺已經客人半滿，大家帶著深淺不同的醉意，低頭望著桌上平底杯裡琥珀色的汁液，沉默不語。

「你一定是來入住的吧。」吧臺後方的男子邊說邊走出來和我們握手。「我叫凱夫，這些都是我兄弟。兄弟們，打個招呼吧。」

「哈囉。」大家有氣無力地咕噥著，對著酒杯點點頭。

我們跟隨凱夫走上狹窄的樓梯間，來到我們的雙人套房（是雙人沒錯！），說房間很簡單都太抬舉它了。裡面有兩間臥室，爸睡大的那一間，還有一個既是廚房、又可做為餐廳和客廳的房間；換句話說，裡頭擺了一張桌子、一張被蟲蛀壞的沙發，和一個瓦斯爐。廁所「大部分的時候」都可以用，凱夫還說：「如果真的失靈，老方法還是最可靠。」他指著後巷的流動廁所，從我房間窗戶望出去清楚可見。

「對了，你會需要用到這個。」他邊說邊從櫥櫃裡取出兩盞油燈。「因為這裡的油實在貴得嚇人，所以晚上十點以後發電機就會關閉。你們如果不早早上床睡覺，就要學習利用蠟燭和煤油。」他笑道。「希望你們不會覺得這樣的生活太復古！」

我們向凱夫保證可以適應戶外廁所和煤油。老實說，這一切聽起來還滿有趣的，甚至挑動著我的冒險心理。接著他引領我們下樓，為我們做最後的導覽。「歡迎你們在這裡用餐。」他說：「我想你們應該也只能在這裡吃飯，這附近什麼餐廳也沒有。如果你要打電話，角落那裡有個電話亭，不過有時候要排隊等上一會兒，因為這裡沒有手機訊號，這又是全島上唯一的電話線——沒錯，我們提供所有資源：食物、住房、電話！」他仰頭大笑，中氣十足又響亮。

島上唯一的電話。我回頭看向電話亭，它就像老電影裡才有的場景，有扇門可以拉起來保護隱私。我心頭一震，這才驚恐地想到：**這裡就是那個聲色場所**，**這裡就是大學兄弟會的狂歡派對**，我幾個星期前打電話連通的地方。**這裡就是目屎窖**。

凱夫把房間的鑰匙交給爸。「如果還有問題。」他說：「隨時來找我。」

「我有問題。」我說：「目屎……我是說牧師窖，到底是什麼意思？」

吧臺的客人全部笑成一團。「還用問嗎？當然是牧師的地窖啊！」其中一人說完後其他人笑得更厲害。

凱夫往火爐走去，火爐旁邊的地板凹凸不平，一隻皮膚長癬的狗正睡在那裡。「就在這裡。」他邊說邊用腳輕踏地板上像門的裝置。「很久以前，光是信天主教就會被掛在樹上吊死，神職人員紛紛來這裡避難。不過伊莉莎白女王的手下窮追不捨，我們就把需要幫助的人藏進這舒適的小洞裡，也就是牧師窖。」他在說**我們**的方式令我感到不太自然，彷彿他熟識那些早逝的島民。

「確實很舒適！」一位酒客說：「我猜下面一定溫暖又隱密。」

「我真想把那些迫害神職人員的兇手關進這溫暖舒適的洞裡。」另一人說。

「來、來！」帶頭起鬨的酒客說：「我們為石洲島乾一杯，願這裡永遠是我們堅固的盤石、守護大家。」

「敬石洲島！」大家同時舉杯應和。

我們因為時差而精疲力盡，很早就上床睡覺了；說得更確切一點，我們很早就各自上床躺平，不過卻無法入眠，而是用枕頭遮住頭，擋住從地板下方傳來的噪音；樓下飲酒作樂的喧鬧聲越來越吵雜，我一度以為那些酒客入侵我房間。十點一到，屋外嗡嗡的發電機忽然啪答啪答減速，慢慢沉寂下來；樓下的音樂聲停了，窗外的街燈熄了。我彷彿瞬間被包覆在無聲、安詳的黯藹中，四周一片黑暗，只剩下遠方的海浪竊竊私語，提醒我身處何方。

這是我好幾個月來第一次睡得這麼沉、這麼安穩。我沒有做噩夢，而是夢見爺爺小時候初次來到這裡的情景，一個陌生人來到陌生的土地，睡在陌生的屋簷下，身邊的人說著陌生的語言。當我醒來時，陽光從窗外灑落，我忽然意識到裴利隼女士拯救的不只是爺爺的生命，同時也救了我和我爸爸。今天如果幸運的話，我一定要好好謝謝她。

我走下樓，爸已經用餐完畢，一邊啜飲咖啡，一邊擦拭著名貴的望遠鏡。我才剛剛坐下，凱夫就端上兩個盤子，裡頭裝滿某種我沒見過的肉品和炸土司。「我不知道土司可以用炸的。」我驚訝地說。凱夫告訴我，他還不知道任何不能炸來吃的食物。

我吃著早餐，同時跟爸討論一天的行程。今天的任務類似認識環境，熟悉這座島嶼。我們先去探索爸的賞鳥景點，接著再去找尋孤兒院。我大口把食物一掃而空，迫不及待開始今天的計畫。

吃完油膩膩的早餐，我們步出酒吧，在小鎮中穿梭，沿路避開滿街的牽引機；發電機震耳欲聾，我們只能以喊叫溝通。走了好一陣子之後，街道逐漸變成田野，噪音在身後慢慢淡去。氣候乾爽，風勢強勁，太陽隱身在巨大厚實的雲層後方，偶爾露出光芒，在山丘上投射耀眼奪目的光束，這景象令我頓時感覺活力充沛，希望無窮。爸聲稱他乘船入港時曾經在岸邊看見大群野鳥，於是我們往岩岸的方向前進。我不確定該怎麼走，因為這島嶼的地形有點像個碗公，丘陵越靠近海岸線越高聳，最後形成一面險陡的斷崖，垂直沒入海中。然而，唯有這一帶沿海地勢平緩，我們順著小徑來到海邊的一小塊沙灘。

我們小心翼翼地走到海邊，看見一大片鳥群在漲潮過後所形成的水窪中振翅、鼓譟、獵捕小魚，宛如生氣蓬勃的大帝國。我注意到爸的眼睛瞬間瞪大。「美不勝收。」他喃喃地說，一邊用原子筆的末端輕刮地上乾硬的鳥糞。「我得在這裡耗上一陣子，你不用我照顧吧？」

我曾經看過他這樣的表情，所以我很清楚所謂的「一陣子」指的是好幾個小時。「那我自己去找那棟大房子囉。」我說。

「不能單獨行動，你休想，你答應過我的。」

「那我找人帶我去。」

「誰？」

「凱夫總有人可以介紹給我的。」

爸眺望大海，遠處有一座巨大的燈塔挺立在石頭堆中，外牆鏽蝕剝落。「你知道，要是你媽在這裡她會怎麼說。」

我爸媽對於小孩教育的觀念大相逕庭。媽總是扮黑臉，緊迫盯人；爸就比較散漫，認為我必須為自己負責，偶爾承擔犯錯的苦果。此外，一旦讓我自由行動，他就可以無後顧之憂地玩一整天鳥糞了。

「好吧。」他說：「但是不管你跟誰一起行動，你要把他的電話留給我。」

「爸，這裡沒有人有電話。」

他嘆了一口氣。「也對。好吧，一定要找值得信賴的人。」

凱夫外出辦事去了，我又不可能請他的酒客與我同行，所以我來到最近的商家，打算找個有正經工作的人求助。大門上寫著魚販，我推開門，嚇得猛打哆嗦，只見一個高大威武的大鬍子穿著沾滿血跡的圍裙；當時他正在砍魚頭，一看到我進門就停了下來，手中的大刀還滴著鮮血。我暗自對天發誓，從此再也不小看醉漢。

「你要幹嘛？」當我說完來意之後，他不耐煩地大聲咆哮。「那裡什麼都沒有，只有沼澤溼地，天氣怪裡怪氣。」

我告訴他我打算拜訪爺爺小時候住過的孤兒院。他對我皺皺眉頭，接著靠在櫃臺上，懷疑地低頭看看我的鞋子。

「我想狄倫應該沒那麼忙，應該可以陪你一程。」他邊說邊拿菜刀指向一個在冰櫃前整裡魚隻的男孩，他看起來年紀與我相仿。「不過你總得穿雙合適的鞋子，我不能讓你穿著運動鞋就跑去那裡，泥漿會把它們吸走！」

「真的嗎？」我問。「你確定嗎？」

「狄倫！幫這位小哥拿一雙威靈頓靴！」

那男孩不甘願地唉了一聲，慢慢關上冰櫃的門，把手洗乾抹淨，最後才無精打采地走向牆邊堆滿乾貨的層架前。

「我們剛好有準備一些堅固扎實的靴子。」魚販說：「不過可沒有買一送一唷！」他一邊放聲大笑，一邊舉起魚刀往鮭魚頭上重重砍下去；魚頭彈出血跡斑斑的櫃臺，正好飛進遠處的小水桶裡。

我從口袋掏出爸給我的緊急零用金，心想反正都已經橫越大西洋來到了這裡，只要能找到那位女士，被坑一點也無所謂。

我穿著橡膠靴離開魚店，不過這雙靴子過大，我甚至可以把原本的球鞋一起塞進去；我步履極為沉重，幾乎跟不上我的臭臉嚮導。

「所以，你在島上要上學嗎？」我一邊問狄倫一邊努力追上他的腳步。我的好奇出自真心，我想知道這裡和我同齡的年輕人生活如何。

他含糊地說了一個英國本土的地名。

「那是哪裡？搭船一個小時可以到嗎？」

「對。」

他就只回答我一個字而已。對於我接下來的問題他反應更冷淡；換句話說，他當作沒聽見，所以我終究死了心，默默跟著他。前往郊外的途中，我們遇見了他的朋友；他年紀略長，身穿鮮黃色的運動外套，脖子上掛著假的金項鏈。他詭異的打扮和石洲島一點也不搭，太空人身穿太空衣來到這裡都顯得正常些。他和狄倫相互擊拳，並向我介紹他叫大蟲。

「大蟲？」

「這是他的藝名。」狄倫解釋。

「我們是威爾斯最火的饒舌二人組。」大蟲說：「我是MC大蟲，他是漢堡包，人稱超屌狄倫，又名超屌惡棍，也是石洲島最強的口技歌手。要不要讓這位老兄見識我們的厲害？屌狄？」

狄倫看起來有點不耐煩。「現在？」

「隨便秀一下你的拿手絕技吧，老弟！」

狄倫翻了一個白眼，不過還是乖乖表演了。我原本以為他被自己的舌頭噎到，後來才發現那像是嗆到的咳嗽聲其實有節奏——噗、噗、喳、噗、噗、喳——接著一旁的大蟲也隨著節奏表演起饒舌。

「我愛牧師窖，成天去鬼混，你老爸失業，天天去鬼混。我饒舌一流，阿姆都不如，狄倫口技高超，不輸給小兔！」

狄倫忽然停了下來。「等等，這一點都不合理。」他說：「而且明明是你老爸在領失業補助。」

「喔，糗了，屌狄口技斷了！」大蟲也開始耍起口技，一邊賣弄著還算可以的機器舞，他的球鞋用力摩擦地上的碎石堆。「快拿起麥克風，狄！」

狄倫面有難色，但是還是隨著節奏脫口而出。「我遇到一個正妹叫作雪倫，她扒著我的衣服一路狂奔，我們緊緊相擁一陣天旋地轉，原來我在馬桶上做白日夢。」

大蟲搖搖頭。「馬桶？」

「我還沒準備好！」

他們轉過身來問我的感想，他們連對方的饒舌都互不滿意，更讓我不知道該怎麼回答。

「我大概比較喜歡普通的流行音樂，像是有人唱歌和彈吉他的。」

大蟲無奈地揮揮手。「就算A咖饒舌歌手在他面前表演他都覺得是狗屁。」他咕噥著。

狄倫哈哈大笑，接著兩人相互擊掌，又是擊拳又是握手，複雜的手勢令人眼花撩亂。

「我們可以走了嗎？」我問道。

一陣牢騷之後，他們繼續閒聊了好一會兒才動身，大蟲也跟來了。

我走在他們兩人後頭，思量著遇到裴利隼女士時要說些什麼。我幻想她是位彬彬有禮的威爾斯女士，而我們坐在大廳裡一邊啜飲紅茶，一邊閒話家常，等待時機成熟，宣布噩耗。我會告訴她，**我其實是亞伯拉罕．波曼的孫子，我很遺憾，我必須告訴你一個壞消息，他已經離開人間了**。等到她靜靜拭去眼角的淚水，我再來慢慢請她為我解開疑問。

我跟在狄倫和大蟲背後，經過羊群遍野的草原，往山脈的高處前進，呼吸越來越困難。山頂上瀰漫著濃密的霧氣，萬縷千絲層層纏繞，揮散不去，我們彷彿進入了另外一個世界。眼前的濃霧令我聯想到上帝，聯想到聖經故事，聯想到祂為了懲罰埃及人而降下十災。越過山頭後緩緩下坡，霧氣更顯厚重，太陽看起來就像一片暗淡的白色花環。溼氣包覆著萬物，在我的皮膚上凝結成水珠，也溼潤了我的衣服，氣溫瞬間急降。我一度找不到大蟲和狄倫，幸好山路很快轉為平坦，我才看到他們站在前方等我。

「小美國人！」狄倫大喊。「這邊走！」

我乖乖地跟著他們走到小徑之外，穿越一片滿是泥濘的溼草地；四周的綿羊毛髮看起來又溼又重、尾巴下垂、睜大眼睛盯著我們。遠處的霧氣中隱隱有一座小房子，外牆釘滿木條。

「你確定就是這裡？」我說：「看起來是個空屋。」

「空屋？不可能，裡面多的是大便。」大蟲回答。

「過去吧。」狄倫說：「你自己看看。」

我隱隱覺得這是個陷阱，但還是走上前敲門。門沒上鎖，我一碰到就應聲而開，裡面暗得什麼都看不見，於是我走進門，腳步卻出乎意料往下沉，踩進一片泥濘裡；不過我很快就發現我的小腿其實是被一片糞便淹沒。外表看起來平凡無奇的小房舍，原來是一座臨時羊棚，是名符其實的糞坑。

「老天！」我噁心地嘶吼。

外頭傳來歇斯底里的笑聲。撲鼻而來的臭味差點讓我失去意識，我趕忙踉蹌退回門外，只見他們兩人手壓著肚子笑彎了腰。

「你們真可惡。」我邊說邊踩著地面，試圖把腳上的羊糞震掉。

「會嗎？」大蟲說：「我們已經告訴你裡面都是大便了！」

我瞪著狄倫。「你到底要不要帶我去找那棟房子？」

「他認真了。」大蟲邊說邊擦拭眼角淚水。

「我當然很認真！」

狄倫的微笑淡去。「老兄，我以為你在打趣。」

「打什麼？」

「開玩笑的意思。」

「我沒有開玩笑。」

他們倆不自在地交換了一個眼神，接著狄倫在大蟲耳邊竊竊私語，大蟲也對狄倫說了些悄悄話，最後狄倫轉過身指著前方的小徑。「如果你真的想去。」他說：「繼續往前走，穿過沼澤，越過森林，那棟房子很大很老，你自然會看到。」

大蟲撇開頭說：「我們只能陪你走到這裡。」

「搞什麼鬼，你應該要陪我一起去的！」

「為什麼？」

「沒為什麼。」才說完，他們就轉身順著原路離開，慢慢隱沒在霧氣中。

我權衡著兩個選項：我可以夾著尾巴跟隨惡整我的傢伙回鎮上，也可以一個人探險，回去再對爸說謊。

專注地分析了四秒鐘後，我決定舉步前進，

廣闊的沼澤覆蓋小徑兩側，在霧氣中往外蔓延，除了褐色的雜草、茶色的水，和零星的石頭堆，我無法從中看到任何端倪。沼澤的盡頭是一片死寂的樹林，乾枯的樹枝末梢往上竄升，宛如浸溼的水彩筆。途中，小徑一度被斷枝和繁密的長春藤蔓覆蓋；我失去了方向感，只能靠著一股信念前進。我不知道像裴利隼女士這樣的長者該怎麼通過這段充滿險阻的路。

我心想，她想必都請別人送貨到府，不過再仔細瞧瞧，小徑看起來已經好幾個月、甚至好幾年沒人走過了。

我爬過一根長滿青苔的巨大樹幹，小徑突然轉彎，前方的樹林像簾幕緩緩往兩邊揭開。忽然間，我看到了。那棟房子被包圍在濃霧中，在野草叢生的山坡上若隱若現。我這才知道那兩個男孩為什麼拒絕和我同行。

爺爺曾經向我形容過它不下百次，但是這棟房子在爺爺的故事中一向明亮、快樂，雖然大而雜亂，卻總是充滿光彩和歡笑。但眼前的房子並非逃避怪物的庇護所，而是怪物本身；它屹立在半山腰，空虛、飢餓地窺視下方。樹枝穿過窗戶往內竄升，粗野的藤蔓包圍、侵蝕著外牆，就像抗體攻擊著病毒，大自然也彷彿與它為敵、發動攻勢。不過房子彷彿下定決心長期奮戰，儘管外牆傾頹、屋頂部分垮塌、透漏天光，依然挺立在山上。

我試圖說服自己裡面可能還有人住，儘管外頭看起來慘不忍睹。這樣的案例在我生長的地方並非前所未聞，很多窮鄉僻壤都有些頹圮殘破的老屋，窗簾永遠拉得緊緊的，雖然大家都以為是廢墟，裡頭卻住著與世隔絕的老人家，靠著囤積多年的泡麵和啃指甲維生；直到某天某位不動產估價師或是認真積極的人口普查員破門而入，才發現可憐的老人家已經倒在單人沙發上一命嗚呼。人老了以後往往無力照顧房子，家人又總以各式各樣藉口推託照顧他們的責任；這實在很可悲，但確實不斷在發生，所以我無論如何都該去敲敲門、一探究竟。

我鼓起些微的勇氣，大步穿越及腰的雜草，來到磚瓦碎裂、木材腐朽的門廊前，從沾滿灰塵的破窗戶往裡窺看，卻只看到家具的輪廓。我敲了門，倒退一步，在詭異的寂靜中等待，手中摸著口袋裡裴利隼女士的信。我特地帶著信件以證明自己的身分，不過隨著時間一分一秒過去，用到它的機會似乎顯得越來越渺茫。我回到庭院裡，繞著房子尋找其他入口，一邊觀察四周環境；這房子大得令人難以捉摸，每彎過一個角落，就看到不一樣的陽臺、塔樓和煙囪。我回到房子的正面，發現了剛才錯過的機會：其中一個入口沒有門，四周爬滿藤蔓，深邃而黑暗，彷彿一張大嘴企圖吞噬我。光是看著這扇門就令我汗毛直豎，不過我已經跨越了大半個地球，當然不能因為看到恐怖屋就嚇得抱頭竄逃。波曼爺爺一生所經歷過的種種恐懼忽然浮現在我的腦海裡，霎那間，我感到異常堅定。只要我有一絲機會在屋子裡找到任何人，我就不能放棄。我踏上晃動的階梯，跨過門檻。

走廊就像墳墓一樣幽暗。我全身僵硬地站在原地，牆上的掛鉤上彷彿吊著動物的毛皮。我感到一陣噁心暈眩，腦中幻想變態的殺人魔從陰影中躍出，手握菜刀，打算置我於死地；但仔細一看，才發現那些毛皮其實只是破舊、發霉的大衣，像爛抹布一樣掛在那兒。我不由自主打了一個寒顫，深吸一口氣。走進這房子才不過十步，我已經嚇得快要尿褲子了。我告訴自己，**保持鎮定**，一邊慢慢往前走，心臟在胸腔裡猛烈跳動。

房間一間比一間怵目驚心。報紙隨處堆疊，積滿灰塵的玩具散亂四處，證明很久以前曾經有孩子在這裡居住。蔓生的黴菌爬滿窗邊，使牆壁長滿絨毛，一片烏黑。藤蔓從屋頂竄入，侵蝕壁爐，在地上錯綜地擴張，好似外星人的觸鬚。廚房像是浩劫過後的科學實驗室，經過六十個寒暑，滿櫃子的罐裝食物因為反覆結冰、融化而爆裂，把牆壁噴得慘不忍睹。坍塌的厚重水泥牆倒在餐廳地板上，我一度還以為屋內有積雪。走廊底端的視線極不明朗，我輕輕試踏那搖搖欲墜的階梯，隱約看見臺階上厚厚的灰塵留下我的靴印；階梯彷彿從深沉的睡夢中醒來，發出難過的呻吟。要是樓上真的有人，他們恐怕也很久沒下樓了。

最後，我走進兩間房間裡，中間相隔的牆壁不見了，裡面長滿了灌木和發育不良的小樹，陰風陣陣吹過。我想不出什麼樣的災難會造成如此嚴重的破壞，但是可以確定這裡一定有段可怕的歷史。我無法把爺爺清新浪漫的童年故事和這夢魘般的房子聯想在一塊兒，無法想像這經歷過大災難的地方怎麼可能是他小時候的避難所。這裡有太多的謎待解，不過我忽然覺得留在這裡只是浪費時間，因為不可能有任何人住在這。於是我離開了這棟大房子，真相彷彿離我越來越遠。

4

我像個盲人一樣，在濃霧瀰漫的樹林中一路跌跌撞撞，憑感覺認路，終於重返了有陽光的世界，不過此時太陽已經漸漸西沉，天邊染成一片胭脂色的紅，一天就這麼不知不覺地過去了。爸坐在酒吧等我，桌上擺著一杯黑色的啤酒和筆電。我在他對面坐了下來，趁著他低頭打字時把酒杯抓過來灌了一大口。

「我的老天。」我差點噴出來，一邊勉強自己把酒嚥下去。「這是什麼？發酵的機油嗎？」

「差不多。」他大笑著說，同時把酒杯搶回去。「這跟美國的啤酒不一樣，不過你應該也不知道美國啤酒是什麼味道吧？」

「當然不知道。」我神祕地使了個眼神，不過這確實是實情。我爸一廂情願地以為我和他當年一樣受人歡迎、勇於冒險，這神話始終不曾破滅。

他簡短地詢問我如何找到大房子、誰帶我去的。我知道最簡單的說謊方式不是捏造故事，而是別把故事說太滿，所以我輕易蒙混過關。我刻意遺漏了狄倫和大蟲把我騙進糞坑的那段情節，也沒告訴他他們中途棄我而去。爸對於我認識同齡的孩子似乎感到很滿意，我想這是因為我也沒告訴他他們多麼厭惡我。

「那棟房子如何？」

「慘不忍睹。」

他的臉部肌肉稍稍抽動。「看來你爺爺住在那裡是很久以前的事了。」

「對啊，很久沒有任何人住在那裡了。」

他闔上筆電，我知道這意味他要專注地和我談話了。「我看得出來你很失望。」

「是沒錯，我不是為了來找一棟裝滿垃圾的恐怖屋而離家千里的。」

「所以你打算怎麼辦？」

「找人談談，總有人會知道以前住在那裡的孩子去哪兒了。我估計有好幾個人還活著，就算不在這裡，也應該在英國本土，可能住在養老院之類的。」

「當然，這也可行。」不過他的語氣聽起來並不認同。他沉默了一會兒，繼續說：「所以來到這裡以後，你有沒有覺得更了解爺爺是怎樣的一個人？」

我思考了一下。「我不知道，或許有吧。這只是個普通的小島，對吧？」

他點點頭。「沒錯。」

「那你呢？」

「我？」他聳聳肩。「我老早就放棄了解我爸了。」

「聽起來有點可悲。你一點都不感興趣嗎？」

「當然，我曾經好奇過，但是過了一陣子就放棄了。」

我隱約覺得我們的對話正導往令我不太自在的方向，但是我還是想深入了解。「為什麼？」

「如果別人一直把你拒於門外，你終究會停止敲門。知道我的意思吧？」他幾乎沒有跟我這樣談話過。或許是酒精作祟，或許是因為我們都身處異鄉，或許是因為他認為我終於夠成熟了。我不知道原因為何，我只想要他繼續說下去。

「但是他是你爸，怎麼能輕言放棄？」

「放棄的不是我！」他有點大聲，接著他低下頭，尷尬地拿著酒杯來回搖晃。「只是因為……老實說，我認為你爺爺不知道該怎麼做父親，他只知道他有責任做父親，因為他的兄弟姐妹都在戰爭中喪命了。做父親的過程中，他得不斷離家遠走，有時去打獵，有時出差，你可以想到的原因他都用過了。就算他真的在家裡，我也感覺不到。」

「是因為那次萬聖節的事情嗎？」

「你在說什麼？」

「你知道的，那張照片。」

那是很久以前的事，故事是這樣的：當時是萬聖節，爸只有四、五歲，從來沒有挨家挨戶要過糖果，所以波曼爺爺承諾下班後會帶他去討糖吃。奶奶幫爸買了一套滑稽的粉紅色兔子裝，他馬上換上那套衣服坐在門口等波曼爺爺回家；他從下午五點等到午夜，爺爺始終沒回來。奶奶氣壞了，把爸坐在街上哭泣的模樣拍下來，好讓爺爺知道他多麼可惡。不用說也

JUN · 56

知道，那張照片自然而然變成了家族茶餘飯後的話題，令爸尷尬不已。

「那年的萬聖節發生的事只是冰山一角。」他語氣略帶埋怨地說：「說真的，小雅，我從來都沒有像你與他這麼親近過。我不知道該怎麼說……你們之間彷彿有種難以言喻的默契。」

我不知道該如何回應。他在嫉妒我嗎？

「你為什麼要告訴我這些？」

「因為你是我兒子，我不希望你受傷。」

「我為什麼會受傷？」

他停頓了片刻。外面霎時風雲變幻，夕陽殘餘的最後一道光束把我們的身影投射在牆上。我感到腸胃一陣噁心，我猜，當你的爸媽即將告訴你他們計畫離婚、而你又心裡早就有數時，大概就是這種難過的感覺。

「我從來不想深入了解你爺爺，因為我害怕會發現什麼祕密。」他終於脫口而出。

「你是指戰爭？」

「不，我能理解你爺爺為什麼不談戰爭的事，因為那些回憶很痛苦。但是他總是在旅行，總是不在家裡，我不知道他到底在做什麼。我認為……你姑姑和我都認為……他有別的女人，也許還不只一個。」

我們兩人許久沉默不語，我感到臉部不自然地發麻。「爸，這太誇張了。」

「我們發現過一封信，我們都不知道寄信的女人是誰。她對你爺爺寫著我愛你，我想你，你什麼時候回來之類的。那些煽情的文字就是最直接的證據，我永遠都忘不掉。」

我感到一陣灼燙的羞恥感，彷彿是我自己做錯事一樣，同時又覺得難以置信。

「我們把它撕了，沖進馬桶，後來再也沒有發現別封信了。我猜那次之後，他更加謹慎了。」

我不知道該說什麼，也不敢直視爸。

「抱歉，小雅。我知道這一切很難承受，我知道你很崇拜他。」他伸出手摸我的肩膀，但是我把他甩開，一邊滑開椅子一邊站起身。

「我並沒有崇拜任何人。」

「好吧，我只是……我只是希望你有心理準備，這樣而已。」

我一手拿起我的外套把它甩在肩上。

「你要幹什麼？晚餐快準備好了。」

「他不是你說的那樣。」我說：「我會證明給你看。」

他嘆了口氣，似乎無意阻攔我。「好吧，希望你能成功。」

我把牧師窖的門重重一甩，沒有目的地不斷地往前走。人有時候只是需要奪門而出。

當然，爸說的沒錯：我確實崇拜爺爺。我希望爺爺和我心目中設想的形象一致，而我想都沒想過他可能會有外遇。小時候，波曼爺爺的奇幻故事讓我相信生命充滿了魔法、奧妙。

雖然我後來不再相信那些童話，我還是認為爺爺很了不起。他經歷了莫大的恐懼，見證人性的黑暗，走過人生的低潮，依然堅毅不撓地昂首挺立，並成為我所認識最勇敢、善良的人——這本身就很了不起了。我無法相信他是個騙子、不忠者、或不是個好父親；因為如果連波曼爺爺都並非高尚、良善之人，那麼世界上大概沒有好人了。

博物館的大門敞開，燈光還亮著，但是裡面似乎沒人。我來這裡找尋館長，希望他可以告訴我這座島的歷史，或是一些島民的故事，說不定有助我了解那棟房子的背景以及裡頭居民的去向。我猜他大概外出辦事了，因為他絕對沒想到會有遊客來訪，於是我走進殿堂欣賞展示品，殺殺時間。

有的展示品陳列在牆邊的大型櫥櫃上，有的擺放在原本放置教堂長椅的地方。大多數的文物都和村莊的捕魚文化、農耕傳統有關，非常枯燥乏味，但其中一個展示品卻與眾不同。它位在原本擺放祭壇的地方，這也是教堂中最崇高、顯著的位置。我跨過在它四周圍成一圈的圍欄繩，無心閱讀旁邊的警告標語；箱子的木頭鑲邊上刻有華麗典雅的雕紋，上頭是一片樹脂玻璃，遊客只能從正上方往裡看。

我才往裡面看，立刻嚇得倒抽一口氣，腦海裡驚慌失措地想著**有怪物**！我完全沒有料到會和一具黑色的焦屍正面接觸。它萎縮的身軀和夜夜在我夢中出沒的生物有幾分相似，焦黑的皮膚彷彿被大火烤過，也令我聯想到爺爺口中的怪物。幸好它沒有起死回生的跡象，也不可能撞破玻璃、朝我的咽喉咬下去，否則我的心靈創傷永遠不可能痊癒。慢慢的，我內心的恐慌平復了下來。不論它再怎麼醜惡，也只是博物館的展示品。

「看來你已經見過老人了！」背後傳來說話的聲音，我回頭看見館長朝我闊步走來。「你很冷靜，我還看過成年男人當場昏倒！」他露齒微笑，一邊伸手向我自我介紹。「馬丁．佩吉。我那天好像忘了問你貴姓大名。」

「雅各．波曼。」我說：「這是誰？威爾斯最有名的謀殺案被害人嗎？」

「哈！我是從來沒這樣想過，不過這也很有可能唷。他是本島最資深的居民，考古學界稱他為石洲人，而我們都習慣叫他老人。確切來說，他已經兩千七百多歲了，不過他死的時候只有十六歲，所以是位相當年輕的老人，我沒有開玩笑。」

「兩千七百歲？」我說著，一邊掃視男孩的臉，清晰的五官保存得完美無缺。「但是他看起來……」

「如果你在氧氣和細菌無法存在的空間度過流金歲月，你也可以這樣保持千古不變。我們的沼澤底部就具有這樣的神奇特質，它好比一座青春活泉，不過先決條件是你必須是一具屍體。」

「你是在那裡找到他的嗎？沼澤裡？」

他哈哈大笑。「不是我！是挖掘機。七〇年代的時候，很多人都在大石堆附近的沼澤裡挖掘泥炭。發現他的時候，他看起來彷彿才沒死多久，大家都擔心殺人犯還在石洲島上。後來警方發現他手中握著石器時代的弓，脖子上掛著人髮編成的絞索，才知道這不是現代人。」

我打了個哆嗦。「聽起來像是活人獻祭。」

「沒錯。他受了絞刑、浸過水、開腸剖肚，同時頭部也經歷重擊。殺一個人似乎不需要這麼麻煩，你認為呢？」

「我想是吧。」

馬丁放聲大笑。「『你』想是吧！」

「對，沒錯，太麻煩了。」

「當然。不過最令我們現代人感到不可思議的是，這男孩似乎是自願受死，甚至非常迫切地想死。那個時代的人相信沼澤，特別是我們這一帶的沼澤，是通往天堂的大門，也是奉獻珍貴祭品最完美的地點，所以他們願意在這裡獻上自己的生命。」

「實在太瘋狂了。」

「我同意。不過換個角度想想，我們未嘗不是在以各種方式慢性自殺？未來的人可能也會覺得我們很瘋狂。況且如果人真的可以通往另一個世界，沼澤倒是不錯的選擇方式；它既不是水，也不是陸地，介於兩者之間。」他彎下腰，端詳棺木裡的遺體。「他真美，不是嗎？」

我再次望向那具被勒死、剝皮、溺斃的遺體，他經歷了殘酷的儀式，最後成為不朽的木乃伊。

「我不覺得。」我說。

馬丁挺直腰桿，字正腔圓地說：「請你過來，仔細欣賞這焦黑的男子。他睡得如此沉靜安詳，黑炭般的肌膚依舊柔嫩，纖細的四肢宛如炭石礦脈，雙腳好似漂流木上掛著幾顆皺縮的葡萄！」他像個誇張的舞臺劇演員，伸出雙臂，繞著棺木昂首闊步。「請你過來，仔細端詳他宛如藝術的殘酷傷口，深刻的刀痕俐落如流水，蜿蜒如曲徑；石塊敲碎他的大腦、顱骨，絞索緊緊纏繞他的咽喉。眾人拿水果朝他投擲，把他拋進沼澤裡；他為了找尋天堂，從此凍齡在青春期。你的傳奇故事令我醉心！」

他鞠躬謝幕，而我忍不住鼓掌歡呼。「哇。」我驚呼道。「你自己創作的嗎？」

「被發現了！」他難為情地微笑回答。「我閒來沒事喜歡舞文弄墨，這只是我的興趣而已。不論如何，謝謝你的誇獎。」

我不明白這個古怪刁鑽、口才辨給的男人在石洲島做什麼。他穿著打折西裝褲，吟詠著水準不算太差的詩詞，外型像個銀行經理。我實在很難把他和這鳥不生蛋、沒有電話、沒有柏油路的小島聯想在一起。

「儘管我很樂意為你介紹其他的收藏。」他一邊說著一邊帶我走向門邊。「不過，不好意思，現在已經是閉館時間，如果你明天還想過來參觀……」

「其實我想請問你一個問題。」我趁他把我趕出門之前說：「關於我早上向你提過的那棟房子，我已經去過那裡了。」

「真的！」他驚呼。「我以為我會讓你打退堂鼓呢。那棟鬼屋最近看起來如何？還沒倒嗎？」

我告訴他房子依然挺立在原地，接著切入正題。「你知道以前住在那裡的人去哪裡了嗎？」

「他們死了。」他回答：「好久以前的事了。」

雖然早就想過這個可能性，我還是難免驚訝。裴利隼女士老了，老人終會辭世，這並不表示我的調查就此結束。「我不只想找院長，只要是曾經住過那裡的人都可以。」

「都死了。」他再次說：「戰爭之後再也沒人住在那裡了。」

我遲疑片刻，思考他說的字字句句。「什麼意思？什麼戰爭？」

「孩子，這裡的人說的『戰爭』只有一個，**第二次世界大戰**。我沒記錯的話，他們是死在德國的空襲中。」

「不對，不可能。」

他點點頭。「那時候，石洲島遠方的海角設有一支防空部隊，就在樹林另一邊的大房子附近，所以石洲島自然是合理的軍事目標，不過我告訴你，不論合理與否，德軍攻擊從來不管那麼多。總之，其中一個炸彈飛偏了，結果就……」他搖搖頭。「命運捉弄人。」

「不可能。」我重複道，但是內心已經開始動搖。

「你何不坐下來？我幫你倒杯茶。」他說：「你看起來有點恍惚。」

「我只是有點頭暈……」

他帶我進入辦公室坐下，自己去外面泡茶。我試圖整理思緒，在戰爭中被炸死了——這正好可以解釋為什麼許多房間只剩下斷垣殘壁，但是裴利隼女士十五年前寄出的信又該怎麼解釋？郵戳確實顯示寄件地點是石洲島。

馬丁回到辦公室並遞給我一個馬克杯。「我加了一點點潘德瑞。」他說：「這是我的小祕方，應該很快可以讓你放鬆下來。」

我向他道完謝，馬上喝了一大口，這才發現他的祕方原來是濃度極高的威士忌，我的食道彷彿被汽油沖過一樣灼燙。「好像真的有效。」我漲紅了臉說道。

他眉頭深鎖。「我想還是叫你爸過來比較好。」

「不，不用了，我沒事。你還知道什麼跟那次空襲有關的歷史？拜託請告訴我。」

馬丁坐在我對面的椅子上。「我很好奇，你說你爺爺曾經住在這裡，但他從來沒提過嗎？」

「我也百思不解。」我說：「我猜空襲可能是他離開之後才發生的。到底當時是戰爭末期還是初期？」

「不好意思，我得老實告訴你：我也不知道。但是如果你真的有興趣，我可以請別人告訴你。我的奧奇伯父已經八十三歲了，他一輩子沒離開過島上，而且老當益壯。」馬丁看看手銬。「如果我們能在神父泰德[9]開播前趕去他家，我想他會很樂意把知道的事情全部告訴你。」

十分鐘後，馬丁和我已經擠在奧奇的小沙發上，客廳到處是成堆的雜書、老舊的鞋盒，以及多到足以照亮卡爾斯貝洞窟[10]的桌燈，不過只有其中一盞插著電；我逐漸發現，住在這偏遠小島上的人很容易習慣性囤積物資。奧奇穿著脫線的西裝外套和睡褲，彷彿早就在等我們來訪（不過他大概忘了換褲子）。他面對著我們坐在覆蓋著塑膠袋的搖椅上，一邊搖晃一邊滔滔不絕。他似乎很開心有人聽他說話，聊完了天氣，又對威爾斯政治發表高談闊論，最後大肆批判當前的年輕人道德淪喪。馬丁循循善誘，才把話題引導回當年的空襲事件與孤兒院的孩童。

「當然，我當然記得他們。」他說：「一群怪人。我們常常在鎮上看見那些孩子，照顧他們的女人偶爾也會出現。他們都會來鎮上採購牛奶、藥物之類的生活用品。你跟他們說『早安』，他們就撇過頭去，非常孤僻，每天都待在大房子裡。很多人都覺得那房子不對

[9] *Father Ted*。英國知名電視喜劇。
[10] Carlsbad Cavern。位於美國新墨西哥州東南部的國家公園景點，地下的鐘乳石洞浩大壯觀。

勁，在背後議論紛紛，不過沒有人確定他們在裡面搞什麼鬼。」

「議論紛紛些什麼？」

「各種說法都有，如我剛剛說的，沒有人確定他們在裡面搞什麼鬼，但是我知道他們和一般的孤兒不一樣。其他的地方有巴納杜兒童之家，那裡的孩子常常進城裡觀賞遊行，和其他人閒話家常。但是這一群孩子則不然，很多連正統英語都不會說，甚至連英文字母都不會念。」

「因為他們並不是真正的孤兒。」我說：「他們是其他國家的難民，來自波蘭、奧地利、捷克斯洛伐克……」

「是嗎？」奧奇說著，挑起一邊眉毛。「真有趣，我從來沒聽過這說法。」他的語氣透露著不滿，彷彿責備我自以為是、不懂裝懂。搖椅晃動的速度漸漸加快，我感到忐忑不安。如果石洲島上的人都是以這樣的態度對待我爺爺和其他的孩子，他們要孤僻也是理所當然。

馬丁清了清喉嚨。「伯父，那空襲事件呢？」

「喔，聽我從頭說起。沒錯、沒錯，該死的德軍，我怎麼可能忘記？」他娓娓訴說著當年島上風聲鶴唳的生活，德國的空襲威脅令大家膽戰心驚：刺耳的警報不時響起，眾人慌忙逃向防空洞，自願服務的防空隊員夜裡挨家挨戶巡邏，確定每家的窗簾都拉上、街燈都熄滅了，以免百姓成為敵軍的標靶。他們竭盡所能地做好防備工作，卻從沒想過自己真的會遭受攻擊；畢竟英國本土有太多港口、工廠，相較之下，石洲島的防空軍備顯得無足輕重。不過，那一夜，炸彈卻從天而降。

「那爆炸的聲音真恐怖。」奧奇說：「就好像憤怒的巨人把石洲島踩了一圈，而且沒完沒了。他們把我們打得淅瀝嘩啦，不過老天有眼，鎮上沒有人喪命。可是防空部隊的士兵就沒這麼幸運，他們為了守護我們而捐軀。孤兒院的可憐孩子也難逃一劫，一枚炸彈就把他們全炸死了。所以，不管他們來自哪裡，都為了英國而死，願上帝祝福他們。」

「你還記得那是什麼時候發生的嗎？」我問。「戰爭的初期還是末期？」

「我連日期都記得一清二楚。」他說：「那天是一九四〇年九月三號。」

房間的空氣彷彿瞬間抽離。我的腦海中浮現出爺爺死灰色的臉，他的嘴唇微微顫動，虛弱地說著那幾個字：一九四〇年，九月三號。

「你……你確定嗎？就是那一天？」

「我從沒打過仗。」他說：「我當時年紀很小，但是那天晚上是我唯一一次見識到戰爭的可怕，所以我很確定。」

我全身麻痺，無法自已。這太詭異了，是有人在跟我開玩笑嗎？這就像一場離奇又無趣的玩笑。

「一個生還者都沒有嗎？」馬丁問道。

老人思忖了一會兒，目光游移向天花板。「聽你這麼一提。」他說：「我才想到好像有一個，一個年輕人，跟這個小夥子差不多大。」他回憶的同時，搖椅慢慢停了下來。「他在隔天走進鎮上，身上毫髮無傷。儘管他才目睹同伴喪生硝煙彈雨中，看起來卻並不傷心難過，這令我百思不解。」

「他可能嚇呆了。」馬丁說。

「我不這麼認為。」奧奇回應。「他就說了這麼一次話，他問我爸爸往本土的下一班船什麼時候出發。他還說怪物殺光了他的朋友，他要拿著刀槍殺光那些該死的怪物。」

奧奇的故事和波曼爺爺以前告訴我的故事一樣誇張離奇，但是卻讓我沒有理由懷疑。

「我認識他。」我說：「他是我爺爺。」

他瞠目結舌地看著我。「原來。」奧奇說：「真沒想到。」

我起身離席，馬丁看出我神情恍惚，主動提議陪我走回酒吧，但是我斷然拒絕。我必須安靜獨處、沉澱思緒。他說：「那你有空再來找我吧。」我答應他改天會回去。

我故意繞遠路走回酒吧，港口燈光搖曳，空氣中瀰漫著海水沉重的氣息，以及上百戶人家燃燒木柴取暖所產生的濃煙味。我走到碼頭的前緣，看著月亮浮出水面，幻想著空襲過後的那個清晨，爺爺獨自站在這裡，身體因為驚嚇過度而癱軟無力。他等待著船隻載他遠離這個死亡之地，前往另一個殺戮戰場，面對更多死亡。沒有人能夠逃離怪物的魔掌，儘管這小島在地圖上不及一粒沙，儘管四周有高山、迷霧環繞，儘管海上礁石、巨浪包圍，怪物還是找到了他。沒有一個地方是安全的。爺爺始終不敢告訴我這可怕的真相。

遠方發電機的運作聲啪答啪答減緩下來，港口沿岸的街燈和我身後家家戶戶的燈火一陣閃爍，接著瞬間熄滅。我想知道從飛機上俯瞰此刻的小島會是怎樣的景緻，是否眨眼間化為烏有、彷彿從未存在過、彷彿宇宙間微小的超新星？

我沿著月光漫步走回酒吧，一路上覺得自己平凡渺小。爸仍然獨自坐在原本的位子上，桌上擺著一盤吃到一半的牛肉，肉汁已經冷得結成凍。「看看誰回來了。」我一邊坐下，他一邊說：「我幫你留了晚餐。」

「我不餓。」說完之後，我接著告訴他我剛才獲悉的事情。

他並沒有太訝異，反而顯得有幾分憤怒。「我不敢相信他居然從來沒提過這些事。」他說：「一次也沒有。」我能理解他生氣的原因：祖父隱瞞孫子是一回事，父親隱瞞兒子又是另一回事，更何況他隱瞞了這麼久。

我試圖讓話題輕鬆點。「很了不起吧？他經歷了這麼多大風大浪。」

父親點點頭。「我想我們永遠不會知道他所有的過去。」

「波曼爺爺真的很會保密，不是嗎？」

「那還用說嗎？他的內心世界比諾克斯堡[11]的戒備還要森嚴。」

[11] Fort Knox。美國肯塔基州的軍事基地，掌控諸多軍事機密。

「我想這正好說明了一些事，譬如為什麼在你小時候，他總是顯得特別疏離。」爸忽然目光銳利地望著我，於是我趕緊切入正題，避免節外生枝。「他已經經歷過兩次失去家人的痛苦，一次在波蘭，一次在這裡——失去他的寄養家庭。所以你和蘇西姑姑出生之後……」

「一朝被蛇咬、十年怕草繩？」

「我不是在跟你開玩笑，你不覺得這或許表示他並沒有對不起奶奶嗎？」

「我不知道，小雅，我不相信事情這麼簡單。」他悠悠地嘆了口氣，桌上的啤酒杯外起了一層霧。「不過我想這些歷史確實解釋了一些事，像是為什麼你和爺爺總是這麼親近。」

「好吧……」

「他花了五十年才漸漸釋懷，擺脫失去家人的陰影，你出生的時機剛剛好。」

我不知道該如何回應。該怎麼委婉地對你的父親說，我很遺憾你爸爸不夠愛你？我做不到，所以我只說了聲晚安，然後趕緊上樓睡覺。

我徹夜輾轉難眠，心中一直想著那兩封信。一封是爸爸和蘇西姑姑小時候發現的，寫信的是「別的女人」；另一封是我一個月前發現的，寫信的是裴利隼女士。我的腦中不斷浮現一個想法：她們會不會是同一個人？

郵戳顯示裴利隼女士的信是十五年前寄的，但是她老早在一九四〇年就被砲火炸成灰燼了。我只能想到兩種解釋：第一，我爺爺和死人通信，不過這實在不太可能；第二，和他通信的人其實並非裴利隼女士，而是別人冒用她的身分，以掩飾自己。

為什麼有人會想在信中掩飾身分？因為有不可告人的祕密？因為寫信的是情婦？

我聽信他的話踏上尋根之旅，但是萬一最後我卻發現他是個與別人通姦的騙子怎麼辦？他臨終時到底是要告訴我他的寄養家庭死於戰火中，還是向我坦承長達十年以上的婚外情？也許兩者皆是，也許他年輕時經歷過太多次和家人生離死別的痛苦，以至於他不知道如何和自己的家庭相處，也不知道怎麼忠於自己的家庭。

不過這純粹是我個人的猜測，我不知道真相，也無人可問，知道真相的人都已經死了。踏上這座小島還不到二十四小時，一切似乎都變得沒有意義。

我睡得並不安穩。天剛剛破曉，我就被奇怪的聲音吵醒。我轉過身查看，馬上驚恐地彈坐起來。一隻大鳥站在梳妝臺上，眼睛直盯著我看；牠的頭型圓滑，羽毛呈灰色，爪子緊緊扣著梳妝臺的木頭，沿著邊緣來回小步走，彷彿想把我看個清楚。我目不轉睛地回瞪，一邊懷疑這是不是另一場夢。

我大聲呼喊爸，牠聽見我的聲音，振翅一躍而起。我立刻回過身並用手遮住臉；回頭偷窺時，牠已經飛出窗外、無影無蹤了。

爸睡眼惺忪、搖搖晃晃地趕進來。「怎麼了？」

我指著梳妝臺上的爪印和地上的一根羽毛。「老天，這真是怪了。」他邊說邊反覆檢視手上的羽毛。「遊隼⑫幾乎從來不靠近人的。」

我以為我聽錯了。「你是說遊『隼』嗎？」

他舉起羽毛。「沒錯，是一種獵鷹。」他說：「這是種很奇妙的生物，也是地球上飛得最快的鳥類。牠們彷彿可以隨意變化身形，在空中飛行時如流線般華麗。」這名字或許只是個詭異的巧合，我內心不舒服的感受卻揮之不去。

我吃著早餐，心裡告訴自己或許不該這麼輕易放棄。雖然這裡沒有人可以告訴我爺爺的過去，但是那房子一直都在，我還沒有好好探查那裡。或許房子裡藏著爺爺的祕密，或許裡頭收著一些信件、相簿，或是日記，或許這些紀錄已經毀於戰火，隨著時間腐朽。但如果我試都沒試，我知道我會遺憾終生。

儘管我容易做噩夢、害怕黑夜、擔心妖魔鬼怪來襲，又曾經看見別人看不見的東西，我還是鼓起勇氣，說服自己再回到那廢棄的鬼屋探勘一次——雖然我確知曾經有十幾個命不該絕的孩子在那兒喪命。

⑫ 遊隼的英文 peregrine 與裴利隼同音。

5

隔天早晨完美得令人屏息。酒吧外的景色像是經過精緻修圖的風景照，漂亮得可以當作電腦桌面：古色古香的老房子充滿藝術氣息，順著街道往前延伸；遠方是綠色的田野，曲折的石牆綿延在其間；瞬息萬變的雲朵潔白無瑕，在渾然天成的美景上飄盪；更遠的山坡上，綿羊緩慢、蹣跚地移動，就像一團團的白色棉花糖。然而在這一切美景之後，濃霧依然纏繞著遙遠的山脊；那彷彿是這個世界的盡頭，越過山頂就是冰冷、潮溼、陰暗的異度空間。

才剛剛越過了山頂，天空就下起了細雨。我忘了穿我的橡膠靴，山路布滿泥濘，越往前越深；不過我寧可全身溼透，也不想一個早晨爬兩次山，於是我低著頭、咬緊牙根，在雨中闊步前進。不久之後，我經過了小木屋，隱約看見大批羊群躲在裡頭避寒，然後又來到寂靜陰森、迷霧籠罩的沼澤。我的腦海中浮現博物館裡那位兩千七百歲的老居民，心裡不禁想到還有多少遺體沉睡在這片沼澤下，多少人曾經自願放棄生命，只為追尋天堂。

抵達孤兒院時，原本的細雨已經變成了傾盆大雨。我沒有閒情逸致在荒涼的庭院裡遊盪，也無心欣賞房屋宏偉而陰暗的輪廓。我一股腦兒鑽進那扇沒有門的通道，長廊的地板被雨水浸溼，隨著我的腳步凹陷。我盡可能把衣服擰乾，猛甩頭髮，身體卻始終又溼又冷。我開始尋找，至於尋找什麼？我也不確定。收藏信件的箱子？還是牆壁上爺爺名字的塗鴉？我越想越覺得不可能有什麼大發現。

我漫無目的地四處徘徊，把地上的地毯、報紙掀翻過來，也檢查了桌椅下方，心裡幻想著各種可怕的場景，像是在被火燒黑的破布下發現一堆骷髏，不過始終沒有發現任何線索。許多房間外牆垮塌，分不清屋內和屋外，溼氣、風雨和厚厚的塵土摧毀了房間原本的模樣。一樓看來不可能有任何發現，於是我走到樓梯口，心想這一次非爬不可了。不過問題來了，該往上還是往下？樓上的缺點是難以迅速逃生，萬一我真的遇上以此為家的無業遊民或妖怪，唯一的逃生方式就是從窗口跳樓；不過話說回來，樓下也有一樣的問題，而且更陰暗，我又沒帶手電筒，所以我決定上樓。

我每走一步，腳下的臺階都嘎嘎作響，彷彿抗議我的來訪，幸好階梯沒被壓垮。雖然一樓炸得面目全非，二樓卻宛如時空膠囊；走道兩側的壁紙斑駁剝落，房間相較之下依然保持得異常完好。其中一兩間房的窗戶碎裂，雨水滲入導致屋內嚴重發霉；大多數的房間都很正常，只不過家具上積了一層灰：椅背上掛著發霉的襯衫，床邊的桌几上擺著零散的銅板，就好像那些孩子還住在這兒一樣。時間彷彿靜止在他們喪生的那一天。

我就像個考古學家，仔細地探查每一間房。盒子裡裝著腐壞的木頭玩具；窗臺上散落著蠟筆，色彩因為長期被夕陽照射而暗淡；好幾個洋娃娃倒在娃娃屋裡，就像被囚禁在夢幻華麗的牢房。閱覽室小而簡單，書架因為溼氣入侵而下陷，層板彷彿正在詭異地輕笑。我輕輕用手指撫過突出的書脊，卻沒有一本讓我有想抽出來讀的欲望；上面有《彼德潘》和《祕密花園》等經典名著，還有些名不見經傳的作者撰寫的歷史故事，以及拉丁文和希臘文的教科書，房間的一角堆放著好幾張舊書桌。我推測這是他們的教室，而裴利隼女士是他們的老師。

我試圖打開兩扇密閉的門，不過，無論我怎麼轉動門把，它始終關得緊緊的。於是我後退幾步，加速衝刺，用肩膀撞擊房門；兩扇門瞬間飛開，發出淒厲的摩擦聲，而我則仆倒在房間的地板上。我推坐起身，環顧四周，心想這一定就是裴利隼女士的臥房。這裡彷彿是童話故事中睡美人的城堡，牆上的燭臺上長滿蜘蛛網，化妝臺的鏡子前擺著各樣的水晶玻璃瓶，臥室中央放著一張大橡木床。我幻想著她在這裡的最後一夜，半夜空襲警報大作，她慌慌張張地從被子裡爬出來，召集所有的孩子，大家隨便抓了件外套，睡眼惺忪地往樓下逃命。

你當時害怕嗎？我心想。你當時有聽見軍機的聲音嗎？

我忽然感到一陣不自在，彷彿自己被監視一樣，彷彿那些孩子還在這裡，困在四面牆壁裡，就像埋在沼澤下的小男孩一樣。我隱約覺得他們正從牆縫和木板的節孔中窺伺我。

我漫不經心地走進隔壁的房間。微弱的光從窗外照射進來，粉藍色的壁紙部分脫落、沿著牆壁低垂，牆邊擺著兩張積滿灰塵的小床。我的直覺告訴我，這就是爺爺的房間。

你為什麼要我來這裡？你希望我發現什麼？

這時，我發現其中一張床下藏著什麼，於是我跪下來查看。那是一個陳舊的行李箱。

這是你的嗎？這是你當初和父母分離、和過去道別時，提著上火車的行李箱嗎？

我把它拉出來，解開外頭破破爛爛的皮帶，輕而易舉地打開。除了幾隻甲蟲的遺體外，裡面空無一物。

我感到空虛、失落，心情異常沉重；彷彿地球轉速加劇，重力倍增，把我重重拉向地板。我精疲力盡地坐在床邊（或許這正是他的床），接著乾脆四肢癱軟地躺在骯髒的床單上，盯著天花板。

晚上躺在這裡時，你都在想些什麼？你也會做噩夢嗎？

接著我開始哭泣。

你知道自己的父母親死了嗎？你感覺得到他們離開嗎？

我哭得更厲害。我也不想這樣，但是我無法自已。

我停不下來，腦子裡浮現各種悲觀的想法，這些想法不斷侵蝕著我，令我哽咽到無法呼吸。我想到我的曾祖父母飢腸轆轆；想到只因為陌生人無端的憎恨，他們的遺體被丟進焚化爐集體火化；我想到只因為敵軍的機師無情地按下按鈕，住在這裡的孩子被燒得屍骨無存；我想到爺爺被迫害、與家人分離，正因為這樣，我爸從小感覺不到父愛，而我也罹患了急性壓力症候群，現在衣服上沾滿了眼淚，一個人躺在這廢墟裡泣不成聲。種種悲哀都來自七十年前的傷痕，我無法避開這命中注定的傳承，我無法對抗那些怪物、無法殺死他們、懲罰他們，因為他們其實早就死了。至少爺爺曾經從軍，勇敢地與他們搏鬥。但我能做些什麼？

哭完之後，我頭痛欲裂。我閉上眼睛，用指節用力按壓太陽穴，希望暫時減低痛楚。

當我放開手、睜開眼時，房間卻出現了奇妙的轉變：一束陽光從窗外照射進來。我起身走向碎裂的窗邊，窗外正下著太陽雨。我忽然想起這種氣象奇景有各種不同的俗稱，我媽稱它為「孤兒的眼淚」，我沒跟你開玩笑；我還記得有一次瑞奇說這叫「魔鬼打老婆」。我忽然破啼為笑，心情輕鬆不少。

陽光很快就暗了下來，就在這時候，一束殘存的微弱光線照向房間的彼端，我這才注意到剛才遺漏的重要線索。那是一只大箱子，從另一張床的下方探出一角。我走到隔壁那張床邊，把遮住它的床單扯下來。

那是一只老舊的大木箱，上面掛著巨大、生鏽的掛鎖。我心想，這裡面不可能什麼都沒有，沒有人會替空箱子上鎖。**打開我！**我彷彿聽見它高喊，**我裝滿了祕密！**

我抓住箱子的一邊用力拉，它動也不動。我更用力地再拉一次，它依然不動如山。我不確定它到底是真的那麼重，還是因為幾十年來的溼氣、灰塵把它牢牢黏在地板上。我站起身朝它猛踢，似乎踢鬆了什麼，接著我揣摩移動爐子或冰箱的技巧，輪流抓著兩邊，一點一點把它往外拖出來，並在地上留下兩道平行的刮痕。我拉扯掛鎖，儘管上面有一層厚重的鐵鏽，它依然十分堅固。我的腦海中浮現找尋鑰匙的念頭（鑰匙一定藏在房間的某處），但是我沒有那麼多時間，況且掛鎖已經鏽蝕得不像話，找到鑰匙恐怕也沒用。我只能想辦法破壞它。

我四處張望，找尋合適的工具，最後從另一間房間找到一張壞掉的椅子。我把椅腳拆了下來，回到大木箱前，像個劊子手把椅腳高舉過頭，使盡全力朝掛鎖捶下去。我反覆地捶，捶到椅腳斷成分岔的木棍，掛鎖還是完好如初。我環顧房間，尋找更堅固的工具，很快就看到床架側邊一根鬆動的扶手。我朝它踹了幾腳，它應聲落地。我把扶手的一端塞進掛鎖，往後拉扯另一頭，依然沒有反應。

我用盡全身的力量把扶手往下壓，木箱發出吱的一聲，不過僅此而已。我踢了它兩下，然後繼續使出渾身解數往後拉；我感覺到自己的脖子上青筋暴露，口中一邊大喊，**快給我打開，你這個臭箱子快打開！**我長久以來累積的失落和憤怒終於有了發洩的對象：我無法讓死去的爺爺告訴我他的祕密，現在我無論如何要把這舊木箱裡的祕密挖出來。接著，那根扶手忽然滑出來，我順勢往後一滑，重重摔倒在地。

我躺在原地盯著天花板，把呼吸放慢下來。這時太陽雨已經停了，外頭又變成陰鬱的雨天，而且雨勢更大。我考慮過回鎮上弄把大錘子或是鋼鋸回來，不過這樣只會引起大家的質問，而我無心回答他們。

我忽然想到一個絕妙的點子。我根本不需要考慮這個掛鎖，只要想辦法摧毀大木箱就好。既然我的上半身肌肉不發達，手邊又沒有合適的工具，那麼我能夠借助什麼力量完成任務呢？**地心引力**。我正好在房屋的二樓，雖然我無法把箱子扛起來丟到窗外，不過二樓樓梯口的護欄很久以前就倒塌了。我只需要把木箱拖到走廊，把它推下樓就好了。裡面裝的東西會不會被撞壞是另一回事，但是我一定要查出裡面是什麼。

我蹲在大木箱後方，用力把它推向門外的走廊，才推了幾英寸，下方突出的金屬片就陷入溼軟的木板裡，怎麼也推不動。我意志堅決地跑到另一邊，雙手緊抓掛鎖拚命往後拉；木箱出乎我意料之外，一下移動了兩、三英尺，地上傳來尖銳刺耳的磨擦聲。我一會兒蹲著馬步推，一會兒翹著臀部拉，動作粗魯難看，完全沒有形象可言，不過很快就把木箱一點一點挪到房外了。我汗流浹背，忘我地沉浸在這重複性的節奏裡。

我終於來到樓梯旁，口中一邊痛苦地呻吟，一邊使出最後的力氣把它挪到二樓平臺邊。最辛苦的部分已經結束了，我又慢慢地推了它幾下，大木箱半邊懸在半空中，搖搖欲墜；我只要再輕輕一推它就會掉下去了。但是我想要親眼看著它四分五裂——畢竟我付出了這麼多的努力，所以我站起身，小心翼翼地走到樓梯邊，直到我可以看見樓下灰暗的地板。我深吸一口氣，輕輕用腳尖推大木箱最後一下。

它彷彿停在平臺邊搖搖晃晃，不知該何去何從，接著才下定決心似地往下墜落，以優雅的慢動作在空中翻滾好幾圈。耳邊傳來震耳欲聾的碎裂聲，整個屋子似乎都隨之震動，接著，一陣厚重的煙塵從下方衝上來，迫使我摀著臉往後退好幾步。過了一分鐘，我回到臺階旁往下窺探，卻沒有看見我一心期待看到的碎木頭，反而看到一樓的木質地板上出現一個邊緣呈鋸齒狀的大洞，大小和木箱差不多。它直直墜入地下室了。

我衝下樓，不安地趴在地上，慢慢爬向前察看洞口，就好像在結冰的湖面上窺伺破洞一樣。十五英尺之下是一片揚起的灰塵、深邃的黑暗，還有木箱的殘骸。它就像一顆碎裂的大雞蛋，支離破碎地和碎木板混雜在一塊兒，裡面夾雜著許多張紙。經過千辛萬苦，我似乎找到了一些信件！我瞇著眼睛仔細一瞧，那些紙上似乎有什麼——是臉和身體。我這才知道，那些紙並非信件，而是照片，一大疊照片。我感到血脈賁張，不過心中隨即湧現一個可怕的想法，熱血立刻冷卻了下來。

我得下樓。

地下室裡伸手不見五指，就算遮住眼睛摸黑前進也沒有差別。我往下爬，樓梯木板持續發出脆弱的吱吱聲。我終於走到樓梯底部，站在原地等待視覺適應，不過四周黑得讓人始終無法習慣。地下室散發著詭異、刺鼻的臭氣，令我聯想到實驗室裡的器材櫃，我希望自己可以適應那味道，不過天不從人願。我只好腳步沉重地往前走。我一邊拉起衣領摀著鼻子，一邊伸手在前方摸索，心中默默祈禱。

我不知絆到什麼，差一點摔倒，只聽到某個玻璃物體順著地板滑向遠方。臭味越來越濃，我忍不住幻想黑暗中是否潛伏著什麼，正伺機而動。姑且不管有沒有怪物或幽魂，萬一地上還有洞怎麼辦？沒有人會知道我的屍骨在這裡。

我靈機一動，掏出口袋裡的手機（十英里以外的地方才勉強有一格訊號），隨便按下一個鈕，螢幕發出微弱的光芒，就像小型手電筒。我握著手機，照亮前方的路，卻照不透深沉的黑暗，所以我只好把光照向地面。地上的石板碎裂，到處是老鼠屎。我又把螢幕照向一邊，忽然看見一道光反射回來。

我往前走幾步，一邊用手機環照四周；黑暗中，我看見牆邊的架子上擺滿大大小小的玻璃瓶罐，瓶身覆滿灰塵，裡面裝著混濁的汁液以及懸浮其中的物體。我回想起一樓的廚房裡面爆裂的瓶罐，裡面存放的蔬果、汁液四處飛濺。或許地下室的氣溫比較穩定，所以它們依舊保存完好。

我繼續往前走，瞇著眼睛仔細看，才發現瓶罐裡裝的並不是蔬果，而是器官：腦、心臟、肺、眼球。這些器官浸泡在自製的甲醛裡，難怪這裡的惡臭揮之不去。我感到噁心、窒息，趕緊回頭，同時全身無力，隱隱作嘔。這以前到底是什麼地方？這些瓶瓶罐罐讓人聯想到名不見經傳的醫學院地下室，但是絕對和孤兒院沾不上邊。要不是因為波曼爺爺曾經對我講述這裡光輝燦爛的過去，我大概會以為裴利隼女士是人口販子，專門拯救戰爭孤兒，以變賣他們的器官。

我漸漸平復過來，抬頭看見前方隱約有光；那並非手機螢幕的反射，而是微弱的日光，想必是從我剛剛製造的洞口照進來的。我一邊穩住步伐，一邊拉著衣服遮住口鼻，目光盡量避開牆壁，深怕又看到什麼意想不到的恐怖景象。

那光引領我繞過牆角，進入一個天花板破了一個洞的小房間裡。天光順著洞口流淌而下，照射在一堆碎木板之上，裡頭夾雜了玻璃碎片和水泥粉塵，殘破的地毯面目全非，像風乾的肉片一樣。碎石瓦礫下傳來慌亂的細微腳步聲，看來長期居住在黑暗中的鼠輩似乎逃過一劫。大木箱就落在這一切的正中央，全然支解，裡面的照片散落在四周。

我謹慎地在碎木瓦礫堆中前進，抬高腳步躲開末端尖銳的木材以及釘滿鏽鐵釘的長板，然後跪在地上，仔細搜索有用的資訊。我彷彿是救難隊員，在災難現場的瓦礫堆中找尋生還者，我輕輕拍去上面的玻璃片和碎木屑。我不知道頭上殘存的天花板有沒有可能塌落，雖然想加快速度離開這裡，卻又忍不住仔細端詳一張張照片。

第一眼看到這些照片時，我只覺得它們和一般家族的陳舊相簿沒兩樣。有人在海邊奔馳跳躍，有人在後院門廊微笑，場景遍及島上各地；其中有孩子的獨照，也有三三兩兩的合照；有隨興的生活照，也有在布幕前拍攝的正式肖像照；有些照片中的主角手中緊抓著兩眼無神的洋娃娃，就好像在上世紀初的百貨商場所拍攝的廉價沙龍照一樣。照片中的洋娃娃宛如僵屍，孩子的髮型古怪，臉上沒有一絲笑容；不過最令我毛骨悚然的是，我越看這些照片，越覺得它們似曾相識。這些相片和爺爺的老照片一樣，散發著陰森詭異的氣息，尤其像極了他雪茄盒底部收藏的那幾張，似乎全出自同一本相簿。

以其中一張照片為例，照片中的兩個年輕女子站在屏幕前，屏幕上所繪的海景不怎麼具有說服力，這沒有什麼稀奇；令我起雞皮疙瘩的是她們的姿勢，她們兩個人都背對鏡頭。在那個時代，拍攝肖像照價格不菲，既然要花費時間和精神拍照，為什麼又要背對鏡頭呢？我試圖在木片瓦礫堆中找尋這兩個女孩的正面照，同時又害怕她們的臉是笑吟吟的骷髏頭。

其他的照片也像爺爺的一樣經過人為處理。其中一張的女孩子站在墓園，孤獨地望著水池中的倒影，然而水中卻有兩個女孩子的影像。它令我聯想到爺爺那張女孩被「困在」瓶子裡的照片，我不知道它使用了什麼暗房技術的修改，不過我完全看不出破綻。另一張相片中的年輕男子神情平靜得令人不安，上半身被蜜蜂重重包圍；這應該很容易造假吧？爺爺有一張相片，裡面的小男孩高舉巨岩，我一看就知道那石頭一定是塑膠做的。既然有假石頭，當然也可以有假蜜蜂。

我想到爺爺曾經告訴過我的故事，忽然感到頸背毛髮直立。他曾經在孤兒院認識一個肚子裡住著蜜蜂的小男孩。他曾說：**他只要張開嘴巴，就會有些蜜蜂飛出來，不過除非阿修指使牠們攻擊，否則牠們絕不會螫人。**

我只能想到一個合理的解釋，爺爺的照片一定就出自我面前這一只解體的木箱，其中一張相片讓我更加確定：照片裡面的兩個怪人戴著面具，衣服上有褶皺的荷葉邊衣領，其中一人把一捆絲帶塞進另一人的嘴裡，像是有虐待狂的芭蕾舞者。我不知道他們兩個到底在幹什麼，不過任何人看了都肯定會做噩夢。毫無疑問，我幾個月前才在波曼爺爺的雪茄盒中看過這兩個小男孩。

這不可能純屬巧合。爺爺曾經給我看過許多照片，並聲稱裡面的孩子都是他在孤兒院的朋友；現在看來，**那些照片果然出自這裡**。雖然我八歲的時候就懷疑照片、每一個故事都沒有邏輯可循，但是此刻我站在這塵封已久的大房子裡，燈光昏暗，四周彷彿飄盪著鬼魅，我忽然覺得，**說不定……**

FLAGLER

忽然間，樓上傳來一陣巨大的碎裂聲，我大驚失色，手中的照片全部散落一地。

不過是房子不穩而已，我告訴我自己，或是快要垮了！正當我彎腰拾起照片時，碎裂聲再度傳來，上方洞口照射進來的微光瞬間黯淡，我一個人蹲在墨汁般的黑暗中。

我聽見腳步聲，接著聽見有人交談。我全神貫注地想聽清楚他們在說什麼，但是聽不到。我不敢動，生怕輕輕一動就會牽動整個房子，造成土石崩落。我知道我無須恐懼，這應該只是那兩個喜歡饒舌歌的蠢孩子惡作劇，但是我的心臟怦、怦、怦疾速狂跳，內心深處原始的動物直覺告訴我：保持安靜。

我的腿漸漸麻痺，只好偷偷把重心轉移到另外一條腿上，好讓血液流通。腳下的土石堆鬆動，不知道什麼東西從木片瓦礫堆滾落，在一片死寂中顯得格外刺耳。交談聲忽然靜止下來，接著我頭上的木板吱吱作響，大片粉塵應聲撒落。我不知道誰在上面，但是他們一定知道我的位置。

我不敢呼吸。

然後，我聽見一個女孩子溫柔地說：「亞伯，是你嗎？」

我以為自己在做夢，安靜地等待女孩再次開口，不過等了許久，只聽見雨滴拍打屋頂的聲音，好似上千根手指輕輕在遠方輕彈。忽然間，上方亮起一盞小提燈；我抬起頭，好幾個孩子跪在洞口往下窺看。

我覺得他們似曾相識，卻想不起在哪裡見過他們，彷彿這些臉孔曾經出現在我若有似無的夢境中。我在哪裡見過他們？他們又怎麼會知道我爺爺的名字？

忽然間，一切都揭曉了。他們的服裝奇特，並非威爾斯人的一般衣著；他們肌膚蒼白，臉上沒有笑容；他們從上方俯視我，就好像我眼前散落一地的照片。我想通了。

我在照片裡見過他們。

說話的女孩站起身，仔細盯著我瞧。她手中捧著閃爍的光芒，那並非提燈或蠟燭，反倒像一團火球，而她正用赤裸裸的手捧著它。不到五分鐘前，我才看過這女孩子的照片；照片中的她和現在一模一樣，手中也捧著相同、詭異的火光。

我是雅各，我想這樣告訴她，*我一直在找妳*。但是我的下巴不聽使喚，只能一動也不動地盯著她看。

女孩的臉色一沉。我看起來狼狽不堪，全身被大雨淋溼，灰頭土臉地蹲在破瓦殘礫堆中。我不知道她和其他的孩子對我是否有所期待，但是我現在的模樣絕對會令他們大失所望。

一陣竊竊私語後，他們匆匆起身、掉頭撤退。突如其來的舉動令我一驚，我這才忽然回過神來，大聲叫他們留步，而他們二話不說便往門邊快步離去。我跌跌撞撞地穿越惡臭瀰漫的地下室，一路摸黑來到樓梯口。當我爬回一樓時，剛才消失的光線已經重新從窗戶透了進來，而孩子們卻消失得無影無蹤了。

我衝到屋外，踩著鬆動的石階來到草地上，一邊大喊。「等等！停下來！」但是他們已

經不見了。我環顧著庭院和樹林，上氣不接下氣，不斷責備自己。

樹林那頭傳來樹枝斷裂的聲音，我回頭察看，茂密的枝葉間似乎有一片模糊的影子飄過，好像白色的衣角。一定是她。我衝進樹林間緊追在後，而她拔腿就跑。

我靈敏地躍過斷裂的圓木，低頭避開低矮的枝條，肺部感到灼燒。她不斷企圖擺脫我，一會兒衝進難以追蹤的樹林間，一會兒又返回小徑繼續往前跑。最後我們越過樹林，來到一片開闊的沼澤地前。我的機會來了，她無處藏身，我只需加快速度就可以抓到她；我穿著球鞋、牛仔褲，而她穿著洋裝，抓住她應該不成問題。正當我飛撲向前時，她一個急轉彎，直直衝進沼澤裡，我別無選擇，只能緊追在後。

在沼澤地上必定舉步維艱，更別說跑步。我的腳陷入泥濘，褲子全溼，膝蓋都被埋沒在其中，不過那女孩似乎清楚知道哪裡比較好踩，我們之間的距離越拉越大。最後她消失在濃霧裡，只留下足跡可循。

她甩開我之後，我一直暗暗希望她的足跡有折返回小徑上，不過她似乎越來越偏離陸地，往沼澤的深處奔去。我開始擔心自己找不到回去的路，不停向她高喊，**我叫作雅各．波曼！我是亞伯的孫子！我不會傷害妳的！**不過沼澤和泥漿卻吞噬了我的聲音。

我沿著她的足跡，來到一片石堆旁。它彷彿是個大型的灰色冰屋，不過它其實是一座石塚，是新石器時代遺留下來的墳墓。我想石洲島的名稱就是這麼來的。

那石塚比我高一點，其中一面有一道狹長的開口，就像大門一樣。它挺立在沼澤中，底部雜草叢生。我爬出溼軟的泥濘，踩上石塚周圍略為扎實的土地，這才發現那狹長的開口其實通往一條深邃的地道。石塚的其他幾面上刻著複雜而精細的圈圈和螺旋符號，想必是古老的象形文字，令人好奇它隱含了什麼意義。**沼澤男孩陳屍在此**，我猜測。**或者更有可能表示放棄希望吧，進來就別想出去**。

不過我還是步入地道中，因為女孩的足跡也進來了這裡。這條通道潮溼、狹窄，黑暗到了極點；我幾乎得彎腰駝背、側著身體才能前進。雖然我怕的東西很多，不過幸好幽閉空間嚇不了我。

我料想那女孩此時正在前方瑟縮成一團，嚇得渾身發抖，所以我一邊前進一邊對她喊話，反覆保證不會傷害她，回聲在洞穴中衝撞、迴盪。由於我得擺出不自然的姿勢才能在地道中往前鑽，大腿很快就痠痛得難以承受。正當我快要受不了的時候，通道突然開闊，領向一間密室。雖然依舊伸手不見五指，但是我至少可以挺直腰桿，伸展雙臂也不會碰到石牆。

我掏出手機，再次把它當作臨時手電筒，迅速把這裡打量了一番。這是個很簡單的密室，和我的臥室差不多大，四面石牆環繞，而且裡頭空無一物。那女孩並不在這裡。

我站在原地，想不通那女孩怎麼可能消失不見。忽然間，我恍然大悟；我覺得自己像個白痴，居然花了這麼長的時間才想通。根本沒有什麼女孩子，她是我的幻覺，其他的孩子們也是一樣。因為看到這些照片，我的大腦才幻想出他們的形體。但我又該怎麼解釋他們出現前突然冒出的一陣寂靜與黑暗？我想必是昏迷了。

說穿了，這些情節根本不可能發生。那些孩子老早就死了，就算還沒有死，也不可能長得和照片裡一模一樣，這實在荒唐可笑。一切發生得太快，以至於我沒有機會停下來，好好想想自己是不是在追逐不切實際的幻覺。

我可以精準地預測高倫醫師會怎麼解釋：**那棟房子有太多故事，它牽動著你的情感，光是待在那裡就足以引起你的壓力反應**。沒錯，他滿口都是心理學屁話，但這並不表示他是錯的。

我羞愧地掉頭離開，但是這一次完全沒力氣側身行走。我拋開僅剩的自尊，整個人趴在地上爬，朝洞口薄紗般的光暈緩緩前進。我抬頭一看，這才想到自己曾經見過這樣的場景：馬丁的博物館裡有一張照片就是拍攝於發現那沼澤男孩的地點。我想不通以前的人怎麼會深信這片臭氣沖天的溼地是通往天堂的入口，更想不通怎麼會有和我同齡的孩子自願放棄生命、投身沼澤中。這實在是可悲又愚蠢，浪費了大好人生。

我決定了，我要回家。我不想管地下室的照片了，我也懶得再去解謎、繼續分析爺爺的遺言。我太過執著於了解爺爺的過去，來到這裡並沒有讓我好轉，反而讓病情更加惡化。我該放手了。

我終於回到入口，爬出狹窄的石洞，一出來就被刺眼的光線照得睜不開眼。我一邊遮住眼睛，一邊透過指縫偷窺這令我差點認不出來的世界。眼前是一樣的沼澤、一樣的小徑、

一切都和先前一樣。不過抵達石洲島以來，我從來沒有看過這裡如此光輝明亮，櫻桃般橙黃的陽光洗禮著大地，天空藍得如糖果色澤，以往籠罩這一帶的陰森霧氣已經完全退去。天氣也熱了起來，此刻沒有春末夏初的涼意，反倒像暖烘烘的三伏天。*老天，這裡的天氣變化真快*，我心中暗忖。

我盡量不去理會沼澤的泥漿竄進鞋襪，不去理會皮膚搔癢的感覺，一心想回到小徑上。更奇怪的是，小徑上的泥濘都不見了，彷彿在短短幾分鐘內就乾透，取而代之的是滿地葡萄般大小的動物糞便，數量多到我無法直線前進。我來的時候怎麼沒注意到？難道我整個早上都在恍神嗎？我現在會不會也是在幻想？

地上的糞便彷彿綿延無盡，我沿路不敢抬頭地盯著它們，直到越過山脊，回到鎮上，才了解這是怎麼一回事。今早在石頭路上來來往往、拉著運貨車送魚搬泥炭的牽引機大軍不見了，現在路上只有馬和騾拖著運貨車往返港口和市集，達達的馬蹄聲取代了引擎的隆隆巨響。

此外，柴油發電機不絕於耳的嗡嗡聲也消失了。難道我才離開幾個小時、這座島的燃料就耗盡了嗎？鎮民又是怎麼把這些大型動物藏起來的？

還有，為什麼大家都盯著我看？和我擦身而過的每一個路人都停下手邊工作、伸長脖子、張大眼睛看著我。我心想，*我看起來一定慘不忍睹*；我低頭看看自己，腰部以下沾滿汙泥，腰部以上覆滿粉塵。我把頭壓得低低的，加快腳步往酒吧直衝，至少那裡燈光昏暗，沒人會注意到我的狼狽，我還可以趁爸回來吃午餐前把自己整理乾淨。我決定等爸回來之後告訴他我想立刻回家；如果他面有難色，我會坦承我產生幻覺，如此一來，我保證我們會坐下一班渡船離開。

牧師窖裡一如往常，一群醉漢趴在破破爛爛的桌子上，手上的品脫玻璃杯裡都是啤酒泡沫，四周的裝潢骯髒、俗氣。正當我準備上樓回房的時候，一個我從沒聽過的聲音忽然大吼。「你打算上哪去？」

我一腳已經踏上階梯，回頭張望那聲音到底是在對誰說話，只見酒保正上下打量我，不過那位一臉怒氣的酒保並非凱夫，而是個我不認識的光頭男子。他身穿酒保的圍裙，眉毛濃密得連成一線，嘴上的鬍鬚像毛毛蟲一樣粗，整張臉布滿條紋。

我本來想說，**我要上樓打包行李，如果我爸仍然不願意帶我回家，我會假裝癲癇發作**；不過我只是簡短的回答。「上樓回房。」我的語氣聽起來不像陳述回應，反而像在反問他。

「是嗎？」他邊說邊把剛倒滿的酒杯重重放在桌上。「這裡看起來像旅館嗎？」

顧客紛紛從椅子上轉身看我，木頭地板吱吱作響。我迅速掃視他們的臉龐，卻沒有一個人令我有印象。

我的精神毛病又犯了，我心想。**此時此刻，精神病發作就是這個感覺吧**。不過我並沒有感到任何異狀，沒有眼冒金星，也沒有狂冒手汗。我不覺得我瘋了，反而覺得全世界都不正常。

我告訴酒保，他顯然腦袋不清楚。「我爸和我住在樓上的房間。」我說：「你看，我還有鑰匙。」說著，我從口袋掏出鑰匙證明自己所言不虛。

「給我看看。」他邊說邊往前靠在吧檯上，從我手中一把搶走鑰匙。他舉起鑰匙，在昏暗的燈泡下仔細檢視，像個珠寶商在鑑定商品。「這不是我們的鑰匙。」他氣沖沖地大吼，並把鑰匙塞進自己的口袋。「你給我從實招來，你要上樓做什麼？這一次別想撒謊！」

從來沒有和我非親非故的成年人罵我是騙子，我氣極敗壞、滿臉發燙。「我已經告訴過你了，樓上房間是我們租的！不信的話去問凱夫啊！」

「我不認識凱夫，我也不想聽你在那兒胡說八道。」他冷冷地說：「我們這裡沒有房間出租，樓上只有住我一個人！」

我看看四周，一心期待有人忍不住露出微笑，告訴我這只是場惡作劇，但是大家都面色凝重。

「他是美國人。」一個大鬍子老兄說：「也許是美軍。」

「屁啦。」另一人大吼。「你看看他，毛都沒長齊呢！」

「他的防水外套倒是不錯。」大鬍子說著，伸手輕拉我外套的袖子。「這種衣服在一般商店很難找到。是美軍，一定是。」

「你們聽好。」我說：「我不是軍人，我也沒有騙你們的意思，我對天發誓！我只想找我爸，打包行李，然後……」

「是美國人才怪！」一位肥頭大耳的男子大聲喝道，嚇得我往門口倒退幾步。他吃力地從椅子上挺起龐大的下半身，擋在我和門的中間。「他的口音難聽死了，我敢打賭他是德國間諜！」

「我不是間諜。」我無力地說：「我只是迷路了。」

「最好是。」他說完便哈哈大笑。「我看我們不如用老方法逼他說實話。繩子拿來！」

一群醉漢應聲叫好。我不知道他們是認真的還是在嚇唬我，但是我一點也不想知道，更無意久留。慌亂焦躁中，一陣強烈的第六感忽然竄過全身，告訴我快跑。這裡有滿屋子的醉鬼頻頻叫囂，還威脅要以私刑拷問我；我不可能在這樣的狀況下搞清楚到底發生了什麼事。當然，我只要一逃，他們就會更加堅信我來意不善，但是我不在乎。

我試圖繞過擋在門前的胖子。

他伸手攔截，不過動作笨重、有點神智不清，而我動作敏捷，並且嚇得快要屁滾尿流，他自然抓不到我。我一個假動作往左，接著馬上低身往右跑。他憤怒地厲聲嘶吼，全場的酒客瞬間都從凳子上站起來，朝大門直撲而來。我幾乎感覺到他們的指尖觸碰，就在千鈞一髮之際，我奪門而出，逃向明亮的午後。

我朝馬路的方向直奔，越過草皮、踏上石頭地，背後憤怒的吼叫聲漸漸淡去。我在第一個路口急轉彎，逃離人群的視線，接著穿過一片泥巴地，把雞群嚇得一邊咕咕叫一邊竄逃。

我飛奔過一片廣場，井邊排隊等著打水的婦女同時回過頭來。我的腦中閃過一個疑問，等等，「等待的女人」跑去哪兒了？但是我沒有時間多想，人已經來到一面低矮的石牆邊，我轉念專心思考該怎麼翻越——手抓牢、腳抬起、跳！我降落在一條繁忙的道路上，差點被呼嘯而過的馬車撞上。駕駛沒好氣地問候了我媽，馬身輕輕擦過我的胸口；回過神時，只見地上留下長長的馬蹄印和車輪的痕跡，距離我的腳趾不過幾英寸而已。

我不知道到底是怎麼一回事。我只有兩個想法：第一，我很可能發瘋了；第二，我必須遠離人群，然後確認自己是否真的發瘋。於是我越過兩排房舍，逃到後方靜謐的巷子裡，再往小鎮的邊緣奔去。我稍稍放慢腳步，以競走速度前進，心中暗自祈禱像我這樣狼狽不堪、渾身爛泥的美國男孩別引起太多注意，快走應該不會比跑步顯眼吧。

我努力假裝鎮定，但是任何細微的噪音和迅速的動作都讓我緊張兮兮。我對一個晒衣服的婦女點頭、揮手，而她卻像其他人一樣，只是傻傻地盯著我。我加快腳步。

背後傳來一陣奇怪的聲音，嚇得我立刻鑽進一間戶外廁所裡。我蹲在半開半閉的門後等待，瀏覽牆上的塗鴉。

杜利喜歡男生。

啥，不加糖？[13]

[13] 二戰時期，英國塗鴉常常出現一個名為Chad的卡通人物，伴隨「Wot, no –?」的標語。

最後，一隻狗經過外頭，背後跟著一群吠個不停的幼犬。我這才鬆了一口氣，緊繃的肌肉稍稍放鬆，等到神經平靜下來後，才回到小巷裡。

我的頭髮忽然被拉住，我還來不及哀嚎，一隻手已經從背後勒過來，尖銳的物體抵著我的喉嚨。

「你敢叫我就殺了你。」背後的聲音說道。

突擊我的人一邊把我推向廁所的外牆，一邊走到我面前，手中的刀子始終沒離開我的喉嚨。出乎我意料之外，這個人並非酒吧裡的醉漢，而是那個女孩。她身穿白色洋裝，表情嚴肅；雖然她威脅要割斷我的呼吸道，但是平心而論，她的長相非常清麗甜美。

「你到底是什麼東西？」她用氣音說道。

「嗯……我……我是美國人。」我不太了解她的問題，繼續結結巴巴地說：「我叫作雅各。」

她的手微微顫抖，刀子更用力地抵著我的喉嚨：她也很害怕——換句話說，她真的有可能傷害我。「你去那棟房子做什麼？」她質問道。「你為什麼要追我？」

「我只是想跟妳談談！不要殺我！」

她繃著臉瞪著我。「跟我談什麼？」

「談那棟房子，談以前住在裡面的人。」

「誰派你來的？」

「我爺爺，他叫作亞伯拉罕．波曼。」

她的下巴掉了下來。「說謊！」她的眼中閃爍著淚光，繼續嘶吼。「你以為我不知道你是什麼東西嗎？我又不是昨天才出生！眼睛張開給我看！」

「我有啊！我眼睛一直張著啊！」我把眼睛睜到最大。她踮起腳，直視我的瞳孔，接著往地上重重一跺，大聲叫道。「不，我要看你**真正的眼睛**！你的假眼睛騙不了我，你也休想騙我你和亞伯有關係！」

「我沒有說謊，而且這**真**的是我的眼睛！」她的刀口緊緊貼著我的呼吸道，令我難以呼吸。還好這把刀子有點鈍，否則這力道一定會割傷我。「聽好，我不知道妳以為我是誰，但是我真的不是妳所想的。」我聲音粗啞地說：「我可以證明！」

她的手稍微放鬆。「那你就證明給我看，否則我就拿你的血灌溉草地。」

「我有帶一個東西。」我把手探進外套口袋。

她往後一躍，一邊叫我住手，一邊握著刀在我眼前揮舞。

「我只是要拿信！冷靜一下！」

她再次用刀抵住我的喉嚨，而我慢慢地從口袋抽出裴利隼女士的信件和照片，把信封遞到她面前。「我就是因為看到這封信，所以才會來這裡。這是我爺爺留給我的，是大鳥寄給他的。你們是這樣稱呼你們的院長吧？」

「這不能證明什麼！」她看都不看，繼續說：「而且你怎麼會知道我們這麼多事？」

「我告訴過妳，我爺爺……」

她從我手中抽走信件。「我不想再聽你的屁話！」我顯然踩到了她的地雷，她一臉悵然所失，許久沉默不語，彷彿在思考殺人計畫完成後要怎麼妥善處理我的屍體。這時候，巷子的另一頭傳來陣陣謾罵叫囂；我們回頭，只見酒吧的那群醉漢正拿著木棍、農具朝我們直奔而來。

「這是怎麼了？你做了什麼好事？」

「想殺我的不只妳而已！」

她把刀子從我喉間拿開，一手抓著我的衣領，一手繼續用刀抵著我的側身。「你現在是我的俘虜，我怎麼說，你就怎麼做，不然我會讓你後悔。」

我二話不說地順著她。這個心理不平衡的女孩和那群揮舞棍棒、凶神惡煞般的醉漢一樣危險；不過如果我跟著她走，至少比較有機會獲得答案。

她推著我往前跑。我們衝進一條鄰近的小巷，途中她忽然拉著我轉彎，低身穿過一排晾乾的床單，又躍過一道細鐵絲網圍欄，最後進入一個小房舍的院子裡。

「進去裡面。」她輕聲說著，一邊環顧四周確定沒有人尾隨在後，才把我推進門中。屋內狹窄悶熱，充滿泥炭的煙燻味。

屋內空無一人，只有一隻老狗睡在沙發上。牠睜開一隻眼睛看看我們，似乎不以為意，然後繼續閉上眼睡覺。我們衝到窗邊，緊貼著一旁的牆偷窺外面的景象。我們豎起耳朵聽，女孩的一隻手始終抓著我的手臂，另一手握著刀抵著我的側身。

一分鐘過去了，男人的聲音遠去又回來，難以辨識他們的位置。我環視這間小房間，它極其簡陋，比石洲島多數的房子都還要老舊。房屋一角堆著許多手編的竹籃，椅子上掛著粗麻，椅子對面有一套大型的鐵製燃煤爐灶，我們正前方的牆上掛著一份月曆。屋內光線昏暗不明，我們站的地方根本看不清今天是幾月幾號，但是看著它，我心中不禁湧現一個奇特的想法。

「現在是幾年？」

女孩叫我閉嘴。

「我是認真的。」我輕聲說。

她眼神狐疑地打量我一會兒。「我不知道你想搞什麼鬼，不過你自己去看吧。」她邊說邊把我推向月曆前。

月曆上半部是一張熱帶風情的黑白照，一群身材豐腴的女孩留著厚重的瀏海，身穿復古泳裝，在沙灘上微笑嬉戲。接縫處上方印著「一九四〇年九月」，一號和二號已經被畫掉了。

我的腦海一片空白，瞬間全身麻痺。我逐一回想今天早上所發生的一切：天氣瞬間轉變，令人不解；我認識這個島嶼，卻不認識任何人；周遭的景物充滿老式風格，卻又是新的。牆上的月曆可以解釋這所有現象。

一九四〇年九月三號。*但是怎麼可能？*

這時候，我想起了爺爺的遺言，*老人葬身處的另一頭*。我一直想不通其中含意，我一度懷疑他指的是靈界——既然他小時候認識的孩子都死了，我得去墳墓的另一邊找他們。不過這說法太富詩意了；爺爺說話一向直來直往，從來不會用唯美的隱喻或暗示性的言詞。他當時其實明白地給了我指示，只是沒有時間解釋清楚。我忽然明白「老人」就是當地人對那個沼澤男孩的稱呼，他的葬身處就是石塚。今天早晨我進入了石塚，離開時，已是另一個時空。一九四〇年九月三號。

我想通的同時，屋子天旋地轉，我的膝蓋重重墜地，周遭的景物頓時沒入絲絨般的黑色中，只剩下脈搏強烈的節奏。

醒來時，我倒在地板上，兩手被綁在爐灶一角。女孩緊張地來回踱步，口中念念有詞，似乎在激動地自言自語。我閉著眼睛偷聽。

「他一定是偽人。」她說：「不然他為什麼要鬼鬼祟祟地在那棟老房子裡找東西，像個小偷一樣。」

「我也完全不能理解。」另一人說：「但是他似乎也是一頭霧水。」原來她並非自言自語，不過我無法從我的角度看到說話的年輕男子。「妳說他並不知道自己在圈套裡？」

「你自己想一想。」她指著我說：「如果他真的是亞伯的親人，怎麼可能毫無頭緒？」

「他有可能是偽人嗎？」年輕人說道。我稍稍轉頭環顧房屋的另一邊，還是不見人影。

「偽人可以裝。」女孩回答。

那隻狗已經醒了，大搖大擺地走到我身邊舔我的臉。我緊緊閉著眼睛繼續裝睡，不過牠的口水實在太多、太噁心了，於是我決定坐起身，救自己脫離苦海。

「太好了，看看誰起床了！」女孩一邊說著，一邊諷刺地為我鼓掌喝采。「你稍早的表演真的太精采了，昏倒那一段格外令我動容。你實在不應該投身殺人和吃人這一行，戲劇界少了一個人才。」

我正準備開口為自己辯白的時候，一個杯子忽然朝我飄了過來。

「喝點水吧。」年輕男子說：「在我們帶你回去見院長之前，你可千萬不能死。我們現在可以走了嗎？」

他的聲音彷彿來自空氣。我伸手接過杯子，小指似乎輕輕碰觸到一隻隱形的手，我嚇得差點把杯子砸了。

「他笨手笨腳的。」年輕男子說。

「你會隱形。」我呆滯地回答。

「沒錯。在下米勒・諾林，隨時為您服務。」

「你不能告訴他你的名字！」女孩大叫。

「她是艾瑪。」他繼續說：「她生性比較多疑，我想你應該早就領教過了。」

艾瑪不發一語，怒氣沖沖地瞪著他——應該說瞪著他所處的位置。杯子在我手中顫抖，當我整理好思緒，支支吾吾地開口解釋時，窗外又傳來憤怒的叫囂聲，再次打斷我的話。

「安靜！」艾瑪用氣音說道。米勒的腳步聲往窗邊移動，只見百葉窗拉開一個縫。

「發生什麼事？」艾瑪問。

「他們在挨家挨戶搜索。」他回答。「我們不能久留。」

「但是我們也不能就這樣出去啊！」

「說不定可以。」他說：「不過我得確定一下，等等，我查一下我的書。」百葉窗密合起來，接著我看見一本牛皮封套的小筆記從桌上浮起，在半空中猛然翻開。一分鐘過後他才把書闔上。

「如我所料！」他說：「我們只需要再等一分鐘左右，就可以抬頭挺胸地走出大門了。」

「你瘋了嗎？」艾瑪說：「那些野蠻人會亂棒把我們打死！」

「如果更有趣的事情就要發生了，他們才懶得管我們呢。」他回答。「我向妳保證，我們再等幾個小時也等不到這麼好的時機。」

他們把我手上的繩索解開，把我拉到門邊，一行人蹲在地上等待。外面傳來一陣逐漸擴大的噪音，漸漸覆蓋那些人的嘶吼聲。那是引擎的聲音，聽起來有十幾具。

「喔！米勒，你太聰明了！」艾瑪喊道。

他洋洋得意地哼了一聲。「妳還說我的研究浪費時間。」

艾瑪一手握住門把，同時回頭對我說：「抓住我的手臂，不准跑，要假裝沒事發生一樣。」她收起刀子，接著向我保證如果我企圖逃跑，她會殺了我。

「我怎麼知道如果我不逃，妳會不會殺了我？」

她想了片刻。「你不會知道。」說完她就推開大門。

街道上擠滿了群眾。我一眼就看到酒吧那群醉漢站在遠方，許多面容兇惡的店家老闆、婦女、馬車車夫都停下手邊的工作，站在馬路中央，抬頭仰望天空。我抬頭看見一大隊納粹的戰鬥機以整齊漂亮的隊形在空中掠過。我曾在馬丁的博物館看過同樣場景的照片，照片的標題是「石洲島浩劫」。剛才還是個平凡的午後，此刻我們已經被敵軍的死亡戰機包圍，天空可能隨時降下無情砲火，這感覺詭異至極。

我們裝作若無其事地穿過街道，艾瑪始終牢牢抓著我的手臂。就在我們快要到達巷子的另一頭時，忽然有人注意到我們。我聽見一聲嘶吼，回頭只見一群男子朝我們直撲而來。

我們拔腿就跑。狹小的巷子兩旁是成排的馬棚，跑到半路時，我聽見米勒說：「你們先跑，我來擋住他們！我們五分鐘半後在酒吧後面見，不要遲到！」

他的腳步聲漸漸在背後淡去。當我們抵達巷尾時，艾瑪忽然拉住我。我們回頭，看見一

根繩子在遠處的碎石地上延展開來，飄浮在半空中約腳踝的高度；繩子綳得緊緊的，把直衝而來的暴民絆倒在地，一群人堆疊成一團，個個灰頭土臉。艾瑪興奮地歡呼，我幾乎可以確定自己聽見米勒的笑聲。

我們繼續奔跑。我不明白為什麼艾瑪和米勒要約在牧師窖會合，那裡鄰近港口，卻和大房子相距甚遠。但是我同樣也不明白為什麼米勒會知道軍機飛過的確切時刻，所以我決定暫時別過問。抵達酒吧時，我以為艾瑪會偷偷摸摸地帶我溜進後院，但是她卻推著我從大門登堂入室，我頓時不知所措。

「酒保！」艾瑪說：「什麼時候供應生啤酒？我喉嚨快乾裂了！」

他哈哈大笑。「我們規定不能供應小女孩酒水的。」

「去他的規定！」她一邊嚷嚷，一手重重拍向吧檯。「給我一杯最大杯的上等威士忌，我不要你們平常給客人的那種攙了水的爛東西！」

我忽然覺得她只是在胡鬧，或是說在裝腔作勢。既然米勒在小巷用繩子絆倒群眾，她更要技高一籌。

酒保身子往前靠著吧檯。

「妳想要買醉是吧？」他露出好色的笑容說：「那妳要小聲點，別讓爸媽聽到，我可不想被牧師和警察追著跑。」他伸手搆到架上一瓶深色、邪惡的液體，並倒滿她桌上的大玻璃杯。「妳這位朋友呢？已經醉得不省人事了嗎？」

我假裝沒聽見，繼續凝視壁爐。

「他很害羞，是吧？」酒保說：「他打哪兒來？」

「他說他來自未來。」艾瑪回答。「我說他根本是滿嘴瘋言瘋語。」

酒保露出詭異的神情望向我。「他說什麼？」他才問完立刻就認出我，把酒瓶往桌上狠狠一擺，朝我撲過來。

只見酒保轉身準備繞過吧檯，我還在躊躇著要不要逃時，艾瑪已經舉起酒保倒給她的那杯酒，灑得到處都是。此時，驚人的事發生了；她舉起手，掌心對著被酒沾溼的吧檯，然後一道一英尺高的火牆驟然出現在眼前。

酒保發出一聲驚呼，拿著毛巾用力拍打烈火。

「走這邊，我的俘虜。」她說著，勾住我的手走向壁爐邊。「現在，幫我個忙，抓好往上抬！」

她跪在地上，把手指伸進地上的裂縫中，我在她旁邊照著做，兩人合力拉出一道寬度和我肩膀差不多的細縫：那就是真正的牧師窖。屋內瞬間煙霧瀰漫，我們趁著酒保正忙著滅火，一前一後遁入地窖中。

牧師窖是個四英尺深的井狀通道，底部空間狹小，黑暗彷彿永無止盡。忽然間，地窖中洋溢起柔和的橘色光芒，那光芒來自艾瑪的掌心；她捧著一個小火球，我出神地望著那光源，忘卻了一切。

「快走啊！」她推我一把，叫道。「前面有一扇門。」

我往前爬了幾步就碰到一面牆，艾瑪把我推開，一屁股坐在地上，腳跟往前踢著牆壁。接著牆倒了，陽光灌照進來。

「原來妳在這裡。」我們爬進後巷時，我聽見米勒的聲音說：「妳就是喜歡出鋒頭，是不是？」

「我不知道你在說什麼。」艾瑪回答，但是我聽得出她的語氣中帶著幾分得意。

米勒帶我們走到一輛等候乘客的馬車旁，我們爬上後座，躲進帆布棚中。一名男子迅速走上前、登上馬背、韁繩一揮，接著馬車顛簸地前進。

我們沿途不發一語，聽著周遭的雜音越來越細微，我知道我們正逐漸遠離小鎮。

我終於按耐不住，鼓起勇氣發問。「你怎麼知道馬車會在這裡等？還有飛機？你是先知還是什麼？」

艾瑪不屑地冷笑一聲。「他什麼都不是。」

「因為這些事情昨天都發生過。」米勒回答。「還有前天。你的圈套不是這樣嗎？」

「我的什麼？」

「他並非來自任何圈套。」艾瑪低聲說：「我告訴過你很多次，他是該死的偽人。」

「我不這麼認為，偽人絕對不會讓你抓住活口。」

「聽到沒。」我輕聲說：「我不是妳說的東西，我叫雅各。」

「真相等等就會揭曉，你現在給我閉嘴。」她伸手把頭上的帆布棚稍稍拉開，細縫中的天空不停變換，卻始終無比湛藍。

6

最後一棟小屋漸漸隱沒在我們身後，我們偷偷溜下馬車，徒步穿過樹林，越過山脊。艾瑪若有所思地走在我身邊，一路上抓著我的手臂，始終沉默不語，而米勒則哼哼唱唱，踢著路上的小石子。我心裡既緊張又困惑，同時興奮莫名，隱隱覺得不同凡響的事情就要發生；但是另一方面，我也懷疑自己會不會隨時驚醒，發現這只是一場炙熱的夢或壓力太大所產生的幻覺。我擔心自己其實是倒在仕美的員工休息室，流了滿臉口水，醒來時還默默心想：**真是場怪夢**，然後繼續過我平凡無聊的生活。

但是我沒有醒過來，我們仍然不斷前進，手掌會生火的女孩和隱形男孩一直與我同行。我們經過一片樹林，山路寬闊明亮得像國家公園的步道一樣，接著來到一片花朵繁茂、造景精細的廣大草皮上，大房子就在眼前。

我訝異地觀察它，並非因為它陰森可怕，而是因為它美輪美奐。屋瓦沒有一片剝落，窗戶也明亮完好，記憶中陷落的塔樓和煙囪此刻氣宇非凡地指向天空，先前吞噬外牆的樹叢則與房子保持著一段安全距離。

他們領我走向石板鋪成的小路，爬上剛剛塗漆的臺階，來到門廊上。艾瑪雖然不再像起初一樣把我視為威脅，不過進屋前，她再度把我的手捆起來——我猜她只是想做樣子給別人看，好證明自己戰功彪炳，而我則是她的戰利品。她正要帶我進屋時，卻被米勒攔了下來。

「他的鞋上沾滿了爛泥。」他說：「不能讓他弄髒屋子，大鳥會大發雷霆。」他們默默地看著我把沾滿泥巴的鞋子、襪子一一脫下來；米勒又建議我把牛仔褲的褲管捲起，以免在地毯上拖行，我乖乖照辦。最後，艾瑪不耐煩地抓住我，把我大力拉進門。

記憶中的大廳難以通行，地上散布殘破的家具，但在此刻卻整齊寬敞。我們穿過大廳，前方的樓梯剛剛打過蠟，一張張好奇的臉孔在欄杆後、餐廳裡朝我們張望。餐廳大片的落石、粉塵不見了，取而代之的是一張長桌，桌邊圍滿椅子。這確實是我先前探索過的房子，但是一切都像被整修過一樣。先前的綠色霉斑不見蹤影，牆上是壁紙、護牆板和色調明亮歡樂的油漆。花瓶裡插著精緻的花束。地上腐朽的木材和纖維彷彿自行重組成舒適的沙發和扶手椅。陽光穿過高處的窗戶灑落一室，和先前蒙著一層灰、不見天日的景象截然不同。

我們最後來到面對後院的小房間。「我去通知院長，你看好他。」艾瑪對米勒說。我感到他的手抓著我的手肘，不過艾瑪一離開，那隻手就鬆開了。

「你不怕我把你的腦袋吃掉嗎？」我問他。

「不怎麼怕。」

我轉向窗戶，驚奇地看著外頭。庭院裡都是嬉戲的孩子，我曾經在泛黃的相片中看過其中不少臉孔。有人在樹蔭下乘涼，有人玩著球，有人在色彩繽紛的花圃上互相追逐；這景象和爺爺所描述的樂園如出一轍。這裡就是那個奇幻島，他們就是那群可愛的孩子。如果這是夢，我希望我一覺不醒——至少別醒得太快。

遠方的草皮上，有人一腳踢得太大力，把球踢到修剪成動物形狀的樹叢上。放眼望去，外圍成排的樹叢都被修剪成奇幻故事裡才有的動物，高度與房子相當，彷彿捍衛著孤兒院，以免受到樹林的侵襲；這些動物包括長著翅膀的獅鷲獸、翹著臀部的人馬，還有人魚。兩個撿球的少年跑到人馬的旁邊，背後跟著一個小女孩，我立刻就認出她是爺爺照片中的「飄浮女」，只不過她並沒有飄浮，卻走得很慢，看起來舉步維艱，彷彿每一步都受到好幾倍的地心引力重重拉扯。

她走到男孩的身邊舉起雙臂，男孩拿著一條繩子繫在她的腰間。她小心地脫下鞋，身體像個氣球一樣緩緩升空，我看得瞠目結舌。她不停地往上飄，腰間的繩子越拉越緊，最後她飄浮在距離地面十英尺高的空中，只有兩個男孩在下面拉著她。

女孩不知對男孩說了什麼，男孩點點頭，然後把繩子越放越長。她沿著人馬的側身緩緩升空，飄到人馬的胸口處時，她伸手去樹枝間撿球。不過球卡得太深了，她看看下方，無奈地搖搖頭，男孩才捲著繩子把她拉回地面。她穿回加重的鞋子，最後才解開繩子。

「看戲看得很過癮吧？」米勒問道，我安靜地點點頭。「要撿球，有很多更簡單的方法。」他說：「不過他們知道有觀眾在看。」

外面另一個女孩往人馬方向走去，她看起來十七、八歲，外型狂野，雜亂的頭髮像鳥巢般糾結成一團。她彎腰拉住人馬的長尾巴，把枝葉纏繞在自己的手臂上，接著專注地閉上雙眼。不一會兒工夫，我看見人馬的手動了。我凝視著窗外，全神貫注地盯著那片綠葉，心想一定是風吹的，但是此時就連它的手指也一一動了起來，彷彿逐漸從沉睡中甦醒。我驚愕地看著人馬彎曲巨大的手臂，一手探進自己的胸口掏出球，並把球投擲給歡呼的孩子們。球賽繼續進行，髮型狂亂的女孩放下人馬的尾巴，人馬才再次陷入靜止中。

米勒的呼吸在玻璃上形成一片霧氣，我一臉不可思議地轉向他。「我無意如此失禮。」我說：「但是你們到底是什麼？」

「我們很獨特。」他回答，聽起來有些疑惑。「你不也是嗎？」

「我不知道。我想我沒什麼獨特的。」

「真可惜。」

「你為什麼放開他？」背後傳來吆喝的聲音，我回頭看見艾瑪站在門口。「喔，算了。」她一邊說著，一邊走到我身邊抓住繩子。「走吧，院長要見你。」

我們來到房子的另一頭，一雙雙好奇的眼睛透過門縫、躲在沙發後頭偷窺我們。我們走進一間光線明亮的大廳，大廳中間擺著花樣精緻繁雜的波斯地毯，地毯上的高背椅坐著一位正在打毛線的婦女。她外型出眾，從頭到腳一身素黑，長髮在頭頂上盤成完美的圓形髮髻，手戴蕾絲手套，高領襯衫的領口完全包覆著喉嚨——她的打扮就像這房子一樣一絲不苟。雖然那只砸爛的大木箱裡並沒有這個女人的照片，但是我不難猜到她是誰。這就是裴利隼女

士。

艾瑪領我走上地毯，清了清喉嚨。裴利隼女士原本以穩定的節奏穿著針線，忽然停頓下來。

「午安。」那位女士抬起頭說：「你一定就是雅各。」

艾瑪瞪大眼睛看著她。「妳怎麼知道他的……」

「我是裴利隼院長。」她說著舉起一根手指，示意艾瑪安靜。「不過你現在並不是這裡的成員，所以叫我裴利隼女士就好。很高興終於見到你了。」

裴利隼女士伸出戴著手套的手，不過我無法回禮，她才發現我的雙腕被繩子綁住了。

「布魯小姐！」她高聲說：「這是什麼意思？這是待客之道嗎？立刻為他鬆綁！」

「但是院長！他鬼鬼祟祟、滿口謊話，我不懂為什麼要以禮相待！」艾瑪狠狠瞪我一眼，接著在裴利隼女士的耳畔竊竊私語。

「妳不懂為什麼？布魯小姐。」裴利隼女士發出一陣哈哈大笑，繼續說：「妳在胡言亂語什麼！如果這個小男孩是偽人，妳早就變成他的盤中佳肴了。他當然是亞伯拉罕・波曼的孫子啊，妳自己看看他！」

我頓時鬆了一口氣。也許我根本無須自我介紹，她本來就在等我！

艾瑪不服氣地咕噥著，但裴利隼女士只用一個嚴厲的眼神就讓她閉上嘴巴。「喔，好啦。」艾瑪嘆道：「但是別怪我沒警告妳。」她拉扯我手上的繩結，把繩子解開來。

「請妳別責怪布魯小姐。」我搓揉著擦破皮的手腕，聽見裴利隼女士說：「她生性喜歡戲劇化。」

「我領教過了。」

艾瑪氣憤地叫道。「如果他說的都是真的，為啥他完全不知道圈套是什麼？為什麼他不知道現在是哪一年？快點，妳問他嘛！」

「是『為什麼他完全不知道』才對。」裴利隼女士糾正她。「我還要問妳書是怎麼念的呢。明天中午來找我，我要好好教妳得體的用詞遣字！」

艾瑪不滿地呻吟。

「妳可以先出去了。」裴利隼女士說：「我要單獨和波曼先生談一談。」

女孩知道多說無益，嘆了口氣，默默走到門口，臨走前回過頭來看我最後一眼。我在她臉上看見了先前沒有見過的表情：關心。

「諾林先生，你也一樣！」裴利隼女士高聲說：「有教養的人是不會偷聽別人談話的。」

「我只是想問需不需要幫你們準備茶水而已。」米勒說，他的口氣極盡逢迎討好。

「我們不需要，謝謝。」裴利隼女士簡短地回答。我聽見米勒的腳步聲漸行漸遠，最後房門忽然關上。

「我本來應該請你坐的。」裴利隼女士指著我背後的椅子說：「不過你看起來渾身泥垢。」於是我便跪坐在地上，彷彿一名虔誠的信徒在全能的先知面前，等待受業、解惑。

「你來到島上已經很多天了。」裴利隼女士說：「怎麼拖了這麼久才來拜訪我們呢？」

「我不知道怎麼找你們。」我說：「妳怎麼知道我來這裡很多天了？」

「我觀察你很久了，你也看過我，不過你可能並不知道。我是以另外一個形體去探望你的。」她舉起手，從髮髻間抽出一根長長的灰色羽毛。「以鳥的形體去觀察人簡單、方便多了。」她解釋道。

我的下巴掉了下來。「今天早上溜進我房間的就是妳？」我問道：「是那隻老鷹？」

「是隼。」她糾正道：「我當然就是那隻游隼。」

「所以是真的囉！」我說：「妳就是大鳥！」

「我可以接受這個外號，但是我不會鼓勵大家這樣叫我。」她回答。「現在換我發問。」裴利隼女士繼續說：「你到底在那棟陰森的破房子裡找什麼？」

「妳啊。」我回答，只見她的眼睛稍稍睜大。「我不知道該去哪裡找妳，我昨天才得知你們已經……」

想到我所要說的話實在很奇怪，我不禁稍稍停頓一下。「我不知道你們已經死了。」

她的微笑略顯緊繃。「我的天啊，你爺爺完全沒有提過我們這群老朋友？」

「提過一些，不過我一直以為是童話故事。」

「原來如此。」她回答。

「希望妳不要介意。」

「我只是有點意外而已，不過我們確實也希望一般人把我們當成虛構的故事，以免不速之客登門造訪。這個年頭，相信怪力亂神的人越來越少了，所以沒什麼人繼續追查我們的下落、打擾我們過日子。當地的鬼故事和那棟恐怖的老房子也有助我們維持平靜的生活，不過顯然你就是不死心。」她微笑道：「看來英勇無畏是會遺傳的。」

「對啊，大概是吧。」我緊張地笑了兩聲；不過老實說，我覺得自己隨時可能昏厥。

「言歸正傳，我們來談談這個地方。」她環顧四周，展開雙臂，一邊說：「你小時候一直以為你爺爺像其他大人所說的一樣，只是在『編故事』、不斷編造天馬行空的謊言，是這樣嗎？」

「不完全是謊言，而是……」

「故事、吹噓、幻想——用什麼詞彙都不重要。你什麼時候才發現亞伯拉罕說的都是實情？」

「嗯。」我一邊回答，一邊注視著地毯上縱橫交錯的花紋。「我想我現在才發現。」

適才還精神抖擻的裴利隼女士臉色一沉。「老天啊，我懂了。」她忽然間表情凝重，沉默不語，彷彿隱隱知道我有噩耗要告訴她。儘管不忍，我還是得想辦法委婉地說出口。

「我猜他很想向我解釋這一切。」我說：「不過他拖了太久，最後只好派我直接來找妳。」我從外套口袋裡掏出那封皺成一團的信。「這是妳寫的信，我因為它才找到這裡。」

她把信小心地放在座椅扶手上攤平，然後舉在半空中，口中念念有詞。「他真可惡！虧我還苦苦哀求他回信。」她搖搖頭，再次滿臉愁容地陷入沉思。「我們沒有一天不期待亞伯的消息。他堅持離開這裡，回到外面生活，我有次還問他是不是想讓我操心死才滿意。他實在是固執得讓人憤怒。」

她把信折起來放回信封，臉上彷彿掠過一抹愁雲。「他走了，是不是？」

我點點頭，接著吞吞吐吐地告訴她事情經過，也就是警方最後推論出來的最終版本；經過長期的心理諮商，我慢慢也相信這個版本就是真相。我怕我自己聲淚俱下，所以只大略敘述了故事經過：他住在郊外，前一陣子鬧乾旱，因此樹林裡的動物飢渴難耐；他在錯誤的時間，誤闖錯誤的地方。「我們不應該讓他一個人住的。」我解釋道。「不過妳也知道，他非常固執。」

「我就是擔心這個。」她說：「我警告過他，離開不會有好下場的。」她緊握著腿上的織針，彷彿握著凶器，考慮要朝誰扎下去洩恨。「現在竟還要他可憐的孫子來向我們報死訊。」

我可以體會她的憤怒，我自己也走過同樣的心路歷程。我努力安慰她，同時回想起去年秋天，也就是我最消沉的時候，爸媽和高倫醫師不斷告訴我這些聽似有理的說法。「他的時候到了，他一個人很孤獨，奶奶已經死了很多年，他的頭腦也越來越不清楚，老是忘東忘西，搞不清真實和想像，所以才會跑到樹林裡。」

裴利隼女士哀傷地點點頭。「是他自己選擇了衰老。」

「其實他也很有福氣，他走得很快，沒有受苦，也沒有住院好幾個月，全身插滿管子。」這說法當然很荒唐，因為他死狀悽慘，而且根本不該死；不過我認為這麼說會讓我們心裡比較好受。

裴利隼女士把針線放在一邊，慢慢起身，疲憊虛弱地走到窗口。她的步伐僵硬而不自然，彷彿兩隻腿一長一短。

她望著院子裡嬉戲的孩子。「這件事不能讓孩子們知道。」她說：「至少不是現在，這會讓他們大受打擊。」

「好，由妳決定。」

她沉默地站在窗前，肩膀顫抖。當她回過頭時，表情已經恢復平靜，一本正經。「好吧，波曼先生。」她簡潔地說：「我想我該問的都問完了，你應該也有很多問題。」

「大概有一千個吧。」

她從口袋掏出懷錶看了看時間。「距離晚餐還有一點時間，希望能為你解惑。」

裴利隼女士停頓下來，猛然抬起頭，大步走向客廳門邊，把門用力拉開。艾瑪蹲在門的另一頭，滿臉通紅，兩串淚珠汩汩滴落。她全部聽見了。

「布魯小姐！妳一直在偷聽嗎？」

艾瑪努力站起來，放聲哭泣。

「有教養的人不會偷聽別人談話，尤其是不該知道的……」還沒說完，艾瑪已經跑走了，裴利隼女士無奈地長嘆一口氣。「這實在是很糟糕，她對你祖父的感情格外深厚。」

「我有發現。」我說：「為什麼？難道他們……？」

「亞伯拉罕離開我們去打仗的時候，把我們的心都一起帶走了，不過布魯小姐對他尤其情深意濃。沒錯，他們青梅竹馬，兩小無猜，彼此仰慕。」

我終於可以理解艾瑪為什麼始終不願意相信我。因為如果我所言屬實，那表示我很有可能是來傳遞噩耗的。

裴利隼女士拍拍手，彷彿破解魔咒。「唉，不說這個了。」她說：「再談下去也沒用。」

我跟隨她走到屋外的樓梯口。裴利隼女士不讓別人幫忙，兩手同時握著樓梯旁的扶手，一階一階拉著自己往上爬，表情凝重而堅定。抵達二樓後，她帶我穿過走廊，來到閱覽室。這裡現在看起來就像真實的教室一樣，桌椅井然有序，牆角掛著小黑板，書本整齊乾淨地排列在書架上。裴利隼女士指著一張桌子說：「坐吧。」我坐在一張書桌前，她則面對我坐在閱覽室前方的位置。

「容我先為你做一些粗略的簡介，我想你可以在這間房間裡，找到所有疑問的答案。」

「好的。」

「人類的組成其實比一般人以為的複雜許多。」她說：「人類真正的分類法祕而不宣，只有極少部分的人知道這個祕密，而你即將成為其中之一。簡而言之，我們可以用二分法把人分成兩種：一種是常爾夫（coerlfolc），也就是社會上多數的普羅百姓；另外還有一支潛藏的人類族群叫作辛卓克（syndrigast），我的祖先說這一類人種具有獨特的心智。我相信你早就料到我們屬於後者。」

我假裝理解，頻頻點頭，不過其實已經一頭霧水。為了讓她稍稍放慢速度，我隨便問了一個問題。

「但是為什麼沒有人知道你們存在？你們是唯一的一群嗎？」

「像我們這樣的獨特人種存在世界各地。」她說：「不過我們的人數已經大不如前了，存活下來的只能躲躲藏藏，像我們這樣。」她的口氣漸趨和緩，帶著些許遺憾。「很久以前，我們曾經和一般人和睦共處，和平共存。有些地方稱我們為巫醫或先知，每當時局動盪，他們總會向我們求助。在少數幾個文化中，這樣和諧的共存關係依舊存在，不過這僅存在於發展落後、以及未受到主流宗教洗禮的地方，像是新赫布里底群島中充滿黑魔法神祕力量的阿姆布林（Ambrym），不過大部分的地方早已經視我們為眼中釘。穆斯林驅逐我們；基督徒叫我們巫師巫婆，把我們活活燒死；就連威爾斯和愛爾蘭的異教徒最後都指控我們是心懷不軌的妖精或形體變幻莫測的鬼怪。」

「那為什麼你們不乾脆……我也不知道……你們可以組織自己的國家啊。為什麼不自己獨立生活？」

「要是這麼簡單就好了。」她說：「這些特異的能力通常會隔代遺傳，有時候甚至會相隔十代。特異孩童的父母未必獨特，應該說他們往往不具有這些特異功能；特異父母也未必能生出具有特異功能的孩子，而且通常都是不會。這個世界如此害怕異己，所以你應該不難想像為什麼身為特異的一群這麼危險吧？」

「因為正常的父母會嚇死，如果有一天他們看到孩子忽然……丟出火球？」

「沒錯，波曼先生。平凡父母所生出的特異後代往往遭到凌虐或是忽視，下場淒慘可悲。幾世紀前，特異孩子的父母相信他們『真正』的兒子或女兒是狸貓換太子似地被偷走，他們相信孩子遭受詛咒，生性兇惡，雖然長相一樣，本質已經變了一個人。在那個黑暗的時代，父母可以理所當然地拋棄可憐的孩子，甚至直接殺了他們。」

「太可怕了。」

「可怕至極。所以總得有人採取行動，因此，像我這樣的人便創造出遠離平凡人群的地方，讓特異孩子平安成長。這裡就是其中一個例子，它的物理空間和時間都與世隔絕，這是我最大的驕傲。」

「像你這樣的人？」

「我們這些特異人種與生俱來一般人沒有的能力，這些能力的種類繁雜，難以一言道盡，就好像每個人的膚色、五官都不同一樣。儘管如此，有些能力還是很普遍，好比讀心術；有些能力則相當罕見，像我就能操控時間。」

「時間？我以為你的能力是變成鳥。」

「誠然如此，這和我的能力密不可分。只有鳥能夠操控時間，因此所有的時間操控者都能變成鳥的形體。」

她說得一本正經，口氣理所當然，我無法立刻消化所有資訊。「鳥……是時間旅者？」

我感到臉上揚起一抹痴呆的微笑。

裴利隼女士認真地點點頭。「然而，大多數的鳥只能不小心在時間中穿梭往返，我們卻能有意識操控時場；不單單是為了自己，而是為了他人。人稱我們為**時鳥**（ymbrynes），我們可以創造時間的圈套，讓特異者在其中永遠生活下去。」

「圈套。」我重複著她的話，腦海中回想起爺爺臨終時的要求：**去找大鳥，去圈套裡。**

「這裡就是圈套嗎？」

「是的，你也可以說這裡是一九四〇年，九月三號。」

我身體前傾，緊靠著小書桌。「什麼意思？這裡只有一天？不停重複？」

「無止無盡，不過我們的經驗卻是不斷延續的。否則我們就不會記得前一天……喔，應該說是過去七十年間在這裡所發生的事了。」

「太不可思議了。」我說。

「當然。我們在一九四〇年九月三號之前，就已經在石洲島住了十年以上。多虧了這島與眾不同的地形，我們得以離群索居。不過在那一天之後，我們同時也需要在時間上與正常世界隔離。」

「為什麼？」

「如果不這樣，我們都會葬身此地。」

「因為炸彈攻擊。」

「完全正確。」

我凝視著桌面，忽然間，一切似乎都拼湊起來了，儘管還有太多想不通的疑點。「除了這裡以外，還有其他圈套嗎？」

「很多。」她說：「而且幾乎所有看顧圈套的時鳥都是我的朋友。我想想看：愛爾蘭有位唐鵝女士（Gannett），她的圈套是一七七〇年六月；斯旺西有位葉鷹女士（Nightjar），她的圈套停在一九〇一年四月三號；阿沃賽[14]和巫雀女士（Bunting）共同管裡德貝郡的圈套，那兒的時間停在一八六七年的聖瑞信日[15]；旋木雀女士（Treecreeper）的圈套在哪裡，我有點想不起來了……對了，還有我敬愛的方雀女士（Finch），我有張她的玉照。」

裴利隼女士使勁從書架上抬出一本巨大的相簿，把它放在我的書桌上。她站在我背後，小心地一頁頁翻閱。我知道她在找尋某一張照片，不過每一張都令她目光駐留，口吻洋溢濃濃的懷舊之情。我發現我曾經在地下室那只大木箱中看過其中一部分，爺爺的雪茄盒中也藏有一些相同的照片，但是裴利隼女士的收藏更完整。想到她多年前也曾經抱著相簿向爺爺

[14] Avocet。原指反嘴大高鷸，又稱反嘴鷸，屬稀有鳥類，主要棲息於沼澤溼地。
[15] St. Swithin's Day。每年七月十五日，紀念九世紀時的溫徹斯特主教而設立。

細述往事，我心中感到莫名的悸動；當時他的年紀可能和我一樣大，他可能就坐在這間房間裡，就坐在這張書桌前。現在聽眾變成了我，彷彿我步入了他的過去。

她終於找到其中一張照片，上面的女人氣質脫俗，手上停著一隻體態豐滿的小鳥。她說：「這就是方雀女士和她的阿姨，她阿姨也叫作方雀。」照片中的女人似乎在和那隻鳥溝通。

「要怎麼分辨她們兩個？」我問道。

「年紀較長的方雀女士幾乎無時無刻都化身成雀鳥的形象。老實說，她不論是人是鳥其實都一樣，因為她實在不愛說話。」

裴利隼女士繼續翻閱，翻到一張團體照時停了下來；照片中的女人和一群孩子面無表情地圍著紙做的月亮。

「啊，就是這張！我差點忘了。」她從相簿中抽出照片，畢恭畢敬地拿在手上。「前面這位就是阿沃賽女士，她堪稱我們特異人士中的貴族。五十年來，大家一直想推選她為時鳥委員會的領袖，不過她始終不願意放棄教職，守護她和巫雀女士一手建立的學院。當今所有地位崇高的時鳥，沒有一位不曾受過阿沃賽女士的諄諄教誨，我也不例外！你仔細看，照片裡有個戴眼鏡的小女孩。」

我瞇起眼睛。她指的那個女孩膚色暗沉，輪廓模糊。「那是妳嗎？」

「我是阿沃賽女士所教導過最年輕的一員。」她驕傲地說。

「照片裡的小男孩呢？」我問道。「他們看起來比妳還年輕。」

裴利隼女士臉色一沉。「你是指我誤入歧途的兄弟嗎？他們和我一起進入學院上課，兩個人都像公子哥一樣，從小嬌生慣養。我想就是因為這樣導致他們自甘墮落。」

「他們不是時鳥？」

「喔，不。」她惱怒地哼了一聲。「時鳥都是女性，幸好老天有眼！男性缺少女性才有的沉穩謹慎，無法擔負這麼重大的責任。時鳥必須四處翱翔，尋找需要幫助的特異孩童，引開企圖傷害我們的人，確保受監護的孩童溫飽無虞、藏身隱密，並授以我族的學識。不僅如此，我們每天還要分秒不差地重新設定我們的圈套。」

「如果沒有怎麼辦？」

她將顫抖的手舉到眉際，故作驚恐地往後踉蹌一步。「浩劫、劇變、災難！我想都不敢想。幸好重新設定圈套的機制很簡單，我們只需要每隔一段時間穿越入口一次就好，這樣就可以保持循環暢通。入口有點像是新鮮麵團上面的洞，如果不偶爾用手指戳一戳，那個洞慢慢就會自行消失。密閉的時間系統會自然而然形成各樣壓力，如果沒有出入口，沒有釋放壓力的門閥……」她將握拳的手猛然張開，做出象徵鞭炮爆炸的手勢。「這整個圈套就會失去平衡。」

她彎著腰，繼續翻閱相簿。「說到這個，我可能有一張……對，就是這張入口的照片。」她從內頁抽出另一張照片。「他們是方雀女士和她的學生，這壯觀的入口通往方雀老

師的圈套，它位在極少使用的一節倫敦地鐵裡。每當圈套重新設定時，地下道就會散發劇烈的光芒；相較之下，我們的圈套遜色多了。」她的語氣中透露著些許羨慕。

「我確定一下我有沒有聽懂。」我說：「如果今天是一九四〇年九月三號，那明天……也是九月三號？」

「嗯，在圈套的二十四小時中，有少數幾個小時是九月二號，不過沒錯，是九月三號。」

「所以永遠沒有明天。」

「可以這麼說。」

遠方忽然傳來一聲巨響，彷彿雷聲在戶外迴盪，玻璃窗隨之震動，窗外天色漸暗。裴利隼女士抬起頭，掏出口袋裡的懷錶。

「我恐怕只能和你聊到這裡了，不過我希望你可以留下來與我們共進晚餐。」

我一口答應，幾乎沒有想到爸可能正在擔心我的行蹤。我從桌椅中鑽出來，跟隨她走向門口，這時我又想到另一個掛念許久的問題。

「我爺爺真的是為了逃離納粹才來到這裡嗎？」

「是的。」她說：「大戰發生前的那幾年動盪不安，流離顛沛，許多孩子就是在那時候來到這裡。」她表情痛苦，彷彿往事歷歷在目。「我在英國本土的難民營中發現了亞伯拉罕，他飽受煎熬，卻非常堅強。我一眼就知道他是我們的一員。」

我鬆了一口氣。至少他的這一段故事確實如我所知。不過我心中還有另外一個疑惑，只是我不知道如何開口。

「他……我爺爺……他是不是……」

「像我們一樣？」

我點點頭。

她詭異地微笑。「他像你一樣，雅各。」接著她轉過身，蹣跚地往樓梯走去。

裴利隼女士堅持要我先把身上的爛泥洗乾淨，才能享用晚餐，還請艾瑪幫我準備洗澡水。我猜她其實是想為我們製造交談機會，希望我能夠安撫她的情緒，不過她看也不看我一眼。我看著她在浴缸中注入冷水，接著把手放入水中攪動加熱，水面上不久就飄起蒸氣。

「好厲害。」我說，但是她充耳不聞，不發一語地離開浴室。

我把浴缸的水染成褐色之後，拿浴巾擦乾身體，接著在門後面的掛鉤上找到一條斜紋軟呢的寬鬆長褲、一件襯衫，還有一條過短的背帶。我研究許久，始終摸不透如何調整背帶長度；褲子要不是鬆垮垮地掉在腳踝邊，就是高高卡在肚臍上。我心想後者比較得體，於是我穿上衣服，像個沒有化妝的小丑，接著下樓享用可能是我人生中最奇特的一餐。

我記不清同桌孩子的姓名與容貌，但是我知道我曾經在照片中看過其中很多人的臉，也聽爺爺說過他們的故事。我一走進餐廳，原本圍著長桌爭先恐後搶位子的孩子頓時肅靜地盯著我，看來這裡很少有客人來訪。坐在長桌一頭的裴利隼女士忽然站起身，利用這安靜的時機把我介紹給大家認識。

「你們當中或許有很多人還沒見過他。」她大聲說：「這位是亞伯拉罕的孫子——雅各。他好不容易來到這裡，成為我們今天的貴賓。我希望大家熱情招待他。」然後她指著在場每一位學生，為我一一介紹名字；我因為太緊張，幾乎聽了就忘。介紹完畢後，連珠炮般的問題接踵而來，裴利隼女士很有效率地一一為我打發掉。

「雅各會和我們一起生活嗎？」

「這我不知道。」

「亞伯呢？」

「亞伯在美國，他很忙。」

「為什麼雅各穿著維多的褲子？」

「維多不需要了，而波曼先生剛洗完澡。」

「亞伯在美國做什麼？」

艾瑪一直怒氣沖沖地坐在角落。聽到這個問題，她默默站起身，黯然離席。其他人似乎習慣了她的壞脾氣，完全不予理會。

「別管亞伯做什麼了。」裴利隼女士簡短地回答。

「他什麼時候回來？」

「這也別問。快吃吧！」

大家在一瞬間蜂擁而上、開始搶座位。我看見一張空椅，正準備坐下時，忽然感覺到一把叉子戳進我的大腿。「不好意思！」米勒大喊，不過裴利隼女士請他讓位給我，同時叫他回房把衣服穿上。

「要我告訴你幾次。」她對他大喊。「有教養的人不會一絲不掛地吃晚餐！」

負責廚房工作的孩子端著一盤盤的佳肴出場，每一道佳肴上都蓋著銀亮的蓋子，無法看出裡頭裝的是什麼料。大家議論紛紛，猜測今晚菜色如何。

「威靈頓水獺派！」一個小男孩呼喊道。

「貓肉佐海鹽和尖鼠肝！」另一個男孩說，年幼的孩子聽了無不發出作嘔聲。最後鐵蓋一一掀開，裡頭的佳肴十分精緻、分量驚人，其中包括呈現金棕色的烤鵝，佐以檸檬和新鮮蒔蘿、淋上半溶奶油的大塊鮭魚、鱈魚，大碗清蒸淡菜，好幾盤烤時蔬，剛剛出爐的長條麵包，以及各樣我從沒看過的果醬和調味料，每一道都令人垂涎，在油燈的照耀下格外誘人。這些美食和牧師窖難以下嚥、來歷不明的油膩料理可說天壤之別。我從早餐過後就沒有吃過東西，忍不住大吃特吃起來。

我早就應該料到這些特異的孩童會有些特別的飲食習慣，但是我還是忍不住邊吃邊偷瞄四周。飄浮女奧莉芙被綁在釘死在地板的椅子上，以免她飄向天花板。肚子裡住著蜜蜂的男孩阿修身上圍著大塊蚊帳，一個人坐在角落的小桌子用餐，以防其他人受到蜂群攻擊。長相酷似洋娃娃、留著一頭金色鬈髮的克萊兒坐在裴利隼女士旁邊，始終沒有動過餐具。

「妳不餓嗎？」我問她。

「克萊兒不跟我們一起吃飯。」阿修主動回答，一隻蜜蜂從他口中竄出。「她不好意思。」

「我沒有！」她狠狠瞪著他說道。

「是嗎？那妳快吃啊！」

「我們這裡沒有人會對自己的天賦感到不好意思。」裴利隼女士說：「丹絲摩小姐只是喜歡一個人吃飯，丹絲摩小姐，妳說是不是？」

女孩望著前方空盪盪的桌子，顯然希望大家轉移注意力。

「克萊兒背後有張嘴巴。」米勒說。此時他已經穿上寬鬆的居家外套坐在我身邊（此外仍然什麼都沒穿）。

「什麼？」

「快，給他看！」其中一人說，接著全桌的人都慫恿克萊兒進食。最後，克萊兒為了讓大家閉嘴，真的照做了。

她面前放著一隻鵝腿。她坐在椅子上轉過身，手扶著座椅兩側後仰，把後腦杓埋進盤子裡。我聽見一陣鏗鏗鏘鏘的碰撞聲，接著她抬起頭，桌上的鵝腿已經缺了一大塊肉，金髮下隱隱可以看見一張嘴和兩排利牙。我忽然想起自己曾經在裴利隼女士的相簿中看過一組奇怪

Claire
has go
curl

的照片，主角正是克萊兒，攝影師拍攝了兩張照片以對照：一張是她精緻漂亮的臉龐，另一張是她的濃密髮捲，完全遮蔽後腦杓。

克萊兒轉過身，雙臂在胸前互抱，表情又羞又怒，顯然不滿大家慫恿她表演。她坐著悶不吭聲，其他人又繼續對我頻頻發問。裴利隼女士照例幫我擋掉了關於爺爺的提問，孩子們只好轉移話題，他們對於二十一世紀的生活特別感興趣。

「你們的空中飛車是什麼樣子？」一個名叫霍瑞斯的青少年問我，他身穿一身暗色西裝，看起來就像殯葬業的學徒。

「我們沒有這種東西。」我說：「至少目前還沒有。」

「有人在月亮上面建造城市嗎？」另一個男孩滿心期待地問著。

「我們在六〇年代的時候曾經在上面留下些垃圾、插了根國旗，就這樣而已。」

「英國還是世界第一大國嗎？」

「嗯……不算是。」

他們顯得有些失望，裴利隼女士逮到機會趕緊插話。「孩子，聽到沒？未來也沒什麼了不起，停留在美好的舊日時光也沒什麼不好！」我隱隱覺得她時常灌輸大家這樣的觀念，不過效果有限。我不禁好奇，他們到底在這「美好的舊日時光」裡待多久了？

「我可以請問你們年紀多大了嗎？」我說。

「我八十三歲了。」霍瑞斯說。

奧莉芙興奮地抬起頭。「我下星期就要七十五歲半了！」但是我想不通如果這裡的時間從未前進，他們是如何紀錄年月日的。

「我要不是一百一十七歲就是一百一十八歲了。」眼皮沉重的男孩說。他叫作伊諾，看起來不超過十三歲。「我來到這裡之前，曾經住過另一個圈套。」他解釋道。

「我快要八十七歲了。」米勒滿嘴鵝油，他透明的口中還可以看見咬爛的肉塊。大家怨聲載道，紛紛撇開頭。

然後換我自我介紹。我告訴他們，我十六歲。好幾個孩子瞪大眼睛，奧莉芙驚訝地笑出聲。他們無法想像我怎麼可能這麼年輕，但是我也同樣無法想像他們看起來為何這麼年輕。我在佛羅里達州認識很多八十幾歲的老人家，這些孩子卻和他們天差地別。或許這裡一成不變的生活、永恆無盡的夏天不僅僅抑制他們肉體的成長，也封閉了他們的情感，讓他們完全停駐在青少年時期，就像彼得潘和他那群不會長大的夥伴一樣。

屋外突然傳來一聲巨響。這是今晚的第二次爆破聲，和第一次相較之下，更劇烈，也更靠近，銀器、餐盤都震得叮噹作響。

「大家快點吃完！」裴利隼女士高呼。她才說完，房子又一陣天搖地動，我背後牆上掛的相框應聲落地。

「那是怎麼一回事？」我說。

「又是該死的德軍！」奧莉芙憤怒地說，同時小手握拳，重重擊向桌面，顯然在模仿脾氣火爆的大人。接著，我聽見遠方傳來不絕於耳的警鈴聲，頓時想通這是怎麼一回事。此時正是一九四〇年九月三號的晚上，再過不久，炸彈就會從天而降，把房子炸出一個大洞。那警鈴是空襲警報，聽起來是從山脊那兒傳來的。

「我們得快跑。」我驚恐地說：「再不走，炸彈就會把這裡夷為平地！」

「他還不知道！」奧莉芙格格嬌笑。「他以為我們會死！」

「只不過又要時光逆轉而已。」米勒的外套上提，聳著肩說：「沒必要大驚小怪啦。」

「每天晚上都會這樣？」

裴利隼女士點點頭說：「每天晚上，沒有例外。」然而我還是難以置信。

「我們可以帶雅各去外面參觀嗎？」阿修說。

「對啊，可不可以？」克萊兒生了二十分鐘的悶氣後，忽然迫切地懇求道。「時光逆轉真的好美！」

裴利隼女士板起臉，堅持大家沒吃完晚餐就不能離席。孩子們繼續苦苦哀求，最後她終於軟化了。「好吧，不過你們要戴好面罩。」

孩子們一哄而散，衝出餐廳，留下可憐的奧莉芙一個人困在椅子上，等待好心人大發慈悲替她鬆綁。我跟著大家跑到房子的另一頭，進入牆上貼滿木片的休息室；大家一一從櫥櫃裡面拿了不知什麼東西出來，接著蹦蹦跳跳地衝出門。裴利隼女士也拿了一個給我，我站在原地把玩著這玩意兒。它是橡膠材質製成，看起來像一張下陷的臉，表面兩個像眼睛的大洞上裝著玻璃，口鼻處像是下垂的罐子，上面扎了許多小孔。

「快點。」裴利隼女士說：「戴上去。」我才知道這是什麼：是防毒面具。

我把面具套在頭上，跟隨她來到戶外草皮。孩子們已經三三兩兩選好位子，觀賞一道道黑煙劃過天際。他們戴著面具，令人分不出誰是誰，就好像棋盤上散布的棋子。遠方的樹梢在硝煙中燃起火光，軍機隱匿在煙霧後方，但引擎嗡嗡的聲響不斷從四面八方湧來。

耳邊不時傳來沉悶的爆炸聲，那聲音彷彿來自我胸腔裡的第二個心跳；灼燙的熱浪跟著席捲而來，好像有人在我面前把烤爐開了又關。每一次衝擊都讓我驚恐得抱頭蹲下，不過孩子們絲毫不退卻，他們甚至哼著歌，歌詞和爆炸的節奏搭配得天衣無縫。

跑，兔子，跑，兔子，跑，跑，跑！
砰，砰，砰，農夫的槍法妙。
抓不到兔子，日子照樣過，所以，
跑，兔子，跑，兔子，跑，跑，跑！

明亮的曳光彈劃過夜空，兒歌唱到這裡正好結束。孩子們像剛剛欣賞完華麗的煙火表演，同聲鼓掌叫好；他們的面具上倒映著凌亂、刺眼的火光。日復一日的砲火攻擊已經變成他們生活的常態，不再召喚他們的恐懼。我想起先前曾經在裴利隼女士的相簿中看過一張照片，上面寫著*我們美麗的煙火秀*，原來真相並非那麼唯美浪漫。

飛散的金屬碎片彷彿刺裂了雲層，天空飄起小雨。德軍的攻勢逐漸減緩，似乎步入尾

our beautiful display

聲。

孩子們開始離開現場，我原以為我們要回屋內，但是他們繞過大門口，來到庭院的另一邊。

「我們要去哪裡？」我問兩個戴面具的孩子。

他們沒有回答。或許感應到我的驚慌，他們溫柔地握住我的手，牽著我和大家一起往前走。我們繞著房子的外圍，來到後院一角，只見一群人圍繞著一個大型樹雕。這個樹雕並非神話中的生物，而是在草地上休憩的男子；它一手撐著身體，一手指著天空。我沉思了一會兒，才想到它出自米開朗基羅為西斯汀教堂創作的壁畫，男子和畫中的亞當如出一轍。樹雕的技術令人懾服，亞當祥和寧靜的神情表現得淋漓盡致，兩朵綻放的梔子花剛好開在眼睛的位置。

頭髮狂亂的女孩站在一旁，她身上的碎花洋裝經過多次的縫縫補補，看起來像塊破布一樣。我走到她身邊，指著亞當問她。「這是妳做的嗎？」

女孩點點頭。

「怎麼做？」

她彎下腰，將一隻掌心對著草皮。幾秒鐘後，小草竄生、蔓延，漸漸長成手的形狀，輕輕觸碰女孩的手掌。

「這……」我說：「好誇張。」我顯然錯愕得不會說話了。

有人噓了我一聲，只見所有的孩子都沉默不語地拉長脖子，手指向天空。我抬頭仰望，天上只有團團的煙霧，煙霧間隱隱閃爍橘色火光。

此時，我聽見一架軍機飛過天際，距離我們越來越近。恐慌在我體內奔流。他們就是死於這一晚——不只是這一晚，就是此刻。這群孩子莫非每晚都要走一遭鬼門關、然後死而復活？我聯想到西西佛斯[16]的神話故事，我不知道孩子們是否同樣受到詛咒，得永世經歷炸死和復活的輪迴。

一個灰色的小東西穿越雲層朝我們直飛而來。我心想，是石頭，不過石頭墜落時不會發出嗚叫。

跑，兔子，跑，兔子，跑，跑，跑。我也想跑，但是已經沒有時間了；我只能放聲尖叫，仆倒在地上尋求掩護。不過空地上沒有掩護，於是我趴在草地上，雙手抱著後腦杓，彷彿這麼做就可以保住我的頭一樣。

我咬緊牙關，閉上雙眼，屏住呼吸，但是我始終沒有聽見震耳欲聾的爆破聲，四周反而陷入深沉的寂靜，一絲風聲也沒有。霎時間，引擎的呼嘯不見了，炸彈的低鳴不見了，遠處的槍聲不見了，整個世界彷彿被消音了。

[16] Sisyphus。西西佛斯是希臘神話中的一位國王。他因為犯了錯，諸神命令他把巨石推上山頂，但是每次到達山頂後，巨石又再度滾回山腳下。如此永無止境的反覆做工就是神明給他的懲罰。在西方文學中，形容詞「西西佛斯式的」（sisyphean）則含有「永無盡頭又徒勞無功」的意含。

我死了嗎？

我抬起頭，轉身望向身後。被風吹彎的樹枝停格不動了；天上的火光照耀雲朵，像一張靜止的照片；雨滴懸浮在我眼前，久久沒有滴落；孩子們圍成一圈，彷彿舉行著神祕的宗教儀式，而炸彈就在他們中央，下墜的彈頭看起來正好平衡在亞當的手指上。

接著，就好像電影在投影機中被大火燒毀一樣，灼熱的烈焰和刺眼的白光在我眼前瞬間閃過，吞噬了一切。

我的聽覺恢復之後，首先傳入耳中的是歡笑聲。眼中的白光漸漸淡去後，我看到我們就跟剛才一樣圍繞著亞當，只不過炸彈不見了，夜晚寧靜安詳，無雲的天空中只有一輪滿月照亮大地。裴利隼女士走到我面前伸出一隻手，我握著她的手，搖搖晃晃地站起來。

「請接受我的道歉。」她說：「我應該先讓你有心理準備的。」不過她臉上淺淺的笑意遮不住，其他的孩子摘去了面具，笑得更是開懷。我確定自己被耍了。

我還是覺得頭暈目眩，無法自已。「我差不多應該回去了。」我告訴裴利隼女士。「我爸會擔心。」接著我又趕緊問道。「我可以回家吧？」

「你當然可以走。」她回答，接著大聲詢問在場的孩子是否願意護送我回石塚。艾瑪出乎我意料地走向前，裴利隼女士似乎很滿意。

「妳覺得她陪我回去好嗎？」我低聲問院長。「她幾個小時前曾經試圖割我的喉嚨耶。」

「布魯小姐脾氣火爆，不過她是我最信賴的學生之一。」她回答。「而且我認為你們兩個應該私下好好聊聊。」

五分鐘後我們兩個就上路了。這次我的手沒有被繩子綑綁，她也沒有拿刀抵著我的背。幾個孩子尾隨我們到庭院邊，大聲問我明天會不會再來。我含混地回答，但是心裡完全無法思考未來如何，因為此刻的一切仍讓我摸不清頭緒。

我們穿過了幽暗的樹林，大房子逐漸消失在背景。艾瑪伸出一隻手，手心朝上，手腕一揮，一顆閃爍小火球躍然在指間。她像服務生端著托盤一樣捧著火球，照亮前方的小徑，將我們的身影投射在遠方林木上。

「我有跟妳說過這很酷嗎？」我試圖打破沉默，我們這一路上無話可說，已經越來越尷尬了。

「一點也不會[17]。」她邊回應邊把火球捧到我面前，我幾乎可以感覺到她散發的熱度。我往後閃躲，一連倒退好幾步。

「我的意思不是……我是說妳的這本事很酷。」

「喔，如果你用字遣詞更精確一點，也許我就不會誤會了。」她沒好氣地說完後停下腳

[17] Cool可指「酷」和「涼」，艾瑪假裝聽不懂，以為雅各的意思是火球很涼。

步。

我們保持安全距離，凝視著對方。「你不必怕我。」她說。

「喔，是嗎？我怎麼知道妳已經相信我不是邪惡生物了？說不定妳故意計畫和我獨處，好把我殺了。」

「別傻了。」她說：「你不請自來，我不但不認識你，你還像瘋子般一路追我。你要我怎麼想？」

「好吧，我知道了。」我說，但其實我口是心非。

她望著地面，一邊用靴頭在泥土上鑽出一個洞。她手中的火球慢慢從橘色變成冷冽的湛藍。「那不是真的，其實我剛剛是騙你的，我早就認出你了。」她抬頭看著我。「你跟他太像了。」

「很多人這麼說。」

「很抱歉我剛才說了這麼多惡言惡語。我不想相信你……不想相信你真的是他孫子。我知道這代表什麼。」

「沒關係。」我回答。「我小時候一直很想看看你們大家，現在願望終於實現了……」我搖搖頭。「我也很遺憾是因為這樣才見到。」

她衝到我面前，雙手環抱我的頸背，火焰在碰到我的瞬間熄滅，她的掌心依舊溫熱。我們靜靜地站在黑暗中，眼前的少女擁有老婦的靈魂，她明豔動人，曾經在我爺爺和我相同年紀時愛過他。我無所適從，只能同樣抱著她。過沒多久，我才發現我們兩個都在默默哭泣了。

我聽見她在黑暗中深吸一口氣，接著將我推開。火光再次躍動在她掌心。

「你不用擔心。」她說：「我通常不會這樣……」

「沒關係，妳放心。」

「我們該走了。」

「帶路吧。」我說。

我們舒服而安靜地穿過樹林，來到沼澤邊。她說：「跟著我的腳步走。」我照著做，踩著她的足跡前進。遠方的沼氣間閃爍著綠色的火光，和艾瑪手上的火球相互輝映。

我們找到石塚後一頭鑽進入口，兩人一前一後小步前進，抵達底部的密室後又沿原路折返，回到迷霧籠罩的世界。她帶著我找到小徑之後，一手和我十指相扣，若有所思地用力握了一下。我們沉默了片刻，接著她轉身離去，濃霧瞬間將她的身影埋沒；我不禁懷疑她是否真的存在過。

我回到了小鎮，街道上穿梭的馬車已經不見蹤影，四周迴盪著發電機嗡嗡的運作聲，家家戶戶的窗戶透露著電視螢幕的光影。我終於回到這個勉強算家的地方了。

凱夫正在吧檯裡大呼小叫，看見我走進門，立刻舉著酒杯向我打招呼；酒吧裡的其他客人也無意對我處私刑。世界似乎又恢復正常了。

我默默上樓回房，爸的筆電還沒關，而他已經趴在桌上睡著了。我關上門，他猛然驚醒。

「回來囉！嘿！也太晚了吧。是不是很晚了？現在幾點？」

「我不知道。」我回答。「我想還不到九點吧，發電機都還開著。」

他伸伸懶腰又揉揉眼睛。「你今天做了什麼？我還以為你會回來吃晚餐。」

「我又去勘查那棟老房子了。」

「有什麼新發現嗎？」

「嗯……沒有吧。」我說，但我這才想到或許我應該先杜撰個更周延的故事。

他露出狐疑的眼神看著我。「那是哪兒來的？」

「你說什麼？」

「你的衣服。」他說。

我低頭一看，才發現自己壓根兒忘了身上穿著斜紋軟呢褲和背帶。「我在那棟房屋裡找到的。」我一時間想不到更合理的回答，繼續說：「很酷吧？」

他露出不以為然的表情。「你找到一套衣服，就把它穿在身上？雅各，這實在很不衛生。那你的牛仔褲和外套去哪兒了？」

我必須轉移話題。「它太髒了，所以我……」我支支吾吾，眼神掃向電腦螢幕上的檔案。「哇，這是你在寫的書嗎？進度如何了？」

他立刻把筆電闔上。「我的書不是重點，重點是你的心理治療。高倫醫師雖然同意讓你來這裡，但是我想他也不會贊成讓你一個人待在那棟老房子裡一整天。」

「哇，我想你已經創紀錄了。」我說。

「什麼？」

「你到現在才提起我的心理醫生，這應該是時間最久的紀錄。」我舉起手，假裝望向手錶。「四天，五小時又二十六分鐘。」我嘆口氣。「真懷念那段時間。」

「你別忘了這個人幫了你多少。」他說：「真不曉得如果沒有他，你現在會變成怎樣？」

「爸，你說的沒錯，高倫醫師幫了我不少，但這不表示他必須完全控制我的生活。老天，你跟媽乾脆幫我買個手環，上面刻著高倫醫師會怎麼做？這樣我就可以隨時隨地提醒自己要徵求他的意見——就連上大號也要想到他，高倫醫師希望我怎麼拉？我應該拉在旁邊還是正正地拉在中間？怎麼拉才有助我的心理恢復正常？」

爸沉默了幾秒鐘，接著用低沉沙啞的聲音告訴我，不管我願不願意，明天都要陪他去賞鳥。我告訴他其實我沒有惡意，但是他不發一語，默默從椅子上站起來，往樓下的酒吧走去。我心想他要去喝酒了，於是回房換掉身上的小丑裝。幾分鐘後，他敲敲我的房門，告訴我有人要和我講電話。

我猜是媽，於是我咬著牙，跟著他下樓往酒吧角落的電話亭走去。他把話筒遞給我，然後找了張空桌一個人坐下來。我把門帶上。

「喂。」

「我剛剛才和你父親談過。」一個男子的聲音說：「他聲音聽起來有點沮喪。」是高倫醫師。

我想叫他和我爸一起去吃屎，不過我也了解目前的情況需要更有技巧的處理方式。如果我讓高倫醫師發火，這趟旅行就玩完了。我不能就這樣離開，我還想多了解那群與眾不同的小孩。所以我乖乖地向他說明這幾天的行程（不過對於圈套和孩子的事隻字未提），試圖讓他相信我已經越來越平靜，也慢慢相信這島嶼和我爺爺都沒什麼不凡之處。我們的對話就好像一個簡短的會診，只不過透過電話進行。

「我希望你不是故意告訴我我希望聽到的答案。」他說。這句話已經變成他的經典臺詞了。「也許我應該過來看看你，我也該休個假了，你覺得如何？」

拜託，你是在開玩笑吧，我暗暗祈禱。

「我沒事，真的。」我說。

「放輕鬆點，雅各，我只是在開玩笑。不過，天知道我真的需要放個假、離開辦公室一陣子。老實說，我相信你，你聽起來真的沒事。其實我剛剛才告訴你爸，或許他應該給你一些自由空間，你才能慢慢整理自己的情緒。」

「真的假的？」

「你父母和我已經糾纏你太久了，某種程度上來說，這樣其實會有反效果。」

「好吧，我真的很感動。」

我聽不清楚他後來又說了些什麼，電話那一頭的雜音很重。「我聽不清楚。」我說：「你在百貨商場裡嗎？」

「機場。」他回答：「來接我妹妹。不多說了，我只是要你好好享受這趟旅行，好好觀察周遭，但是不要擔心太多。我們回來再見，好嗎？」

「謝啦，高倫醫師。」

我掛上電話，對於剛才對他的怨言感到內疚不已。雖然爸媽對我不信任，高倫醫卻一直很挺我，這是他第二次為我說話。

爸在酒吧另一頭喝著啤酒。我上樓前，經過他的桌子旁邊。「關於明天的事……」我說。

「好吧，你想做什麼就去做。」

「你確定？」

他鬱悶地聳聳肩。「醫師指示。」

「我會回來吃晚餐，我保證。」

他點點頭，我把他一個人留在酒吧，自己上樓睡覺。

我躺在床上，腦海中不斷浮現特異孩童的臉孔；裴利隼女士向大家介紹我的時候，他們的第一個問題迴盪在耳邊：雅各會留下來和我們一起生活嗎？當時我心想，當然不會，但是為什麼不？如果我從此再也不回家，又會錯過什麼？我回想起那冰冷、空虛的大房子，我在家鄉沒有朋友，只有悲傷的回憶，還有別人為我規畫好的無聊人生。我頓時發現，我從沒想過自己有權利推開這一切。

7

清晨有雨、有風、有霧，陰鬱的天氣不禁讓我懷疑前一天的遭遇只是場奇幻、迷人的夢。我匆匆吃完早餐，告訴爸我要出門了；他瞪大眼睛看著我，彷彿我是個瘋子。

「這種天氣？去幹嘛？」

「去跟……」我不假思索地回答，接著立刻假裝食物卡在喉嚨，硬生生把話嚥回去。不過太遲了，他聽見了。

「跟誰出去？我希望不是那幾個喜歡饒舌的小混混。」

最好的圓謊方法就是編造更大的謊。「不是，你大概沒有見過他們。他們住在島的另外一邊，嗯，而且……」

「真的嗎？我還以為那邊沒人居住呢。」

「也是啦，就幾個人而已，牧羊人之類的。總之，他們人都很好。我在大房子裡的時候，多虧他們陪著我。」有朋友，又有人照顧我的安全，爸沒理由反對我出門。

「我想見見他們。」他板著臉孔說道。他常常故意裝出嚴肅的表情，我認為他一直渴望成為理性能幹、正經八百的父親。

「當然好，不過我們約好了在那邊碰頭，所以改天吧。」

他點點頭，繼續吃了一口早餐。

「晚餐前回來。」他說。

「遵命，老爸。」

我幾乎是用飛奔的來到沼澤邊，回想著艾瑪帶我走過突起的草堆，一邊小心翼翼地在流動的淤泥中摸索，心中還不時擔心山脈的另一頭會不會風雨更大，那房屋會不會還是座廢墟。我步出石塚才終於鬆了一口氣，洞外宛如昨日，依然停留在一九四〇年九月三號。天氣溫暖晴朗，沒霧沒雨，天空藍得令人安心，就連雲朵的形狀都似曾相識。我滿心歡喜地看見艾瑪正坐在土堆上等我，一邊朝著沼澤丟石頭。「終於來了！」她邊喊邊站起身。「快走吧，大家都在等你。」

「大家？」

「沒錯。」她說著，不耐煩地白我一眼，接著拉住我的手快步往前走。我無法壓抑心中的興奮之情，不單單因為她的觸摸而已，同時也因為接下來的一天充滿無限的可能性。儘管今天表面上和前一天一模一樣，一樣的風吹草動，一樣的花開花落，卻有全然不同的體驗等著我、也等著那群特別的孩子。他們是這個小天堂的主角，而我是他們的座上賓。

我們飛快地越過沼澤，穿過樹林，彷彿約會遲到了一樣。抵達大房子後，艾瑪直接帶我來到後院。院子裡多了一個木頭搭建的小舞臺，孩子們在屋裡屋外穿梭，忙著擺放道具、整理西裝外套和亮片禮服。三人組成的小型管弦樂團負責開場表演，樂器只有一個手風琴、一支破舊的長號和霍瑞斯拉的鋸琴。

「這是在幹什麼？」我問艾瑪。「你們要表演什麼嗎？」

「你等著看吧。」她說。

「有誰參與演出？」

「你等著看吧。」

「內容是什麼？」

她掐了我一下。

哨聲響起，一群人立刻衝到舞臺前，看見空的折椅就坐下來。我和艾瑪找到位子時，簾幕正好揭開，只見舞臺上出現一套紅白條紋的華麗西裝，西裝上飄著一只硬草帽；耳邊傳來熟悉的聲音，我這才想到：當然了，這是米勒。

「各位先生，各位女士！」他高呼道。「我感到無上的榮幸，為您獻上史上最不同凡響的演出！內容驚心動魄，絕對讓您拍案叫絕，還有精湛的魔術表演！挑戰你的理性和感官！各位觀眾，為您帶來裴利隼女士與她的怪奇孤兒！」

全場歡聲雷動，米勒優雅地輕觸帽緣。

「第一位為您帶來幻象表演的，就是裴利隼女士本尊！」他退入布幕後方，過了一會兒又登上舞臺，一隻手臂上掛著一塊對折的布簾，另一隻手臂上停著一隻遊隼。他朝管弦樂團點了點頭，接著樂手就五音不全地演奏起氣氛歡樂的音樂。

艾瑪用手肘頂我一下。「看好。」她輕聲說。

米勒把遊隼放在舞臺上，拉起著準備好的布簾把鳥遮住，接著開始倒數。「三、二、一！」

他喊「一」的同時，我確定自己聽見翅膀拍擊的聲音，接著只見裴利隼女士的頭（是人頭）從布後方彈出來，全場的歡呼聲更是驚天動地。她的頭髮凌亂，只有肩膀以上露在布簾以外，身上似乎一絲不掛。看來當她變成鳥的時候衣服不會跟著融入鳥的形體。她捏著布簾的兩角，優雅地裹住身體。

「波曼先生！」她從舞臺上望著我說：「我很高興你回來了。以前在太平盛世，我們一直靠著這段表演巡迴歐洲各地，我想你可以從中更了解我們。」接著她威風凜凜地闊步下臺，回屋子裡穿上衣服。

孩子一個接一個從觀眾席走上臺表演自己的獨門本領。米勒脫下華服，全身透明地在舞臺上丟玻璃瓶；奧莉芙也脫掉裝了鉛塊的鞋子，在雙槓上表演違反地心引力的體操特技；艾瑪變出火球，把它吞下去，又毫髮無傷地吐出來。我拍手拍到掌心都起水泡了。

艾瑪回到位子上後，我轉頭告訴她。「我不懂，你們都表演這個給別人看？」

「當然。」她回答。

「正常人？」

「當然是正常人。不然特異人士會花錢欣賞自己也可以做到的表演嗎？」

「但是這樣不會讓你們洩底嗎？」

她咯咯嬌笑。「沒有人會懷疑的。」她說：「大家欣賞餘興表演，就是想看特技絕活；就算我們使出渾身解數，他們也不知道是真的。」

「所以最危險的地方就是最安全的地方。」

「以前的特異人士大多都以此為生。」她說。

「從來沒有人發現不對勁？」

「偶爾總是會有些討厭鬼到後臺問東問西，所以我們需要一位雄壯威武的保鏢，幫我們趕走不速之客。說曹操曹操就到，她上臺了！」

一個酷似男生的女孩從布幕後方走出來，手上拖著一塊和小冰箱差不多大的大石塊。

「雖然她頭腦不太靈光。」艾瑪在我耳邊悄悄說：「不過她心地善良，願意為大家赴湯蹈火。布蘭溫跟我情同姐妹。」

有人在臺下傳遞裴利隼女士以前製作的宣傳卡，傳到我手上時，最上面那一張正好印著布蘭溫的照片。照片中的她打著赤腳，冰冷無情地看著鏡頭，卡片背後印著華麗字體：**斯旺西的神奇女力士**。

「她為什麼不舉一塊大石頭，這不是她擅長的舞臺秀嗎？」我問道。

「她那天心情很差，大鳥逼她『打扮成淑女的模樣』拍照，所以她連個帽盒都不願意拿。」

布蘭溫把巨岩拖到舞臺中央，沉默不語地望著臺下觀眾，彷彿有人教過她要刻意停頓，製造舞臺效果。然後她彎下腰，兩隻大手捧著石頭，慢慢把它舉到頭上。全場鼓掌歡呼，雖然孩子們或許看過她表演同樣的把戲上千次，熱情依然絲毫不減；雖然我沒有參加過運動比賽，但是這氣氛就好像校隊出征前的誓師大會一樣振奮人心。

布蘭溫打了個哈欠，把石頭夾在一邊腋下緩緩下臺，緊接著上場的是那位頭髮狂亂的女孩。艾瑪說，她叫作費歐娜。她面對著觀眾，像指揮家一樣舉起雙手，手下面擺著一只裝滿泥土的花盆。聽見管弦樂團演奏起「大黃蜂的飛行[18]」（我知道他們已經盡力了），費歐娜兩手在空中揮舞，彷彿愛撫著花盆，面部表情扭曲而專注。隨著樂聲越來越澎湃激昂，一排雛菊鑽出土壤，朝著她的掌心蜿蜒生長。這令我聯想到記錄植物開花結果的動態影片，不過眼前的畫面沒有經過加速處理；她彷彿操弄著隱形的細線，召喚土壤中沉睡的花朵。孩子們熱血沸騰，從椅子上站起來為她喝采。

艾瑪翻著手上那一疊宣傳卡，找到費歐娜的照片。「我最喜歡她的宣傳卡了。」她說：「我們為她的造型忙了好幾天。」

我看著照片，她穿得像個乞丐，手上抱著一隻雞。「這是什麼角色？」我問。「無家可歸的農婦嗎？」

[18] Flight of the Bumblebee。俄國近代管弦樂之父林姆斯基科斯可夫的名曲。

艾瑪捏了我一下。「我們想幫她塑造天人合一的感覺，呈現狂野的氣息。我們還幫她取了叢林野女的稱號。」

「她真的來自叢林嗎？」

「她來自愛爾蘭。」

「那兒的叢林有很多雞嗎？」

她又捏了我一下。正當我們竊竊私語的時候，阿修也登臺和費歐娜一起表演。他張開嘴巴，好幾隻蜜蜂從他口中飛出來，在費歐娜剛剛種出的花朵間採集花粉，宛如一場詭異的求偶儀式。

「費歐娜除了種花種樹，還會種什麼？」

「各種蔬菜。」艾瑪邊說邊指向院子裡的菜園。「有時候也會種樹。」

「真的嗎？整棵樹？」

她繼續翻著宣傳卡。「我們有時候還會玩傑克與仙豆的遊戲，一個人抱著樹梢的嫩枝，費歐娜則在旁邊讓樹木往上長，看看我們可以騎著樹枝衝到多高。」她終於找到心中所想的那張照片，輕輕用手指敲了兩下。「這個是最高紀錄。」她驕傲的說：「二十公尺。」

「你們的生活很無聊吧？」

她又試圖要掐我，卻被我及時擋了下來。我不太懂女孩子，不過當女孩子連續掐了你四次時，誰都知道這是在調情。

費歐娜和阿修下臺之後，又有幾個人陸續上臺表演，不過孩子們漸漸坐不住了。表演結束後，我們在院子裡享受宜人的夏日，一邊晒太陽，一邊啜飲萊姆汁。有人玩槌球，有人討論午餐要吃什麼，有人蒔花弄草——不過花園有費歐娜的照料，其實不需要多費心。我不敢和艾瑪談爺爺的事，因為我只要一提到他的名字，她的臉上立刻湧現一抹哀愁。我想找裴利隼女士好好談談，不過她正在閱覽室替年輕的小朋友上課。轉念一想，反正時間還很多，而且悠閒的步調和正午的暖陽消磨著我的意志力；我忍不住放慢節奏，徜徉在如夢似幻的國度中。

午餐是精緻美味的鵝肉三明治和巧克力布丁，用餐完畢後，艾瑪慫恿年紀稍長的孩子一起去游泳。「絕對不可能。」米勒哀嚎道，褲子上面的扣子同時彈開。「我的肚子和耶誕節的火雞一樣塞得滿滿的。」我們一個個攤在客廳的絲絨椅上，肚子撐得快要爆炸。布蘭溫蜷縮著身子，頭埋在兩個枕頭間。「我覺得我要陷下去了。」她有氣無力地回應。

不過艾瑪不死心，連哄帶騙了十分鐘，最後阿修、費歐娜和霍瑞斯只好放棄睡午覺。她同時向布蘭溫下戰帖，這正中布蘭溫爭強好勝的弱點，她興致勃勃地決定和她在泳池裡一較高下。米勒見我們一行人離開，在背後大聲咆哮，不願意一個人留下來。

港口附近是游泳的最佳地點，不過要去那兒就必須經過城鎮。「要是那些喪心病狂的醉漢看到我怎麼辦？他們都以為我是德國間諜。」我說：「我今天可不想被大家拿著棍棒沿街追打。」

「你這個白痴。」艾瑪說：「那是昨天的事，他們現在什麼都不記得了。」

「你最好披一條毛巾，別讓他們看到你的……嗯，未來服裝。」霍瑞斯說。我穿著普通的牛仔褲和T恤，而霍瑞斯照例身穿黑色禮服。他嚴守裴利隼女士規定的服裝標準，不論什麼場合都萬分正式。我曾經在那砸爛的大木箱裡看過他的照片，當時他為了拍照，打扮得更為誇張：高禮帽、拐杖、單片眼鏡——實在煞費苦心。

「你說的沒錯。」我邊說邊揚起一邊眉毛。「我可不希望別人覺得我穿著太怪異。」

「你是在笑我的西裝背心吧。」他得意洋洋地說：「沒錯，我承認我總是走在時尚的尖端。」其他人噗嗤一笑。「笑吧，儘管嘲笑我愛慕虛榮，你們甚至可以叫我花花公子。不過我告訴你，雖然村民很快就會忘了你們今天穿了什麼，也不表示你們就可以邋遢得像流浪漢一樣！」他說到這裡，翻起他西裝上的領子，其他人笑得更大聲了。他惱羞成怒地指著我的衣服斥道。「看看他，如果我們以後的衣服變成這樣，老天看了都要落淚了。」

笑聲漸漸平息，我拉著艾瑪來到一邊，悄悄問道。「到底霍瑞斯有什麼特別之處？我是指除了衣著以外。」

「他可以夢見未來。他有時候會做噩夢，不幸的是，這些夢多半會成真。」

「頻率高嗎？常常發生嗎？」

「你自己問他。」

不過霍瑞斯此刻沒心情回答我的問題，所以我決定下次再說。

我在腰間圍了一條毛巾，肩膀上也披了一條，一行人進入鎮上。霍瑞斯說的沒錯：沒有人認識我。一路上，不少人對我們投以異樣的眼光，但是沒有人招惹我們。我們甚至和昨天在酒吧找我麻煩的大塊頭擦肩而過，他在菸草行外叼著菸斗，同時對身邊的女性發表政治高見，那女子看起來也很無奈。我忍不住瞪了他一眼，他回瞪我，卻完全沒有認出來。

彷彿有人按下了小鎮的重置鈕。昨天出現過的場景一一重現在眼前：同一輛馬車在街上呼嘯而過，馬車後輪在碎石地上留下痕跡，相同的婦女在井邊排隊取水，一名男子在船底塗上瀝青，進度和二十四小時前一模一樣。我甚至懷疑會看到一群暴民沿路追打我的分身，不過我想這裡的運作模式並非如此。

「你們一定對這裡的生活了若指掌。」我說：「好比昨天，你們都清楚飛機和馬車經過的時刻。」

「只有米勒最清楚。」阿修說。

「沒錯。」米勒說：「其實我正在編撰全世界第一本小鎮一日生活全紀錄，詳細記載每個人這一天所經歷的點點滴滴；每個動作、每段對話，還有石州島上一百五十九人、三百三十二隻動物所製造的每個聲音。每分每秒，日出到日落。」

「太了不起了。」我說。

「我完全同意。」他回答：「我只花了二十七年，就已經觀察了一半的動物和幾乎所有的人。」

我的下巴掉了下來。「二十七年？」

「他光觀察豬就花了三年！」阿修說：「三年來，無時無刻記錄豬的一舉一動！你可以想像嗎？『這隻拉了好幾坨屎！』『那隻叫了兩聲後，倒在自己拉的糞堆裡睡著了！』」

「這些小細節對於文明進步有關鍵性的影響力。」米勒耐心地解釋道：「不過阿修，我可以理解你的嫉妒心理，因為這絕對是史無前例的學術經典。」

「拜託，你別往自己臉上貼金。」艾瑪說：「這絕對是史無前例的無聊作品，它肯定是世上最枯燥乏味的書籍。」

米勒並沒有反駁，反而開始一一預告即將發生的事情。「賀金太太馬上就要咳個不停了。」他才說完，街上一位婦女就開始頻頻咳嗽，面紅耳赤。接著他又說：「一位漁夫即將怨嘆戰爭時期工作困難。」只見一名男子推著裝滿漁網的推車，轉頭對另一人說：「最近到處都是該死的德國潛艇，去海上捕魚隨時都可能一命嗚呼。」

我告訴他我佩服得五體投地。「我很感動，總算有人肯定我的努力了。」他回答。

我們沿著熱鬧擁擠的港邊前進，走到碼頭的盡頭，又順著岩岸走向海角旁的細沙海灣。男生們脫到只剩一條內褲（霍瑞斯除外，他只肯脫鞋和領帶），女生躲到隱密處換上保守的舊式泳裝。換裝完畢後，大家一起在海裡游泳。布蘭溫和艾瑪比賽誰游得快，其他人則愜意地拍打浪花；最後大家都精疲力盡，爬到高處的沙地上小憩。等到毒辣的太陽晒得我們皮膚發痛，大家又跳回水裡；冰涼的海水漸漸帶來寒意，我們才又爬回沙灘上。我們就這樣周而復始地嬉戲，直到身影越來越長，最後投射在海灣的彼端。

接著，我們談天說地。他們有問不完的問題，而且少了裴利隼女士的監督，我可以隨心所欲地回答。我的世界是什麼樣子？大家吃、喝、穿什麼？科學何時才能戰勝病痛和死亡？他們的生活無憂無慮，卻渴望新的朋友和新的故事。我竭盡所能地回答他們，絞盡腦汁回想蔣斯頓老師教授的二十世紀歷史——人類登陸月球！柏林圍牆倒塌！越戰！——不過實在一言難盡。

最令他們訝異地莫過於未來的科技和生活品質。我們的房子都有冷氣。他們聽說過電視，卻從來沒有親眼見過，更無法想像我們家裡幾乎每個房間都有一臺「會說話的影像盒」。搭飛機稀鬆平常，就好像他們的火車一樣。我們的國軍作戰仰賴無人駕駛的遙控飛機。我們的智慧型手機就像電腦，可以放在口袋裡帶著走，不過我的在這裡無法正常運作（電器似乎一律失靈）。我掏出我的手機，讓他們看看簡約光滑的鏡面機身。

天色漸漸昏黃，我們才打道回府。艾瑪如膠似漆地與我並肩而行，手背一路上輕觸著我。經過郊區時，她在一棵蘋果樹下停下來，踮著腳摘蘋果，不過就連最低的那一顆果子都碰不到。於是我做了每個紳士都會做的舉動，雙手環抱她的腰，托了她一把，同時努力忍住不要發出哀嚎。她伸出白皙的手臂，溼潤的秀髮在夕陽下閃閃發亮。我把她放下來之後，她在我臉上輕輕一吻，並把蘋果塞進我手中。

「拿著吧。」她說：「這是你應得的。」

「蘋果還是吻？」

她笑著往前跑到其他幾個人身邊。我不知道該怎麼形容我們兩個之間微妙的互動，但是我滿喜歡這感覺的。這感覺很純真、很脆弱、很舒服。我把蘋果塞進口袋，快步追上去。

到達沼澤邊時，我告訴大家我該回去了，她故作嬌嗔地噘起嘴。「至少讓我送你一程吧。」她說，於是我們和其他人揮手道別。我盡力記住她腳踩的位置，熟練地穿越沼澤往石塚的方向邁進。

抵達目的地後，我對她說：「妳跟我過去吧，一分鐘就好。」

「我不該這麼做。我要趕快回去，不然大鳥會懷疑我們。」

「懷疑什麼？」

她露出嬌羞的微笑。「懷疑我們……有什麼祕密。」

「什麼祕密？」

「她總是愛疑神疑鬼。」她笑著說。

我轉移話題。「那妳何不明天來找我？」

「找你？去你那裡？」

「為什麼不行？這樣裴利隼女士就不會緊盯著我們了，而且妳可以和我爸見個面，不過當然不能告訴他妳是誰。這樣一來，他或許就不會把我管得這麼嚴，我也不用去哪兒、做什麼都必須向他報備。我和辣妹一起出去是他身為人父最大的願望。」

我以為她聽到我稱她為辣妹會面露喜色，但是她的表情反而轉為凝重。「大鳥只允許我們每次去另一邊幾分鐘，確保圈套暢通。」

「那妳就跟她這樣說就好啦！」

她嘆了口氣。「我也想，真的，不過這不是個好主意。」

「她把妳綁得死死的。」

「你根本不了解狀況。」她蹙起眉頭說：「也謝謝你把我比喻成狗，非常睿智。」

我不明白為什麼深情款款會瞬間變成怒氣沖沖。「我不是這個意思。」

「我不是不願意。」她說：「我就是不行。」

「好吧，我們打個商量。忘了我剛才的提議，妳不必過來一整天，過來一分鐘就好，就是現在。」

「一分鐘？一分鐘能做什麼？」

我狡獪地笑道。「出乎妳的意料。」

「告訴我！」她迫切地說。

「我要幫妳照相。」

她的笑容瞬間消失。「我現在不太好看。」她猶豫地說道。

「不會，妳很美，真的。」

「只需要一分鐘？你保證？」

我讓她負責帶路，石塚外面的世界依然迷濛、陰冷，所幸雨已經停了。我掏出我的手機，證明自己的理論正確：電器在圈套的另一邊運作正常。

「你的相機在哪？」她顫抖地說：「我們趕快把事情解決！」

我舉起手機幫她拍照，她只是無奈地搖搖頭，彷彿對這古怪的世界已經習以為常。接著，她忽然溜走，我們兩個在石塚周圍一邊追逐，一邊笑得樂不可支；艾瑪一會兒消失得無影無蹤，一會兒又不知從哪裡跳出來搶鏡頭。我在短短一分鐘裡拍了好多張照片，記憶體都快不夠用了。

艾瑪跑到洞口，遠遠給我一個飛吻。「明天見，未來小子。」

我正準備揮手道別，她已經沒入了石穴中。

我雀躍地回到小鎮，雖然全身又溼又冷，卻始終笑得像傻瓜一樣。距離酒吧好幾條街外，我就隱隱聽見除了發電機的嗡嗡聲，還有另一個奇怪的聲音——有人在呼喊我的名字。我順著聲音的方向奔去，看見爸穿著溼重的毛衣站在路邊，他的呼吸化為白色的霧氣，就像冬日清晨的排氣管。

「雅各！我到處在找你！」

「我說過我會回來吃晚餐的，我這不是回來了嗎？」

「別管晚餐了，跟我來。」

我爸把晚餐看得很重要，一定出了什麼大事。

「發生了什麼事？」

「我路上再跟你解釋。」他說著，帶我大步走回酒吧，一邊回頭仔細看了我一眼。「你溼透了！」他大聲喊道。「老天啊，你把另外一件外套也搞丟了嗎？」

「我，嗯……」

「而且為什麼你的臉這麼紅？你看起來晒傷了。」

糟糕。我在海邊玩了一下午，卻沒有防晒。「我跑得全身發熱。」我說，其實我的手臂已經冷得起雞皮疙瘩了。「到底怎麼了？誰死了嗎？」

「不、不、不。」他說：「呃，也沒錯啦，是幾隻羊。」

「那跟我們有什麼關係？」

「他們認為是小孩子幹的，蓄意搞破壞。」

「他們是誰？羊警察嗎？」

「農民。」他說：「他們已經質問了所有二十歲以下的年輕人。難免懷疑你一整天跑去哪裡了。」

我的胃部一沉。我沒有準備嚴謹周密的說詞，只能在返回牧師窖的路上拚命思考。

酒吧外一群氣急敗壞的羊農包圍著幾個人。其中一人身穿沾滿爛泥的工作褲，一手撐著乾草叉，另一人揪著大蟲的衣領。大蟲穿著螢光色的運動褲，T恤上面印著我喜歡她們叫我乾爹。他哭得聲淚俱下，上唇沾滿鼻涕。

第三位農夫頭戴毛帽，身形消瘦。他看見我走過來，一手指向我。「他來了。」他高喊道。「你跑去哪兒了，小伙子？」

爸拍拍我的背。「告訴他們。」他信心滿滿地說。

我努力裝出坦然無愧的語氣。「我去島的另外一邊探險了，我待在那棟大房子裡。」

頭戴毛帽的老兄表情疑惑。「什麼大房子？」

「就是森林裡那棟搖搖欲墜的舊廢墟吧。」手拿乾草叉的農夫說：「只有傻蛋中的傻蛋才會去那裡。那兒陰得很，到處都是足以令人斃命的陷阱。」

頭戴毛帽的農夫斜眼瞪著我。「你跟誰跑去那棟大房子？」

「就只有我一個人。」我回答，同時瞥見爸表情怪異地看著我。

「胡說八道！我敢說你就是跟他在一起。」抓著大蟲的農夫說道。

「我從來沒有殺過綿羊！」大蟲哭道。

「閉嘴！」男子大吼。

「小雅？」爸說：「你不是跟朋友在一塊兒？」

「啊……你不要亂說話，爸。」

頭戴毛帽的男子轉頭吐了一口口水。「你這個小騙子，我真想在上帝和大家面前拿皮帶好好抽你一頓。」

「你離他遠一點。」爸努力保持鎮定，以他擅長的嚴父聲音說道。毛帽男罵了聲三字經，朝爸走近一步，兩人面面相覷。他們還沒來得及揮拳相向，一個熟悉的聲音忽然傳來：

「等等，丹尼斯，我們好好解決。」馬丁忽然從人群中走到他們兩人中間。「你先告訴我們你兒子怎麼和你說的。」他對我父親說。

爸怒氣沖沖地瞪著我。「他說他今天去島的另一邊找朋友。」

「什麼朋友？」手握乾草叉的男子逼問。

我知道我必須採取激烈手段，否則情況勢必越來越糟糕。我當然不能告訴他們那些孩子的事情，就算說了他們也不會信。於是我急中生智，決定放手一搏。

「根本沒有什麼朋友。」我假裝羞愧地低下頭。「他們是我的幻想。」

「他說什麼？」

「他說他的朋友是幻想出來的。」爸語氣憂慮地回答。

農人一臉茫然地交換眼神。

「看到沒？」大蟲說著，眼神中閃起一絲希望。「他是個瘋子！一定是他！」

「我碰都沒碰過那些羊。」我說，不過大家聽若無聞。

「不是那個美國人。」抓著大蟲的農人邊說邊用力擰著他的衣服。「就是這個死孩子，他有前科。我好幾年前曾經目睹他把綿羊踢下懸崖，要不是我親眼看到，我也不會相信有人這麼狠心。後來我問他為什麼要這麼做，他回答我，他想知道羊會不會飛。他根本就是心理變態。」

眾人議論紛紛，語氣中盡是嫌惡。大蟲表情尷尬，卻沒有否認。

「他那個賣魚的朋友呢？」手握乾草叉的男子說：「如果真是他做的，我保證另外一個小子也有份。」有人說他們在港口附近曾經看到狄倫，接著幾個農人就出動逮人了。

「會不會是狼幹的……或是野狗？」爸說：「我爸爸就是被野狗咬死的。」

「石洲島上的狗都是牧羊犬。」戴毛帽的男子說：「牧羊犬不會殺死羊的。」

我暗自希望爸可以就此罷休，別蹚進這渾水，不過他自以為是福爾摩斯，就是不肯走。

「到底死了多少隻綿羊？」他問。

「五隻。」第四位農夫說道。他身材矮小，一臉愁苦，直到現在才第一次開口。「五隻都是我的，牠們全死在自己的羊圈裡，真是可憐，想逃都逃不了。」

「五隻羊。你認為五隻羊會流多少血？」

「一大缸，根本不必懷疑。」手握乾草叉的農夫說。

「所以兇手身上難道不會有血跡嗎？」

農夫面面相覷，看看我，又看看大蟲，接著聳聳肩又搔搔頭。「我想也有可能是狐狸幹的。」毛帽男說。

「一大群狐狸或許還有可能。」手握乾草叉的農夫懷疑地說：「不過島上根本沒有那麼多狐狸。」

「我覺得牠們的傷口太乾淨了。」拽著大蟲的男子說：「看起來一定是刀劃的。」

「我還是覺得難以置信。」爸回答。

「那你自己來看看。」毛帽男說。人潮漸漸散去，剩下的少數幾個人跟隨農夫前往犯罪現場。我們越過了低矮的高地，穿越鄰近的田野，來到一座土黃色的小屋前，小屋後方是長方形的羊圈。我們一行人小心翼翼地走向前，透過木頭圍籬往裡面偷窺。

羊圈裡的景象殘暴得很不真實，宛如喪心病狂的藝術家用紅色顏料潑灑而成的印象派畫作。草皮遭到無情的踐踏，鮮血覆蓋著綠地、腐朽的木樁，以及羊隻僵硬的白色軀體。牠們的死狀悽慘，屍體散落各處；其中一隻試圖爬越圍籬，纖細的腿卻卡在木條間，身體以不自然的角度掛在籬笆上；只見牠的喉頭到跨下皮開肉綻，深長的傷口彷彿一條拉鍊拉了開來。

我忍不住回過頭，其他人氣憤地咕噥著，無奈地搖搖頭，也有人低聲驚呼。大蟲發出作嘔的聲音，接著嚎啕大哭；不過大家認定他是罪惡感作祟，就像很多凶嫌無法面對自己的罪孽一樣。一群人把他架走，送往馬丁的博物館；那裡的儲藏室是島上的臨時牢房，他必須被拘禁在那兒，等待英國本島的警方前來收押。

我們悄悄地離開，讓農人冷靜處理羊隻屍體。天空是一片石板灰，我們在陰沉的暮色中越過溼軟的山坡地，返回小鎮。回到旅館房間後，我知道我難免得和爸促膝長談一番，所以我決定搶在他開口前先盡量消消他的怒氣。

「爸，我說謊了，對不起。」

「是嗎？」他冷冷地說著，一邊脫下溼毛衣，換上乾衣服。「真了不起。你是指哪個謊言？我已經搞不清楚了。」

「我騙你我今天和朋友在一起，其實島上沒有其他的孩子。我只是怕你擔心我一個人在島上遊走不安全，才編出這樣的謊言。」

「好吧，我就是會擔心，雖然你的醫生告訴我沒必要。」

「我知道。」

「你幻想的朋友又是怎麼一回事？高倫醫師知道嗎？」

我搖搖頭。「那也是謊言，我只是怕那些人懷疑我。」

爸手臂在胸前交扣，彷彿不知道該不該相信我。「真的嗎？」

「寧可讓他們認為我怪裡怪氣，也不能讓他們誤會我殺害羊群，不是嗎？」

我在桌子前坐了下來，爸沉默地低頭看著我許久，我從他臉上看不出他是否相信我。接著他走向水槽，用清水洗了把臉，用毛巾拭去臉上的水痕。他轉過身，臉上似乎多了幾分信任。

「你確定不需要打電話給高倫醫師？」他問。「不需要好好跟他談談？」

「你要的話也可以，不過我沒事。」

「我就是擔心你和那兩個愛饒舌的小鬼混在一塊兒會出事。」他說，我知道他總得語重心長地做個總結，這段父子對話才能正式結束。

「你說得沒錯，爸。」我說，不過我心裡暗暗懷疑那兩個男孩有這能耐。大蟲和狄倫只會說大話，什麼也不敢做。

爸坐在我對面，看起來疲憊不堪。「我還是想不透你怎麼會在這種天氣晒得這麼紅。」

「啊，我都忘了，晒傷。「大概我皮膚比較敏感。」我說。

「大概吧。」爸冷冷地說。

他沒有繼續追究。我一邊沖著澡，一邊想著艾瑪；我刷著牙，一邊想著艾瑪；洗著臉，一邊想著艾瑪。我回到房裡，從口袋掏出她送給我的蘋果放在床邊的小桌子上，然後拿出我的手機，看著今天下午拍攝的一張張照片，彷彿向自己再三確認她確實存在。我看著手機裡的照片，聽見爸走進隔壁房；我看著手機裡的照片，直到發電機瞬間停擺，直到桌燈熄滅；我看著手機裡的照片，直到四周一片黑暗，只剩下手機螢幕仍然亮著。我躺在黑暗的房間裡，仍然捨不得放下手機。

8

因為不想再聽爸說教，我一大早就起床，趕在他睡醒前出門。我在他的門縫裡塞了一張字條，接著回房拿艾瑪送給我的蘋果，不過蘋果並不在床邊的小桌子上。我遍地搜索，搜出了一堆積塵和一個質地像皮革、大小如高爾夫球的東西。我一度懷疑有人把蘋果偷走，仔細一看才發現那外皮像皮革的玩意兒就是蘋果。它在一夜之間徹底敗壞、萎縮，我從來沒見過水果腐敗得這麼完全，看起來就像在食物脫水機裡面擺了一整年一樣。當我要把它撿起來的時候，它像一坨泥團般在我手中瞬間粉碎。

我百思不解，但是此刻無暇多想，出門要緊。外頭下著滂沱大雨，不過我很快就擺脫了灰濛濛的天空，擁抱圈套裡宜人的豔陽天。這一次，石塚外頭並沒有漂亮的少女等著我——一個人也沒有。我不斷告訴自己沒有關係，不過心裡多多少少有點失落。

我抵達大房子後，四處尋找艾瑪的蹤影；還沒來得及穿過大廳，就被裴利隼女士攔了下來。

「波曼先生，借一步說話。」她說著，帶我進入一旁隱密的廚房，廚房裡瀰漫著我錯過的豐盛早餐香味。這感覺就像被校長召見一樣令人不安。

裴利隼女士靠著巨大的爐灶。「你喜歡和我們相處嗎？」她說。

我告訴她我喜歡，非常喜歡。

「很好。」她才說完，臉上的笑容忽然消失了。「我知道你昨天和幾個學生玩了一整個下午，也聊了很多。」

「昨天真的很開心，他們人都非常好。」我試圖保持輕鬆，但是我隱隱知道她對我有些不滿。

「告訴我。」她說：「你們聊了些什麼話題？」

我努力回憶。「我忘了……我們聊了很多，聊了這裡的事，也聊了我的世界的事。」

「你的世界。」

「是的。」

「請問你認為和過去的孩子談論未來的事情是明智之舉嗎？」

「孩子？妳真的認為他們是孩子嗎？」話才說出口，我就立刻後悔了。

「他們也都把他們自己當成孩子。」她厲聲說：「不然你認為他們是什麼？」

看她目前的情緒，我不宜繼續爭辯。「應該也是孩子吧？」

「沒錯，回到我剛才的問題。」她邊說邊用手掌側邊在爐灶上敲擊，加重自己的語氣。

「請問你認為和過去的孩子談論未來的事情是明智之舉嗎？」

我決定豁出去了。「不是明智之舉？」

「說得好，不過你的所作所為顯然和你的想法不一樣！我這麼說是因為昨天晚餐的時候，阿修發表了一番高談闊論，讚揚二十一世紀的通訊科技奇蹟。」她的語氣中盡是嘲諷。

「你知道嗎？二十一世紀的人只要一寄信，對方就可以立刻收到呢。」

「我想妳是指電子郵件。」

「很好，阿修知道得一清二楚。」

「我不明白。」我說：「這樣不好嗎？」

她兩手推著爐灶，挺直身體，往我面前逼近一步。雖然她身高矮我一大截，仍然令我倍感壓迫。

「身為時鳥，我宣誓過要保護孩子的安全，讓他們好好生活在這裡，在圈套裡，在這座島上。」

「是的。」

「他們永遠不可能進入你的世界，波曼先生。所以你何必灌輸他們一些不切實際的空想？告訴他們未來世界的美好？都是因為你，現在一半的孩子吵著想搭飛機去美國玩，另外一半夢想著有朝一日可以像你一樣擁有一支智慧型手機。」

「對不起，我沒有想這麼多。」

「這是他們的家，我一直努力讓這裡盡善盡美。但是最大的問題是他們無法離開這裡，所以請你行行好，別讓他們動了想離開的念頭。」

「但是他們為什麼不能離開？」

她眉頭緊蹙地凝視我半晌，最後搖搖頭。「請原諒我，我一直低估了你的無知。」裴利隼女士似乎天生閒不下來，她握起爐子上的平底鍋，一手拿著鋼刷反覆搓洗。我不知道她是刻意假裝沒聽見我的問題，或只是在思考該怎麼用淺顯易懂的方式為我解釋。

她把鍋子刷乾淨後放回爐灶上，接著緩緩對我說：「他們無法在你的世界久留，波曼先生，因為他們很快就會衰老、死亡。」

「什麼意思？死亡？」

「我想我已經說得很明白了，他們會死，雅各。」她簡潔地說，彷彿想盡快結束這個話題。「你或許以為我們找到了躲過死神的辦法，不過這只是假象。如果孩子在你的世界徘徊得太久，那些暫停的年歲就會馬上找上他們，幾個小時內，他們就會瞬間老去。」

我想起昨夜放在桌上的蘋果，想像人也一樣地萎縮、乾皺，最後粉碎成煙塵。「太可怕了。」我邊說邊打了個寒顫。

「很不幸地，我見證過幾個這樣的例子，那慘痛畫面是我人生中最可怕的記憶。我可以向你保證，我活很久了，再怎麼驚心動魄的恐怖景象都看過。」

「所以這真的發生過。」

「發生在一個我照顧的小女孩身上。實在很遺憾，那是許多年前的事了。她叫作夏洛特。當時我去探望一位時鳥姐妹，那是我第一次，也是最後一次離開這裡。夏洛特在短短的時間內，躲過學長姐的眼目，溜到圈套外。我記得當年是一九八五還是八六年。夏洛特一個人在鎮上興高采烈地閒晃，一個警官把她攔了下來，她無法解釋自己的身分或來自哪裡，而且就算說了，對方也不信。最後這可憐的小女孩被送到英國本土的兒童福利機構，我晚了兩天才找到她，她已經老了三十五歲。」

「我好像看過她的照片。」我說：「一個成年女子穿著小女孩的衣服。」

裴利隼女士滿臉愁容地點點頭。「她整個人都變了，腦袋不正常了。」

「她後來怎麼了？」

「她現在住在葉鷹女士那裡。葉鷹女士和華眉女士專門照顧有問題的孩子。」

「但是他們並不是只能被困在島上吧？」我問。「他們不能離開現在嗎？我是指一九四〇年。」

「可以，然後就會開始正常地長大、衰老。但是結果會如何？面臨殘忍的戰爭？面對害怕他們、誤解他們的人群？外面還有別的危險，留在這裡最安全。」

「什麼是別的危險？」

她的臉一沉，似乎後悔提起這個話題。「你不需要擔心這麼多，至少現在不必。」

她說完就把我趕出去。我繼續追問她「別的危險」指的是什麼，但是她充耳不聞把紗門拉上。「好好享受這美好的早晨吧。」她提高聲音說道，一邊勉強擠出微笑。「快去找布魯小姐吧，我猜她迫不及待要見你了。」接著她就走回屋子裡。

我獨自在院子裡徘徊，滿腦子想的還是那顆萎縮的蘋果。不過我很快就把那淒涼的意象

拋到腦後，不是因為我忘記了，而是它不再困擾我，我也無法解釋為什麼。

我繼續尋找艾瑪，阿修告訴我她去村裡採購生活用品了，於是我在樹蔭下坐著等待。過了不到五分鐘，我已經在草地上陷入半夢半醒，還像個傻瓜一樣傻笑，我心情祥和寧靜，幻想著午餐菜色。這裡彷彿對我有一種催眠的魔力，圈套本身就像毒品，同時具有振奮心情與鎮定情緒的效果。如果我待得太久，或許就不想走了。

我心想，或許這裡確實有這樣的催眠力量，否則很多現象實在解釋不通，譬如為什麼大家可以日復一日過同樣的生活幾十年，卻不會發瘋。沒錯，這裡的環境美不勝收，生活品質也很好，但是如果每天都一模一樣，孩子們又不能離開，那麼這裡不只是天堂，也和監獄沒兩樣。正因為這裡的氣氛讓人陶醉神往，一般人住上好幾年都不會厭倦，等到發現這裡的生活總是一成不變時，卻為時已晚；離開這裡已經變得太危險。

所以，其實大家沒別的選擇，只能待下去。直到許多年後，回首過去，你才會問自己，如果當初沒有留下，現在會是怎樣的光景。

我想必是睡著了，醒來時已經接近中午，腳邊彷彿有東西不停撞擊。我微微睜開一隻眼睛，看見一個迷你小人企圖鑽進我的鞋子裡。它四肢僵硬，動作笨拙，身高不到車輪蓋的一半，全身穿著軍服。它掙扎要脫困，過了一會兒，忽然間靜止不動，就像發條玩具的發條轉到盡頭。我解開鞋帶把它拉出來，翻過身尋找發條，背後卻什麼也沒有。我把它拿到面前仔細端詳，它的模樣怪異而粗糙，頭部是一團圓形黏土，五官是大拇指印按壓而成。

「把它還給我！」院子的遠方傳來喊叫聲，一個男孩在樹林邊的樹樁旁對我揮手。

我沒有要務纏身，於是拿著黏土士兵緩緩走過去。男孩身邊圍繞著一大群發條士兵，個個搖頭晃腦，走走停停，就像故障的機器人。我越走越近，這時候手上的士兵忽然動了起來，全身扭曲蠕動，彷彿想要逃脫。我把它和其他士兵放在一起，並把手上的黏土屑抹在褲子上。

「我是伊諾。」男孩說：「你一定就是『他』了。」

「我想我是吧。」我回答。

「如果它打擾到你的話，抱歉了。」他邊說邊把我送還的黏土士兵趕回隊伍。「你看到沒？它們有自己的想法，不過還有待訓練。我上星期才完成的。」他帶著些微的倫敦腔，黑眼圈暗沉得像浣熊一樣，工作褲上沾了一道道的黏土、泥巴，就和照片裡的穿著一模一樣；唯一和照片不同的是那張渾圓的臉蛋，眼前的男孩看起來像是從《孤雛淚》裡走出來的煙囪清潔工。

「你做的？」我佩服地問道。「怎麼做？」

「它們是小人軍團（homunculi）。」他回答。「有時候我會幫它們裝上洋娃娃的頭，不過這一次有點趕，我就懶得這麼做了。」

「什麼是小人軍團？」

「就是一群小人（homunculus）啊。」他說得理所當然，好像就連傻瓜都知道一樣。「有人說是小人大隊（homunculuses），不過我覺得聽起來怪怪的，你覺得呢？」

「是有點。」

我歸還的黏土士兵又開始四處遊走，伊諾用腳把它頂回隊伍中。其他的小人彷彿陷入混亂，激動地互相碰撞。「打吧，你們這群娘娘腔！」他以命令的口吻說，我這才發現它們並非互相碰撞而已，而是在拳打腳踢。然而那個不合群的小人無意打鬥，再次試圖逃脫；伊諾一把抓住它，並扯斷它的腿。

「這就是叛軍的下場！」他高聲說完，把瘸腿的士兵丟到草地上。它痛苦地扭曲掙扎，其他小人則一一撲倒在它身上。

「你都是這樣對待你的玩具嗎？」

「有問題嗎？」他說：「你為它們感到難過嗎？」

「不知道。我應該難過嗎？」

「不應該，要是沒有我，它們也不會有生命。」

我哈哈大笑，伊諾陰沉沉地瞪了我一眼。「你在笑什麼？」

「你不是在說笑話嗎？」

「你智商有問題嗎？」他說：「你看。」他抓住一個士兵，脫掉它的衣服，接著兩手把

士兵的身體剝成兩半，從黏答答的胸口裡取出一顆跳動的小心臟，那士兵立刻癱軟不動。伊諾把心臟拿在大姆指和食指間給我看。

「這是從老鼠身上取出來的。」他解釋道。「這就是我的能力，我可以轉移生物的生命力；可以轉移給黏土，也可以轉移給曾經有生命卻已經死亡的生物。」他把平靜下來的心臟塞進工作褲裡。「等我研究清楚如何訓練它們，我一定要建造一大支軍團，還要個個高大威武。」他把手舉過頭，強調高大威武的程度。

「那你會做什麼？」他問。

「我？老實說，沒什麼。我是說我不像你那麼特別。」

「真可惜。」他回答。「那你會和我們一起生活嗎？」他的口氣聽起來似乎並不歡迎我的加入，純粹出於好奇。

「我不知道。」我說：「我還沒有想過這問題。」這當然是謊話。我想過，不過只是憑空幻想。

他懷疑地看著我。「但是你不想嗎？」

「我還不知道。」

他瞇著眼睛點點頭，似乎已經把我看透了。

接著他身子往前傾，用氣音輕輕說：「艾瑪跟你說過突襲村莊的事吧？」

「突襲什麼？」

他望向別處。「喔，沒什麼，只是我們的一種遊戲。」

我明顯感覺到他刻意要引起我的好奇。「她沒有告訴過我。」我說。

伊諾腳步沉重地向我逼近。「她當然沒有告訴過你。」他說：「我敢打賭，她不想讓你知道的事情可多了。」

「是嗎？為什麼？」

「因為一旦說了，你就會發現這裡並不像大家形容的如此完美，你也就不會想留下來了。」

「你可以舉例說明嗎？」我問。

「不行。」他嘴邊揚起邪惡的微笑，一邊說：「我會惹上大麻煩。」

「說不說隨便你。」我說：「是你自己提起的。」

我轉身離開。「等等！」他邊叫邊抓住我的袖子。

「如果你什麼都不告訴我，我為什麼要聽你的？」

他若有所思地搓搓下巴。「沒錯，我什麼都不能說……不過如果你自己去樓上走廊盡頭的房間一探究竟，我想我也不能阻止你。」

「為什麼？」我說：「裡面有什麼？」

「我的朋友，維多。他想要見你，去樓上和他聊聊吧。」

「很好。」我說：「我這就去。」

我往房子的方向走去，忽然聽見伊諾的口哨聲。他用手勢假裝摸索門框上方，嘴形說著鑰匙。

「裡面既然有人，我為什麼需要鑰匙？」

他聽若無聞地轉過身。

我從容不迫地走進房裡，爬上樓梯，好像有正經事趕著要辦一樣，無視其他人的存在，也沒有人發現我來到二樓。我躡手躡腳地走向走廊盡頭的房間，轉了一下門把。門鎖著。我敲敲門，沒有人回應。我回頭確定身後沒有人，一手摸向門框上方，果然找到一把鑰匙。

我打開門，然後鑽進房內。這裡和房子裡的其他房間一樣，有一只梳妝臺、一只衣櫥，床邊的小桌上擺著花瓶。接近中午的陽光穿過芥末色的窗簾，灑了一地黃色的光彩，彷彿房間被包裹在琥珀中。我這時才隱約看見蕾絲薄紗後方的床上躺了一個年輕人，他的眼睛輕閉，嘴巴微張。

我僵在原地，生怕吵醒他。我曾經在裴利隼女士的相簿裡看過這個男孩，不過他先前並沒有下樓用餐，不曾出現在房子裡，我們也從未正式見過面。照片中的他睡在床上，就像現在一樣。他是否被隔離了？或是患了長眠不醒的疾病？伊諾是不是想害我也被傳染？

「你好？」我輕聲說：「你醒著嗎？」

他一動也不動。我一手摸著他的手臂輕輕搖晃，他的頭倒向一邊。

我腦中閃過一個可怕的想法。為了證明自己的理論，我把手放到他的嘴巴前面，卻感覺不到呼吸。我的手指輕觸到他冰冰冷冷的唇，震驚得立刻把手抽回來。

我聽見腳步聲，回頭發現布蘭溫站在門口。「那是維多。」

我忽然間想起自己在哪裡看過他的臉，他就是爺爺照片中舉起大石頭的男孩。維多是布蘭溫的哥哥。我無法分辨他死了多久，只要這圈套繼續循環下去，即使他死了五十年，看起來也像一天一樣。

「他怎麼了？」我問。

「說不定我可以幫你喚醒維多。」我們背後傳來另一個聲音。「你可以自己問問他。」伊諾走進來，接著把門闔上。

布蘭溫的眼眶溢滿淚水，激動地望著他。「你可以喚醒他嗎？喔，求求你，伊諾。」

「我不應該這麼做。」他說：「而且我的心臟也不夠了，需要很多心臟才能讓死人復活，即使只有一分鐘。」

布蘭溫走向男孩的遺體，手指輕輕撫摸他的頭髮。「求求你。」她哀求道。「我們好多年沒有和維多說過話了。」

「好吧，其實地下室還藏有一些浸漬過的牛心。」他故做深思熟慮地說：「但是我討厭用劣質品，新鮮的才好。」

29

布蘭溫忽然間淚流不止，一滴眼淚滴到男孩的外套上，她趕緊用衣袖將它拭去。

「不要這樣哭哭啼啼的。」伊諾說：「妳知道我會不忍心。更何況喚醒維多實在很殘忍，他喜歡留在那裡。」

「那裡是哪裡？」我說。

「誰知道？但是每次我們把他召喚回來，想和他閒話家常一番，他看起來都像趕著要回去一樣。」

「你這樣玩弄布蘭溫太殘忍了，你也耍了我。」我說：「而且維多已經死了，你們為什麼不將他下葬？」

布蘭溫一臉難以置信地瞪著我。「這樣我們就再也看不到他了。」她說。

「兄弟，你這麼說真傷人。」伊諾說：「我暗示你上來這裡是因為想讓你看清真相，我是為了你好。」

「是嗎？那真相是什麼？維多怎麼死的？」

布蘭溫抬起頭。「他是被害死的，都是……噢！」伊諾用力掐她的手臂後側，布蘭溫痛得尖叫。

「閉嘴！」他大吼道。「還輪不到妳說。」

「這實在太荒唐了！」我說：「如果你們都不肯告訴我，我就直接去問裴利隼女士。」

伊諾瞪大眼睛，快步走向我。「不，你不能這麼做。」

「是嗎？為什麼不能？」

「大鳥不喜歡我們談論維多。」他說：「她總是穿著一身黑，你現在知道為什麼了吧。你無論如何不能讓她知道你來過這裡，否則我們就完蛋了！」

這時候，樓梯上傳來裴利隼女士獨一無二的腳步聲，沉重而緩慢。布蘭溫一臉慘白，拔腿衝出門，伊諾還沒來得及逃就被我攔了下來。「不要擋路！」他低聲怒道。

「先告訴我維多怎麼了？」

「不行！」

「那告訴我突襲村莊是什麼。」

「我也不能告訴你！」他又試圖推開我，但是再次失敗，不得已只好放棄。「好吧，你把門關上，我偷偷告訴你。」

我正好趕在裴利隼女士踏上二樓前把門關上，我們一言不發地緊盯著房門好一陣子，聆聽外面的動靜。裴利隼女士的腳步聲慢慢逼近，中途停了下來，另一扇門嘎一聲打開，隨即又闔上。

「她回她的房間了。」伊諾輕聲說。

「現在你可以說了。」我說：「突襲村莊。」

他一臉懊惱，彷彿後悔自己提起這件事，接著暗示我離開門邊。我跟著他走進房間深處，彎著腰聽他在我耳邊竊竊私語。「我跟你說過，那是我們的一種遊戲，顧名思義。」

「你是說，你們真的去突襲村莊？」

「把村莊搞得天翻地覆，嚇得村民四處竄逃，打家劫舍，放火燒屋，還滿好玩的。」

「但也太殘忍了吧！」

「我們總得練習自己的特殊能力，不是嗎？說不定哪天需要自衛時還可以派上用場，否則技巧難免生疏。而且我們也有遊戲規則，我們不能殺人，只是嚇唬嚇唬他們。就算有人受傷，隔天就會完全康復，他們也不會記得。」

「艾瑪也會跟你們一起玩嗎？」

「才不呢，她跟你一樣，認為這麼做很邪惡。」

「確實如此。」

他白了我一眼。「你們真是天生一對。」

「你這是什麼意思？」

他挺起五尺四寸的身軀，用手指戳著我的胸口。「我的意思是，老兄，請你們別在我面前自命清高，因為如果我們不偶爾突襲一下村莊，老早就悶到精神錯亂了。」他走向門邊，一手握住門把，接著回頭轉向我。「而且，如果你認為我們這樣就很邪惡了，等你遇到他們怎麼辦？」

「他們是誰？你們說的話我怎麼都聽不懂？」

他舉起一根手指暗示我安靜，接著默默走出門。

房間裡剩下我一個人，我不禁又望向床上的遺體。維多，你到底怎麼了？我猜他可能厭倦了這歡愉卻沒有未來的永恆，最後發瘋、自殺了。或許他吞了老鼠藥，或許跳下斷崖。或許是他們，裴利隼女士提過的「別的危險」。

我步出房間，往樓梯的方向走去，一扇半開半閉的門後方忽然傳來裴利隼女士的聲音。我立刻鑽到最近的一間房間裡躲起來，確定她經過我躲的房間外、走下樓梯，才鬆了一口氣。我看見整齊平坦的床邊擺著一雙靴子——艾瑪的靴子。這是她的房間。

一面牆邊擺著一只抽屜櫃和一面鏡子，另一面牆邊是一張書桌，書桌下面塞了一張椅子。這房間看不出藏了任何祕密，主人想必是一個有條不紊的女孩，然而，衣櫥裡藏的一只帽盒卻改變了我的看法。那帽盒上綁著細繩，上面用油性筆寫著：

私人物品
艾瑪．布魯的信件
不可擅自打開

這就像在公牛面前揮舞紅內褲一樣。我捧著盒子坐下來，緩緩解開細繩。裡面裝了上百封信件，全都是爺爺寄來的。

我的心跳加速，這正是我當初期待在老舊的廢墟裡找到的東西。當然，我不喜歡窺探別

Private
Correspondence of
Emma Bloom
Do not open

人隱私，不過這裡的人堅持對我守口如瓶，我只好自己尋找答案。

我想細細閱讀每一封信，但是又怕有人忽然闖進來，於是我把全部的信匆匆瀏覽一遍。許多封可以回溯到一九四〇年代初期，當時波曼爺爺還在服役。其中幾封內容既長又纏綿悱惻，字裡行間都是濃情密意；當時爺爺的英文並不好，不過他仍然笨拙地描述艾瑪的美（妳美得像花朵，味道優雅，我可以採嗎？）有一封信還夾著他的獨照，照片中的他坐在一枚炸彈上，嘴裡叼著菸。

不過隨著時間流逝，他的信越來越短，頻率也越來越少；到了一九五〇年代，差不多一年只有一封。最後一封的寄件日期是一九六三年四月，信封裡沒有信，只有幾張照片。其中兩張是艾瑪的照片，顯然爺爺把她寄給他的照片退了回來。第一張像是在揶揄爺爺的照片，當年的艾瑪一邊為馬鈴薯去皮，一邊假裝抽著裴利隼女士的菸斗；另一張比較憂鬱，我想當時爺爺大概很久沒有寫信給她了。第三張應該是爺爺寄給她的最後一張照片，照片裡的爺爺年屆中年，抱著一個小女孩。

我將目光停駐在最後一張照片上一分鐘，才恍然發現照片中的小女孩是誰。那是我的蘇西姑姑，當時她不到四歲。那封信之後，爺爺就再也沒有寄過信了。我不知道艾瑪後來持續寫了多久的信，儘管爺爺沒有回應，也不知道他怎麼處理這些信的。丟了？藏在某處？爸爸

⑲ Bombshell。照片中的炸彈，也有性感尤物的意思。

聯想到什麼嗎？獻給我的性感尤物[19]——愛你的亞伯

Peeling spuds & dreaming of you. Come home soon.
Love, your potato.

削著馬鈴薯，想著你。快回家吧，愛你的小馬鈴薯。

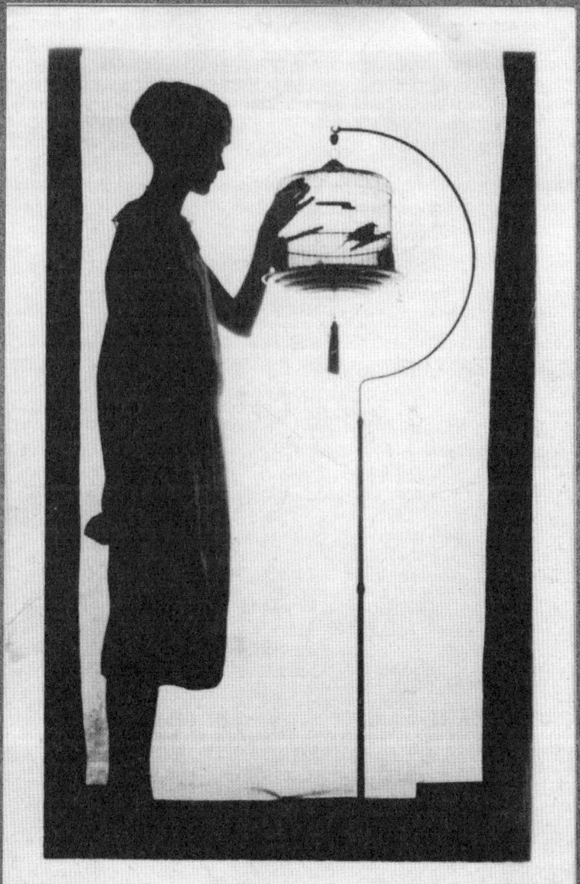

Feeling caged without you.
Won't you write? I worry
so. Kisses, Emma.

沒有你，我彷彿沒有了自由。為什麼你不回信？我好擔心。獻上我的吻，艾瑪。

THIS IS WHY

這就是為什麼。

和姑姑小時候所發現的那封信無疑就是艾瑪所寫的，也難怪他們會以為爺爺說謊又外遇。他們大錯特錯。

我聽見背後傳來清喉嚨的聲音，回頭看見艾瑪站在門口怒目而視。我滿臉通紅，手忙腳亂地把信件全部收進盒子裡，不過為時已晚。我被逮個正著。

「對不起，我不應該進來的。」

「不用你說我也知道。」她說：「繼續看啊，我不會打擾你。」她走向抽屜櫃，用力抽出其中一層，東西乒乒乓乓地掉落一地。「既然都來了，何不連我的內褲也翻一翻！」

「我真的、真的很抱歉。」我重複道。「我從來沒有做過這樣的事。」

「喔，我相信，我猜是因為你忙著窺探其他女孩子的隱私了吧。」她氣得全身發抖，像個巨人般低頭看著我，而我只顧著把所有的信塞回盒子裡。

「我有自己的整理方式。放著吧，你只會越弄越亂。」她坐了下來，把我推到一邊，並將盒子裡的信全部倒在地板上，像郵政人員一樣熟練地一一重新排列。我知道現在最好別吭聲，於是我靜靜地看著她整理。

她稍稍冷靜下來，緩緩地說：「你想知道亞伯和我的事嗎？你可以直接問。」

「我不想探人隱私。」

「現在才這麼說，誰會相信你？」

「也是。」

「所以呢？你想知道什麼？」

我想了一會兒，不知道該從哪裡談起。「到底……發生了什麼事？」

「那好吧，我們跳過所有開心浪漫的情節，直接來到結局。很簡單，他離開了，就這樣。他說他愛我，承諾有朝一日會回來找我，但是他沒有兌現。」

「但是他必須離開，不是嗎？他要去打仗？」

「必須嗎？我不知道。他說他無法坐視他的同胞被迫害、屠殺，他說他會良心不安，他說作戰是他的責任，我猜他的責任比我來得重要吧。然而，我一直等他，每天提心吊膽，每收到一封信都害怕是他的死訊。好不容易戰爭結束了，他卻告訴我他不能回來，他回來的話一定會發瘋。他說他在軍中學會自我防衛，也不需要像大鳥這樣的保母呵護了。他要去美國為我們打造一個家，然後回來接我。我等了又等，如果我真的跟他走，也已經四十歲了。但是當時他已經和一個普通人交往，這就是故事的結局。」

「對不起，我真的不知道。」

「這是個很老的故事，我都不想談了。」

「他離開了，妳卻被困在這裡，妳想必在責怪他吧。」我說。

她眼光銳利地看著我。「誰說我被困在這裡？」接著她嘆了一口氣。「不，我不怪他，只是想念他而已。」

「現在還是？」

「沒有一天不想。」

她終於將信件整理完畢。「你什麼都知道了。」她邊說邊蓋上盒蓋。「我這一生的愛情故事都裝在衣櫥的破盒子裡。」她深吸一口氣，輕輕闔上雙眼，並按壓自己的鼻梁。那一瞬間，我彷彿看到那張稚嫩的臉孔後藏著一位老婦人。我爺爺蹂躪了她可憐、脆弱的心；儘管過了這麼多年，那傷口依然深刻。

我想摟住她的肩膀，但是手卻怎麼也無法伸出去。眼前的女孩美麗、風趣、迷人，而且她似乎很喜歡我，這簡直是奇蹟中的奇蹟。但是我現在終於了解，她喜歡的並不是我；她因為別人而心碎，而我只是爺爺的替代品。得知這段過去，再怎麼好色的人都會瞬間冷感。我知道很多男生一想到和朋友的前女友約會就感到噁心，同樣的道理，和祖父的前女友約會簡直就是亂倫。

我還沒來得及反應，艾瑪的手已經勾住我的手臂，她的頭靠著我的肩膀，我甚至可以感覺到她的下巴慢慢地移向我的臉。如果肢體語言真的有意義，那麼這動作絕對暗示著「吻我」。在一分鐘內，我們的臉就要觸碰到了，到時候我若不是與她雙唇相貼，就是把她推開，而我今天已經觸怒她一次。我並非不願意，我樂意之至；但是想到不遠處就擺著一盒子精心收藏的情書，每一封信都出自我爺爺之手，這感覺令我緊張、不自在。

然後她的臉貼著我的臉，我知道再不採取行動就來不及了，於是我靈機一動，脫口說出極煞風景的一句話。

「妳跟伊諾之間有什麼嗎？」

她立刻往後彈開，一臉難以置信，好像我提議拿小狗做晚餐一樣。「什麼？當然沒有！你到底為什麼會有這種扭曲的想法？」

「是他給我的感覺，他一談到妳語氣就酸酸的，而且我明顯感受到他不歡迎我，彷彿我要跟他爭奪獵物一樣。」

她的眼睛瞪得更大。「首先，他沒有什麼『獵物』讓別人與他『爭奪』，這我可以向你保證，他只是個愛吃醋的傻瓜和騙子。」

「是嗎？」

「是什麼？」

「騙子？」

她眼睛一瞇。「為什麼這麼問？他對你胡說八道了些什麼？」

「艾瑪，維多怎麼了？」

她面色驚愕，接著一邊搖頭一邊喃喃地說：「該死的傻瓜。」

「這裡的人都瞞著我什麼，我想知道到底是什麼事？」

「我不能告訴你。」她說。

「這句話我聽了好多次了！我不能談論未來，你們不能談論過去，裴利隼女士把我們都管得死死的。我爺爺臨終前的願望，就是要我來這裡尋找真相，這對妳來說沒有意義嗎？」

她抓住我的手放在她的大腿上，低頭不語，像是在搜索正確的字句。「你說的沒錯。」她終於開口說：「我們確實隱瞞了什麼。」

「告訴我。」

「不能在這裡。」她悄悄說：「今晚。」

我們相約等到我爸和裴利隼女士都入眠之後，夜深人靜時再碰頭。艾瑪堅持這是唯一的方法，因為隔牆有耳，我們也不可能在大白天同時開溜，別人一定會起疑。為了營造出我們之間沒有祕密的錯覺，我們一整個下午都在院子裡、在眾目睽睽下嬉戲，等到太陽漸漸西下，我才一個人默默地步回沼澤。

二十一世紀又是一個雨夜，我加快腳步趕回酒吧，回到了乾燥的落腳處。爸獨自坐在酒吧，撫摸著桌上的啤酒杯，於是我拉了一張椅子坐下來，開始憑空杜撰一整天的故事，一邊用餐巾擦拭臉上的雨水。（我發現這是我說謊時的習慣動作，而且動作越明顯，越容易被抓包。）

他幾乎沒有聽我說話。「嗯。」他說：「真有趣。」接著他的目光飄移開來，喝了一大口啤酒。

「你是怎麼了？」我說：「還在生我的氣嗎？」

「不，不，沒這回事。」他正要向我解釋時，忽然揮了揮手，改變心意。「唉，很無聊的小事啦。」

「爸，快點告訴我。」

「只是因為……這裡幾天前來了一個人，也是一個賞鳥人士。」

「你認識他嗎？」

他搖搖頭。「我從來沒見過他，起初我以為他只是個業餘的愛好者，不過他每天都回到相同的地點、相同的鳥類築巢地作筆記，他絕對有完整的計畫。今天我看見他帶著一個鳥籠和一副捕獵者，我才確定他是個專家。」

「捕獵者？」

「就是雙筒望遠鏡，行家才會用的專業器材。」他已經把桌上的紙墊揉成球又攤平三次了，這是他緊張時的習慣動作。「我以為我可以獨家記錄這個鳥類棲息地，你知道嗎？我真的很希望這本書特別一點。」

「可是卻殺出一個渾球。」

「雅各——」

「我是說，一個討厭的傢伙。」

他哈哈大笑。「謝啦，兒子，你真挺我。」

「這本書一定會很特別的。」我態度堅定地說。

他聳聳肩。「我不知道，但願如此。」但是他的語氣聽起來沒什麼信心。

我完全知道接下來會發生什麼事。我爸總是會陷入這樣悲慘的惡性循環：他常常一頭熱地栽進一項計畫中，血脈沸騰地談論好幾個月，但是後來總是會無可避免地發生一些小插曲，打亂了他的計畫；但是他不懂得處理問題，反而讓問題繼續擴大，最後計畫莫名其妙戛然而止，他又把重心轉移到另一項計畫上，陷入另一個循環。他太容易受挫了，這就是為什麼他的書桌抽屜裡鎖著十幾部未完成的手稿，為什麼他和蘇西姑姑一直計畫經營的鳥店無法開張，為什麼他擁有亞洲語言的學士學位卻未曾去過亞洲。他已經四十六歲了，卻還在尋找自我，還在證明自己不需要我媽的金錢資助。

他真正需要的是精神訓話，但是我實在不認為我有資格教訓他，於是我巧妙地轉移話題。「那個不速之客住在哪裡？」我問道。「鎮上不是只有這裡有空屋出租嗎？」

「我猜他睡帳篷吧。」爸爸回答。

「這種天氣？」

「很多專業的鳥類達人都會選擇戶外紮營，惡劣的環境可以讓人不論在心理上或是生理上都更接近你的觀察對象，他們相信苦難可以締造成就。」

我笑了幾聲。「那麼你怎麼沒有睡外面？」我一說完立刻就後悔了。

「跟我的書無法完成有一樣的原因：總是有人比我更執著。」

我尷尬地調整自己的坐姿。「我不是那個意思，我是說……」

「噓！」爸忽然全身僵挺，鬼鬼祟祟地瞄向門口。「你動作不要太明顯，快速地看那邊，他正好走進來了。」

我拿菜單遮住臉從上方窺看，一位外型粗獷的鬍子男站在門口，用力跺著腳，甩掉靴子上的雨水。他戴著雨帽、墨鏡，身上層層疊疊地穿了好幾件外套，看起來既臃腫又像個流浪漢。

「我喜歡他的風格，主題想必是無家可歸的耶誕老人。」我低聲說：「這種造型還不是每個人都能穿的，下一季才會流行。」

他對我的話聽若無聞。那男子挺著肚子坐在吧臺前，四周的交談聲瞬間安靜不少。凱夫問他需要什麼，男子不知說了什麼，接著凱夫就走進廚房。他直視前方，一動也不動地等待；一分鐘之後，凱夫拿著一個外帶紙袋回來。他接過紙袋，把錢放在吧臺上，默默走向門邊。臨走前，他轉過身緩慢地環顧全場，停駐了許久才離開。

「他點了什麼？」大門才關上爸就大聲問道。

「幾塊牛排。」凱夫回答。「他說幾分熟都沒關係，所以我們一邊只煎了十秒，大概三分熟不到，他也沒抱怨。」

大家議論紛紛，談話聲又漸漸上揚。

「生牛排。」我對爸說：「你不得不承認，不管他是多專業的鳥類學家，這都不太正常。」

「也許他是生食主義者。」爸回答。

「最好是這樣，也許他吃膩了生羊肉、羊血了。」

爸白了我一眼。「這傢伙一定有野外用的瓦斯爐，他可能只是喜歡自己在戶外料理罷了。」

「在大雨中烤肉？你到底為什麼要幫他說話？我以為他是你的死對頭耶。」

「我不指望你理解。」他說：「但是請你盡量不要取笑我。」說完他起身走向吧檯。

幾個小時後，爸渾身酒氣，跌跌撞撞地上了樓，趴上床倒頭就睡，鼾聲震天價響。我隨手抓了一件外套就出門和艾瑪會面，根本不需要偷偷摸摸。

街道一片荒涼，寂靜無聲，甚至連露水滴落都聽得見。天上飄著薄雲，迷濛的月光剛好足以照亮前方的路。正當我越過山脊時，全身忽然一陣毛骨悚然；我緊張地回頭張望，只見一個男子正在遠處的高地上看著我。他的手肘外開，兩手舉在臉頰兩側，好似拿著望遠鏡觀看。我的第一個想法是糟糕，被發現了，我以為他是守夜的羊農，一心追查殺害羊群的凶手。不過如果真的如此，他為什麼不過來質問我？他只是靜靜地站著觀察，而我也直視著他。

最後我想開了，如果被發現，就被發現吧，不論我掉頭回酒吧或是繼續前進，我半夜溜出門這件事總是會傳到爸的耳裡。於是我舉起一根手指頭向他致敬，接著繼續邁入陰冷的濃霧中。

石塚外是個截然不同的世界，雲層彷彿被撥了開來，月亮宛如巨大、豐滿的黃色氣球，明亮得令我無法直視。幾分鐘後，艾瑪從沼澤的彼端跑來，口中念念有詞，不停向我道歉。

「對不起，我遲到了，大家就是不肯上床睡覺！我出門的時候又撞見阿修和費歐娜在花園裡熱吻。不過你不用擔心，他們答應我，只要我也保密，他們就不會說。」

她兩手環扣我的頸背。「我好想你。」她說：「對不起，之前對你發脾氣。」

「我也是。」我邊說邊笨拙地輕拍她的背。「好吧，那妳快告訴我吧。」

她往後退開。「這裡不行，有個更好的地方，一個很特別的地方。」

「我不知道……」

她握住我的手。「不要這樣嘛，你一定會喜歡那裡的。我保證等我們到了那裡之後，我會把全部的事都告訴你。」

我一心認為這是她為了和我親熱所策劃的陷阱。如果我年紀稍長、世故成熟，或是和一般男生一樣，視與辣妹卿卿我我為家常便飯，不具有特別的意義，或許我還有壓抑情感和荷爾蒙的能耐，堅持就在這裡說清楚。但是我不是這種人。此外，她注視我的眼神明亮動人，她的微笑發自內心，擴及全身上下，不時靦腆地把頭髮撩到耳後；種種因素都讓我渴望跟著她、幫助她、為她效勞。我完全不是她的對手。

我跟她走，但是我不會吻她，我告訴自己。穿越沼澤時，我像唱頌梵咒一樣的反覆告訴自己**不能吻她！不能吻她！**我們往小鎮的方向前進，途中折往面對燈塔的岩岸，然後小心翼翼踩著險陡的小徑來到沙灘。

抵達海邊後，她叫我在原地稍候，接著獨自跑到別處拿東西。我站在沙灘上，看著燈塔的光束掃射四周，照亮萬物：千萬隻海鳥在陡峭的懸崖上棲息，海浪來回拍打著巨大的岩塊，殘破的小艇擱淺在沙灘上。艾瑪回來時已經換上了泳裝，手上拿著潛水面罩。

「喔，不。」我說：「不會吧。」

「你最好快點把衣服脫下來。」她一邊說著，一邊滿臉狐疑地看著我的牛仔褲和外套。「你的打扮完全不適合游泳啊。」

「因為我不是來游泳的！妳要我半夜溜出來和妳會面是沒關係，但是我們是來談事情的，不是……」

「我一定會跟你談。」她堅持道。

「在水裡穿著四角褲談？」

她朝我踢了一堆沙，氣得掉頭就走，不過隨即又轉身向我走來。「我不會侵犯你的，你放心。不要往自己臉上貼金。」

「我沒有。」

「那就不要拖拖拉拉，快把笨重的長褲脫了！」說完她果真朝我飛撲過來，把我重重壓倒在地，一手企圖解開我的皮帶，另一手抓了一把沙，抹在我的臉上。

「啊！」我吐出滿嘴沙，放聲大叫。「耍陰！妳耍陰！」我沒有選擇的餘地，只能抓一把沙反擊，很快地，我們就在沙灘上打起了沒有規則的沙戰，最後兩個人都笑得樂不可支，滿頭泥沙怎麼撥也撥不掉。

「好了，你現在非洗澡不可了，所以最好快點給我下水。」

「好吧。」

起初海水冰冷得令人全身刺痛——畢竟我只穿著一件四角褲，實在不好受——不過很快我就適應了這樣的溫度。我們踩著海水越過大片岩石，後方的水深標上栓了一艘獨木舟。我們爬上船，艾瑪遞了一支槳給我，然後我們一起划著船往燈塔的方向前進。夜晚的空氣溫暖，海面平靜無風，我沉浸在搖槳愉悅的節奏裡，一度忘了此行的目的。艾瑪在距離燈塔大約一百碼的地方停了下來，兩腳踩進水中。令我錯愕的是，她並沒有沉入大海，反而站在水面上，只有膝蓋以下泡在海裡。

「妳腳下是沙洲嗎？」我問。

「不是。」她從獨木舟裡取出一個小錨丟進海裡，錨大約往下沉了三英尺，接著海面下傳來鏗鏘一聲。這時候，燈塔的光束掃過來，我這才看見海面下有一艘大船，船殼圍繞在我們四周。

「是沉船！」

「快來吧。」她說：「快要到了，別忘了拿你的潛水面罩。」她說完就往遠方走去。

我小心翼翼地踏進水裡，跟著她的腳步前進。如果有人在岸上看到我們，一定會以為我們行走在水面上。

「這船到底有多大？」我說。

「非常大，這是聯軍的戰艦，碰到了自己人的水雷，一直沉在這裡。」

她停下腳步。「先暫時不要看燈塔。」她說：「讓你的眼睛適應黑暗。」

於是我們面對海岸而站，輕柔的海浪拍著我們的大腿。「好了，跟著我走，先深深吸一口氣。」下方的沉船上有個黑洞，從外觀看起來應該是一扇門。她走向洞口，彎腰坐下來，然後跳了進去。

這太瘋狂了，我心想。接著我套上她給我的潛水面罩，跟著她跳進海裡。

我聚精會神地凝視腳下無盡的黑暗，看到艾瑪正抓著梯子往下爬，於是我也握住第一根橫擋，跟著她往海底前進，直到腳下踩到金屬地板才停下來，這時候艾瑪已經在梯子旁邊等著我。這裡似乎是一個貨艙，不過四周實在太黑了，難以清楚辨識。

我彈彈她的手肘，又指指我的嘴巴，*我需要呼吸*。她拍拍我的手臂，一邊伸手搆一旁的塑膠管；我仔細一看，塑膠管連接一根管線，沿著梯子往上通向水面。她把管子塞進嘴裡吹氣，用力到臉頰都腫脹了起來，接著她深吸一口氣，把管子傳給我，我也吸了飽滿的新鮮空氣。在二十英尺深的海底，位於老舊的沉船中，而我們卻能夠呼吸。

艾瑪指著前方的門，它看起來就像深邃黑暗的小洞。我搖搖頭，**我不想進去**。但是她一手抓著塑膠管，一手握住我的手前進，彷彿我是個膽小怕事的孩童。

我們越過門口，進入伸手不見五指的黑暗中。我們停在原地，輪流拿著管子呼吸了好幾分鐘。四周一片死寂，我甚至可以聽見我們呼吸的氣泡往上竄；船殼的零件被洋流衝擊，船身深處偶爾傳來模糊、低沉的撞擊聲。就算我閉上眼睛，也不過這麼黑。我們就像是太空人，漂浮在沒有星辰的宇宙。

這時候，令人驚愕、讚嘆的事發生了。星星一顆一顆湧現，黑暗中到處都是綠色的光點。我以為這是我的幻覺，但是光點越來越多，越來越密，我們四周彷彿環繞著燦爛耀眼的星座圖；無數的綠色星光閃爍，照亮我們的身體，倒映在我們的面罩上。艾瑪伸出一隻手，手腕一揮，這一次她的掌心並沒有出現火球，反而亮起靛藍色的光芒。綠色的星辰圍繞著藍光閃爍、盤旋，像是一大群小魚順著她的動作悠然起舞。我這才發現，那千萬顆綠色的光點確實是魚群。

我沉醉在美景中，忘了時間的流逝；或許只有幾分鐘，卻感覺已經過了幾小時。艾瑪忽然用手肘推了我一下，於是我們沿著原路穿過小門，爬上階梯。破水而出時，我眼前看到的第一個景象是夜空中浩瀚、耀眼的銀河；我赫然領悟到魚群和星光宛如一體，亙古亙今，見證了萬世之謎。

我們爬上沉船的外殼，脫下潛水面罩，沉默不語地靜坐了好幾分鐘；我們半個身體泡在海裡，兩手抱著膝蓋，久久無言以對。

「那是什麼？」我終於開口問道。

「我們叫牠閃光魚。」

「我從來沒有看過。」

「大部分的人都沒看過。」她說：「牠們很會躲。」

「牠們好美。」

「對啊。」

「而且很特別。」

艾瑪揚起微笑。「牠們真的很特別。」接著她的手慢慢往上摸著我的膝蓋，我沒有閃躲，因為她的手很溫暖，這觸感在冰冷的海水中特別舒服。我聆聽著腦海中告訴我不要吻她的那個聲音，但是它沉默了。

我們接吻了。我沉溺在雙唇緊貼的漩渦中，享受彼此舌尖的挑逗，雙手撫摸她白皙完美的臉頰。我無力思考對錯，忘了當初為什麼跟她來這裡，我無法自拔地吻著她、吻著她，但這醉人的熱吻結束得太突然，她忽然將我推開，而我茫然地凝望著她的臉龐。她將一隻手溫柔而堅定放在我的胸口。「傻瓜，我總要呼吸一下。」

我笑了兩聲。「好。」

她握著我的手凝望著我，我深情地看著她；這樣的眼神交流幾乎比接吻還要動人、深刻。忽然間，她開口說：「你應該留下來。」

「留下來。」我重複她的話。

「留下來，和我們在這裡生活。」

殘酷的現實席捲而來，我們之間微妙的激情和魔力瞬間平息。

「我很想，但是我認為我不能。」

「為什麼？」

我陷入思考。這裡有陽光、盛宴、朋友……以及日復一日、一模一樣的完美生活。但太多美好的事物也會令人厭倦，就好像我媽不斷添購的華麗奢侈品，總是很快就失去了新鮮感。

但艾瑪……這裡有艾瑪。或許我們之間的情愫並沒那麼奇怪，或許我可以留下來一陣子，與她相戀，以後再回家。但是不行，等到我想回家的時候就已經太晚了。她是誘人的海妖，我必須意志堅定。

「妳想要的人是他，不是我。我不能成為妳的他。」

她彷彿被戳痛了傷口，目光瞥向遠方。「那不是你應該留下來的原因，你屬於這裡，雅各。」

「我不屬於這裡，我和你們不一樣。」

「不，你和我們一樣。」

「不一樣，我是個平凡人，跟我爺爺一樣。」

艾瑪搖搖頭。「你真的這麼認為？」

「如果我像你們一樣具有厲害的本領，妳不認為我早就該發現了嗎？」

「我不該告訴你這件事。」她說：「但是一般人沒有辦法進入圈套。」

我思考了一會兒，怎麼也想不通。「我沒有什麼特別之處，我恐怕是妳所見過最平凡無奇的人了。」

「我很懷疑。」她回答：「亞伯的天賦很罕見，也很獨特，幾乎沒有別人做得到。」

接著她直視我的雙眼說：「他看得到怪物。」

9

他看得到怪物。我一聽見她這麼說，原先以為已經拋在腦後的恐懼瞬間一湧而來。他們都是真的。他們不但是真的，還殺了我的爺爺。

「我也看得到。」我告訴她，聲音細微得像在訴說不可告人的祕密。

她眼眶泛著淚水，擁抱著我。「我就知道你一定有特別之處。」她說：「我是由衷地感到開心。」

我一直知道自己很奇怪，但是我從來沒想過自己有什麼特別。如果我可以看到別人看不見的東西，那麼這正好可以解釋為什麼爺爺遇害當晚，瑞奇沒看見樹林裡的怪物，這正好可以解釋為什麼大家都以為我瘋了。我並沒有瘋，那不是我的幻覺，也並非所謂的壓力反應。當他們接近時，我的腸胃糾結在一塊，甚至可以看見他們恐怖的模樣，那是我的天賦。

「而你們完全看不到？」我問她。

「只看得見他們的影子，所以他們通常都趁夜晚獵食。」

「那他們現在為什麼沒有來攻擊你們？」我說完立刻糾正自己的口誤。「我是說攻擊『我們』。」

她的表情忽然轉為凝重。「他們不知道我們的藏身處，也無法進入圈套。我們在島上很安全，只不過我們也不能離開。」

「但是維多卻離開了。」

她哀戚地點點頭。「他說他待得快要瘋了，說他無法忍受繼續困在這兒。可憐的布蘭溫。亞伯也離開了，不過他至少不是死於噬魂怪（hollow）手下。」

我努力直視著她。「我實在不想告訴妳這件事……」

「什麼？喔不。」

「他們一直告訴我是野獸幹的，但是如果妳說的是真的，爺爺一定也是被他們害死。他遇害的那天晚上，我第一次看到怪物，那也是唯一的一次。」

她將膝蓋抱在胸前，輕輕閉上雙眼。我一手勾住她的肩，她的頭微微傾靠在我身上。

「我知道他們一定會抓到他。」她輕聲說：「他答應過我會在美國好好生活，他會保護自己，但是我們永遠不可能安全，我們每一個人都不可能真正安全。」

我們一直坐在沉船上談心。月亮漸漸低沉，海水輕拍著我們的喉嚨，冷得艾瑪頻頻顫抖，於是我們牽著手，涉水走回獨木舟上，緩緩搖槳駛回對岸。我們聽見有人呼喊我們的名字，回頭才看見阿修和費歐娜正在岸上向我們招手；雖然相距甚遠，我還是可以明顯感覺到哪裡出了差錯。

我們綁好獨木舟之後迅速衝向他們。阿修焦急得喘不過氣，一群蜜蜂圍繞在他身邊不安地飛竄。「大事不妙了！妳得趕快跟我們回去！」

我們完全沒有爭論的時間，艾瑪匆匆把衣服套在泳衣外，我也不管滿腿沙，直接穿上長褲。阿修面有難色地看看我。「但是他不能來。」他說：「事關重大。」

「不，阿修。」艾瑪說：「大鳥說得沒錯，他跟我們一樣。」

他瞪大眼睛望著她，接著望著我。「妳告訴他了？」

「我也是逼不得已，他自己其實也差不多弄通了。」

阿修一臉錯愕，不過隨即轉身，眼神堅定而誠懇向我握手。「歡迎加入我們的大家庭。」

我不知道該說什麼，所以只說了一聲「謝謝」。

我們一路上不停向阿修探聽情報，不過他的腳程實在太快，根本無法好好交談。我們在樹林中暫時停下來喘口氣，他說：「大鳥的一個時鳥姐妹出事了，她一小時前慌慌張張地飛來這裡大呼小叫，把所有人都吵醒了。我們還沒搞清楚她的重點，她就當場昏倒了。」他兩手緊扣，滿臉驚恐。「天啊，我知道一定發生了什麼壞事。」

「但願你是錯的。」艾瑪說完，我們繼續往前奔去。

客廳的大門緊閉，一群孩子在門外的大廳裡圍著油燈席地而坐，個個衣衫凌亂，互相依偎，交頭接耳揣測發生了什麼事。

「也許他們忘記重設圈套了。」克萊兒說。

「絕對是噬魂怪。」伊諾說：「他們一定吃了很多人，還吃得屍骨無存。」

克萊兒和奧莉芙同聲哀嚎，一邊用小手摀住臉。霍瑞斯跪在她們身旁，用溫柔的語氣說：「乖，乖，不要聽伊諾胡說八道，大家都知道噬魂怪最愛吃小孩子，所以他們才放了裴利隼女士的朋友，她吃起來就像過期的咖啡渣一樣。」

奧莉芙透過指縫偷窺。「那小朋友吃起來像什麼？」

「像越橘。」他一臉理所當然地說道，女孩們又大聲哀嚎。

「不要嚇她們了！」阿修大聲嘶吼，接著一大群蜜蜂纏著霍瑞斯，他邊叫邊衝向大廳的另一端。

「外面發生了什麼事？」裴利隼女士從客廳裡喊道：「那是艾皮斯頓先生的聲音嗎？布魯小姐和波曼先生在哪？」

艾瑪身子一縮，慌張地看了看阿修。「她知道了？」

「她發現你不見之後，緊張得不得了，以為妳被偽人或是瘋子綁架了。抱歉了，小艾，我必須告訴她。」

艾瑪無奈地搖搖頭。事到如今，我們只能進去面對現實。費歐娜舉起手向我們敬禮，似乎在祝福我們好運，然後我們打開大門。

客廳裡只有壁爐的火光，把我們晃動的身影投射在另一邊的牆上。布蘭溫焦慮不安地望著一位意識不清的年長女性，她虛弱無力地坐在椅子上，全身裹著毛毯。裴利隼女士則坐在一塊土耳其地毯上，把一匙又一匙的深色汁液餵進她嘴裡。

艾瑪看見她的臉，忽然全身僵硬。「我的天啊。」她輕聲說：「是阿沃賽女士。」

我這才認出她來。雖然印象模糊，但是我曾經看過她和年少時的裴利隼女士合照。當時她看起來剛毅強悍，現在卻虛弱無力。

我們站在一旁，看著裴利隼女士將一只銀色的小酒瓶放在阿沃賽女士的嘴邊微微傾倒，這位年長的時鳥彷彿迴光返照，眼睛炯炯有神地坐直身子；但是過沒多久，她臉上的光采再度消失，身體癱軟地倒回椅子裡。

「布朗利小姐。」裴利隼女士對布蘭溫說：「快去幫阿沃賽女士鋪設貴妃躺椅，另外也準備一些古柯酒和白蘭地。」

布蘭溫神情肅穆地點點頭，闊步走出門。接著裴利隼女士轉過頭，低聲對我們說：「布魯小姐，我對妳非常失望，失望到極點。妳偏偏選在這一晚溜出去。」

「對不起，院長，但是我怎麼會料到今晚會發生這樣的壞事？」

「我應該懲罰妳，不過以目前的情勢看來，我還有更多要務得處理。」她舉起一隻手，輕撫恩師的白髮。「要不是發生了天大的悲劇，阿沃賽女士絕不會離開她的學生來這裡。」

壁爐裡的熊熊烈火令我額頭頻頻冒汗，不過阿沃賽女士卻躺在椅子上發抖。她會死嗎？爺爺在我面前死去，難道那悲慘的情節又要重新上演？難道裴利隼女士也要和她的老師生離死別？我回想當初抱著爺爺的身體，滿心恐懼、困惑，不了解真相，也不了解自己；眼前的慘劇和我的經歷一點也不一樣，因為裴利隼女士一直很清楚自己的身分。

我知道現在時機並不恰當，但是我氣憤莫名，無法自已。「裴利隼女士。」她聽見我的聲音，抬頭看向我。「妳到底什麼時候才要告訴我？」

她本來要問我什麼，不過她的目光忽然轉向艾瑪，似乎從中發現了端倪。她一度面露怒色，看見我生氣的表情，馬上又恢復平靜。「快了，小夥子。請你諒解我的苦衷，要是我們初次見面，我就把真相全盤托出，對你來說絕對難以承受。我無法預期你的反應，我怕你逃跑，從此一去不回。我不能冒這個險。」

「所以妳用美食、娛樂、女孩子誘惑我，把黑暗的故事全都隱瞞起來？」

艾瑪瞪大眼睛。「誘惑？雅各，求求你不要這樣誤解我，我無法承受。」

「你恐怕大大誤會我們了。」裴利隼女士說：「你說我們誘惑你，但這確實是我們的生活方式。我們沒有欺騙你，只是隱瞞了部分事實。」

「那我也告訴妳事實。」我說：「我爺爺是被怪物殺死的。」

裴利隼女士凝視著爐火許久。「我非常遺憾。」

「我親眼看到那個怪物，只要我告訴別人，別人就說我瘋了。但是我沒有瘋，我爺爺也沒瘋。他一輩子都在告訴我真相，我卻不相信他。」我感到一陣羞愧。「要是我相信他，他說不定就不會死。」

裴利隼女士看見我站不穩，要我坐在阿沃賽女士對面的椅子上。

我坐下後，艾瑪也跪坐在我旁邊。「亞伯一定早就發現你不一樣了。」她說：「他不告訴你，一定也有他的理由。」

「他確實知道。」裴利隼女士說：「他曾經在信中告訴我。」

「那我實在不懂，如果他的故事全是真的，如果他知道我跟他一樣，為什麼他到了生命的最後一刻才告訴我這麼大的祕密？」

裴利隼女士又用湯匙餵了阿沃賽一些白蘭地。她發出陣陣呻吟，稍稍坐直身子，隨即又倒回椅子上。「我唯一想到的理由是他想保護你。」她說：「我們的生活沒有自由，充滿考驗；亞伯的人生更是如此，因為他是生在亂世的猶太人。他一生面臨雙重的迫害，納粹屠殺猶太人，噬魂怪也追殺特異人士。他無法忍受自己平安地躲在這裡，他的猶太同伴和特異同伴卻在外面遭到屠殺。」

「他曾經告訴我，他去打仗是為了殺怪物。」我說。

「這是真的。」艾瑪說。

「世界大戰之後，納粹的時代結束了，但是噬魂怪的聲勢卻更加壯大。」裴利隼女士繼續說：「所以我們和許多特異人士一樣，都選擇繼續躲起來。但是你爺爺回來後卻變了一個人，他變成一個戰士，他堅持要在圈套以外建立自己的人生，不願意繼續躲躲藏藏。」

「我求他不要去美國。」艾瑪說：「我們都求過他。」

「為什麼他選擇美國？」

「當時美國幾乎沒有噬魂怪。」裴利隼女士說：「戰爭結束後，有一小群特異人士移居美國，很多人平平安安地過著平凡的日子，就像你爺爺一樣。他一直盼望當個平凡人，過普通的人生，他總是在信中這麼說。我想這就是他瞞著你這麼久的原因，他希望你可以擁有他所沒有的人生。」

「平凡無奇的人生。」我說。

裴利隼女士點點頭。「但是他躲不過自己的命運。他的身手無人能及，加上多年獵殺噬魂怪鍛鍊出過人的膽識，以至於大家都把他視為英雄。他總是被迫為別人效命，消滅窮追不捨的噬魂怪。他天性樂於助人，所以很少拒絕別人的請求。」

我回想起波曼爺爺曾經多次長期外出打獵。我們家裡收藏著一張行前拍攝的照片，我不知道那是誰拍的，因為他都獨自前往，但是我從小就覺得那張照片很可笑，因為照片中的爺爺穿著西裝。哪有人會穿西裝去打獵？

現在我知道了：他獵殺的不只是動物而已。

我對爺爺有了嶄新的認識，尊敬和感動湧上心頭。他並非患有被害妄想症，並非迷戀槍支、並非外面有女人，也不是棄家庭於不顧的男人；他是雲遊四海的騎士，甘願為了他人冒生命危險，他以汽車和廉價旅館為家，以追蹤殺人不眨眼的怪物為職志。他返家後，槍裡總是少了幾顆子彈，身上多了幾塊瘀青，但是他無法交代清楚發生了什麼事，也無法向別人透露他的夢魘。他為別人犧牲，卻換來家人的輕蔑和猜疑。也難怪他寫了這麼多信給艾瑪和裴

HOL

利隼女士，只有她們才了解他的苦衷。

布蘭溫拿著一只裝著古柯酒的玻璃瓶和一只裝有白蘭地的金屬瓶回到客廳，接著裴利隼女士請她離開，自己將兩種酒倒進小茶杯調和。她輕輕拍撫阿沃賽女士布滿青色血管的臉頰。

「愛梅達。」她說：「愛梅達，妳一定要坐起來喝我為妳準備的藥酒。」

阿沃賽女士呻吟了幾聲，裴利隼女士把茶杯湊近她嘴邊。老婦人喝了幾口，雖然咳出不少，仍然努力嚥下紫色的汁液。她雙眼無神，看起來又要陷入恍惚，不過忽然間，奇妙的事發生了，她忽然坐直身體，臉上漸漸恢復血色。

「喔，老天啊。」她聲音沙啞地說：「我睡著了嗎？真是太失禮了。」她臉上略帶訝異地看著我們，彷彿我們憑空冒出來一樣。「阿爾瑪？是妳嗎？」

裴利隼女士緊緊握住老婦人乾瘦的雙手。「愛梅達，妳半夜三更從大老遠跑來找我們，把我們都嚇壞了。」

「真的嗎？」阿沃賽女士眉頭深鎖，瞇著眼睛凝視對面浮動著陰影的牆壁，臉上忽然浮現驚恐的神情。「沒錯。」她說：「我是來警告妳的，阿爾瑪，妳一定要嚴加戒備，千萬不能大意，別像我一樣措手不及。」

裴利隼女士鬆開雙手。「是誰？」

「一定是偽人。兩個偽人偽裝成委員會的成員，半夜跑到我那裡。當然大家都知道委員會的成員沒有男性，但是守夜的學生昏昏欲睡，還是被他們唬得團團轉，後來那兩個偽人就把他們綁架走了。」

裴利隼女士瞪大眼睛。「天啊，愛梅達……」

「巫雀女士和我被他們淒慘的哭聲吵醒。」她解釋道。「但是我們被反鎖在屋子裡，花了好長的時間才破門而出。我們一路跟著偽人的臭味出了圈套，結果一大群影獸埋伏在外頭，一邊嚎叫一邊朝我們撲來。」她聲音哽咽地停下來。

「孩子們呢？」

阿沃賽女士搖搖頭，眼中的光彩完全消逝了。「孩子們只是誘餌。」她說。

艾瑪的手滑過來，緊緊握住我的手，我看見裴利隼女士的臉頰上映照著搖曳的火光。

「他們要抓的是巫雀女士和我。我僥倖逃脫了，但是巫雀女士沒這麼幸運。」

「她死了嗎？」

「沒有，她被綁架了，就像鷦鷯女士和旋木雀女士一樣；她們的圈套同樣在兩星期前遭到入侵。阿爾瑪，他們處心積慮捉拿時鳥，這一定是精心策劃的陰謀，我實在不敢想像背後的動機是什麼。」

「那麼他們也會來找我們。」裴利隼女士靜靜地說。

「如果他們找得到妳。」阿沃賽女士回應道。「你們的圈套比其他的更隱密，但是妳一定要有所戒備，阿爾瑪。」

裴利隼女士點點頭。阿沃賽女士哀怨地看著大腿上顫抖的雙手，就像折翼的小鳥般徬徨無助。「喔，我親愛的孩子們，希望他們平安無事，他們只能靠自己了。」接著她轉過頭哭泣。

裴利隼女士將毛毯鋪在老婦人的肩上，緩緩站起身。我們尾隨她走出門，留下阿沃賽女士在房間兀自悲傷。

孩子們全都擠在客廳門口，就算他們沒有聽清楚阿沃賽女士的話，應該也猜得八九不離十了，一張張焦慮的面容足以說明一切。

「可憐的阿沃賽女士。」克萊兒下唇顫抖，嗚咽地說道。

「阿沃賽女士的學生真可憐。」奧莉芙說。

「院長，他們要來抓我們了嗎？」霍瑞斯說。

「我們需要武器！」米勒高喊。

「戰斧！」伊諾說。

「炸彈！」阿修說。

「通通閉上嘴巴！」裴利隼女士喊道，一邊舉手暗示大家安靜。「我們一定要保持鎮定。沒錯，阿沃賽女士的遭遇令人哀痛，我們感同身受，但是悲劇未必會在這裡重演。然而，我們一定要嚴加防範，所以從現在開始，沒有經過我的同意，任何人不能離開房子，而且一定要兩人一起行動。如果你看見不認識的人，就算他們可能是特異者，也要立刻向我通報。我們等天亮再繼續商討防敵措施，大家快上床睡覺！現在不是開會的時候。」

「但是，院長……」伊諾說。

「上床睡覺！」

孩子們亂哄哄地跑回房間。「至於你，波曼先生，你一個人來來去去，我實在沒辦法安心。我認為你最好待在這裡，至少等到風波漸漸平息。」

「我不能就這樣消失，我爸會抓狂。」

她蹙起眉頭。「如果這樣的話，我堅持你至少在這裡過一夜。」

「我可以，不過前提是妳要老老實實告訴我，殺死我爺爺的到底是什麼怪物。」

她歪著頭凝視我，臉上帶著一絲笑意。「很好，波曼先生，我不會和你爭辯，你的確有權利知道。你現在先去長沙發上睡一覺，我明天一早就會告訴你。」

「要說就現在說。」我等了十年，好不容易有機會知道真相，我當然不願意再等一分一秒。「拜託。」

「小夥子，我有時候真不知道該說你是擇善固執還是冥頑不靈。」她轉頭對艾瑪說：「布魯小姐，妳可以幫我把我的古柯酒拿來嗎？看來我今晚不用睡了。既然徹夜不能眠，不如喝點酒讓自己放鬆一點。」

閱覽室太靠近孩子的寢室，不適合深夜長談，所以院長和我來到樹林旁邊的一座小溫室。我們把花盆反過來當成椅子坐在玫瑰花叢間，草地上擺著一盞小油燈，玻璃牆外的天空尚未破曉。裴利隼女士從口袋掏出菸斗，靠近燈火點燃菸草，若有所思地深吸幾口，吐出一圈圈藍色的菸霧，接著開始細說從頭。

「許多年前，差不多上世紀之初，我們的族人裡有一支特立獨行的派系，他們不滿現狀，懷抱各種危險的想法。他們相信自己找到操弄圈套的方法，可以把凍結時間的力量應用在人類身上，藉以獲得永生。他們不只想要停止老化，還想逆轉時光。他們一心擺脫圈套的束縛，在外頭享受永遠的青春，他們追求毫無忌憚穿梭在過去和未來之間的能力，同時免於遭受種種負面後果；換句話說，他們想要掌控時間，同時超越死亡。這樣的想法荒謬狂妄，完全是痴人說夢，違反掌管萬物的經驗法則！」

她長長嘆一口氣，接著沉默半晌，重組思緒。

「總之，我的兩個兄弟就被這樣的想法沖昏頭了，他們天資過人，卻欠缺判斷力，甚至膽敢拜託我協助他們實現幻想。我告訴他們這是在向上帝挑戰，絕對不可能成功的；就算真的能成功，也不該這麼做，但是他們就是不願意放手。他們和阿沃賽女士所調教的時鳥們一起長大，比大多數的男性更了解我們獨特的能力，我很擔心他們會影響到大家的安危。儘管委員會頻頻發出警告，甚至嚴厲威脅，他們依然置之不理，一九〇八年的夏天，我的兄弟和好幾百個派系成員叛逃了，其中還包括好幾個威力強大的時鳥；他們潛入西伯利亞凍原策劃他們的邪惡實驗，地點就選在一個荒廢了好幾世紀、而且沒有名字的古老圈套裡。我們原以為他們會自己體悟到大自然不可侵犯，一星期內就會夾著尾巴回來認錯，但是他們的下場更加戲劇化：他們引發一場驚天動地的大爆炸，連阿速爾群島的窗戶也為之動搖，方圓五百公里內的人都以為世界末日來臨了。我們以為他們都死於災變，在這場慘烈的爆炸中粉身碎骨。」

「但是他們活下來了。」我猜道。

「可以這麼說，不過也有人認為那樣的狀態宛如活生生的詛咒。幾星期後，許多特異人士接連遭到攻擊，發動攻擊的生物沒有形體，只有影子，少數像你這樣的特異者才看得見——那是我們第一次和噬魂怪發生衝突。過了一陣子，我們才逐漸了解這些滿嘴觸鬚的怪物其實就是我們誤入歧途的兄弟。雖然實驗失敗，但是他們從煙霧瀰漫的爆破坑洞中爬了出來；他們沒有成為上帝，反而把自己變成了魔鬼。」

「哪裡出了差錯？」

「大家還在議論紛紛，其中一個理論認為他們逆轉了時間，帶領自己回到靈魂成形之前，所以我們稱他們為噬魂怪——因為他們需要填補空虛的心和空虛的靈魂。現實既殘忍又諷刺，他們確實得到他們一心追求的永生；據說噬魂怪可以活好幾千年，但是他們的存在本身就是一種恥辱，是一種無止盡的煎熬。他們與世隔絕，吃流浪的動物維生。他們永遠飢餓難耐，渴望以前手足的血肉，因為我們的血是他們獲得救贖唯一的希望。一但噬魂怪吃了足夠的特異者，他就可以變成偽人。」

「又是那個詞。」我說：「艾瑪第一次看到我的時候，一直指控我是那個東西。」

「要不是因為我觀察了你一陣子，我可能也會這麼懷疑。」

「他們是什麼？」

「如果說噬魂怪的處境是地獄，這樣的比喻一點也不為過，那麼偽人的處境就像是煉獄。偽人幾乎和平凡人一樣，他們沒有特殊能力。因為他們具有人類的外型，所以他們往往隱匿在人群中，為噬魂怪服務，擔任他們的眼目、間諜，並為他們取得血肉。他們希望有朝一日可以把所有的噬魂怪變成偽人，置所有的特異者於死地。」

「那麼為什麼他們無法成功？」我說：「既然他們都曾經是特異者，怎麼可能不知道你們的藏身處？」

「幸好他們似乎都喪失了前一段人生的記憶。雖然偽人不如噬魂怪那麼強大、駭人，他們還是一樣具有危險性。他們和只有生物本能的噬魂怪不同，可以輕易混入人群，我們很難區分他們和一般人的差別，不過確實有一些關鍵性的指標，像是眼睛。偽人的眼睛很奇特，沒有瞳孔。」

我感到雞皮疙瘩爬滿全身，回想起爺爺遇害那一晚，我曾經在他家附近看到一位白眼珠的鄰居在雜亂的草皮上澆水。「我想我看過，我原本以為他只是個眼盲的老人家。」

「那麼你已經比一般人敏銳很多了。」她說：「偽人非常擅長掩人耳目，他們往往偽裝成社會上缺乏特色的普羅大眾，像是火車上穿著普通灰西裝的男子，或路邊討零錢的貧困乞丐，他們總是隱沒在人群中。不過也有少數偽人甘願冒險偽裝成身分地位較高的人物，例如醫師、政治人物，或神職人員，這樣才能接觸更多的群眾，或掌握更多的資源，好把可能潛伏在社會中的特異者全部揪出來，亞伯就是因此被發現的吧。」

裴利隼女士拿出從屋子裡帶出來的相簿，一頁頁翻閱。「這些照片被大量複製，散發給各處的特異者，就像通緝犯的海報一樣常見。你看。」她邊說邊指著一張照片，照片中的兩個女孩騎著一隻假的麋鹿，鹿角後方有一個眼神空洞的耶誕老人，令人不寒而慄。「耶誕節時，有人發現這個偽人在美國的百貨公司工作，他得以在很短的時間內，接觸大量的小孩子，不但可以和孩童肢體接觸，還可以和他們交談，找尋特異者的特質。」

她翻了幾頁，停在一張外貌冷酷無情的牙醫照片上。「這個偽人偽裝成口腔外科醫師，他手上拿的頭骨就是他所殘害的特異者，這我一點也不意外。」

她繼續翻閱相簿，其中一張照片裡的小女孩蹲在地上，前方的身影巨大詭異，似乎正在逼近。「這是瑪西，她三十年前離開我們，到鄉下和一個平凡的家庭一起生活。我一直懇求她留下來，不過她心意已決；過沒多久，她就在等校車的時候遭到偽人暗算。有人在現場找到一台相機，這是其中一張相片。」

「誰照的？」

「偽人自己。他們很喜歡製造戲劇效果，總是故意留下證據，彷彿向我們示威。」

我端詳著照片，內心湧起些許熟悉的恐懼感。

最後，我再也不想多看一眼，毅然決然地闔上相簿。

3068

「我告訴你這些事，一來是因為這是你與生俱來的權利。」裴利隼女士說：「二來是因為我需要你的協助。你是我們當中唯一能夠離開圈套，同時不引起懷疑的人。如果你願意幫我們，同時又堅持兩邊往返的話，我希望你能幫我們留意有沒有沒看過的人來到島上，隨時向我報告。」

「前幾天確實有個人來到島上。」我說著，腦海裡浮現令我爸心煩意亂的賞鳥客。

「你有看到他的眼睛嗎？」她問道。

「沒有，當時天色很暗，而且他還戴著大帽子，遮住部分臉龐。」

裴利隼女士輕輕咬著指節，眉頭緊蹙。

「怎麼了？妳認為他可能是偽人嗎？」

「如果沒有看到眼睛，就不可能完全確定。」她說：「不過我確實很擔心有人一路跟蹤你來到島上。」

「什麼意思？妳認為我可能被偽人跟蹤？」

「那個偽人甚至可能知道你爺爺過世當晚所發生的一切，所以他才放了你一馬，因為你可以帶領他們找到更豐厚的大獎，帶他們找到這裡。」

「但是他們怎麼知道我是特異者？就連我自己都不知道！」

「如果他們知道你爺爺的事，那麼他們絕對也知道你不一樣。」

我回想過去那段時間，他們確實有很多機會可以殺了我；波曼爺爺過世後，我常常覺得有怪物潛伏在四周。他們一直在觀察我嗎？一直在等我掉進他們的圈套——來到這裡嗎？

我感到一陣暈眩，把頭埋進膝蓋間。「我想妳應該不會答應讓我喝一小口酒吧？」我說。

「當然不行。」

我彷彿覺得有一塊大石頭壓在胸口。「對我來說，有哪裡是安全的嗎？」我問她。

裴利隼女士把手放在我的肩膀上。「你在這裡很安全。」她說：「只要你願意，你可以和我們一起生活下去。」

我試著回應，但是口中卻只吐出不完整的隻字片語。「但是我……我不能……我爸媽……」

「就算他們愛你。」她輕聲說：「他們也永遠不會懂。」

我回到鎮上的時候，清晨的第一道曙光照耀街景，在建築物後方投射出長長的陰影。徹夜狂歡的酒客流連在街燈旁，依然捨不得打道回府；漁夫穿著黑色的高筒靴，精神抖擻地邁向碼頭；而爸正從深沉的睡夢中漸漸醒來。他下床時，我正悄悄爬進被子裡；我才蓋住沾滿泥沙的外衣，他就打開門查勤。

「還好嗎？」

我一邊假裝呻吟一邊轉過身，於是他關門離去。下午起床時，我發現休息室的桌上擺著一張慰問的字條和一小袋感冒藥。我臉上泛起微笑，為自己的謊言感到些許內疚，接著我開始擔心他的安危，擔心他一個人帶著望遠鏡和筆記本在海邊遊走，擔心殺害羊群的瘋子埋伏在他四周。

我搓揉惺忪的雙眼，披上雨衣，繞著村子走了一圈，接著又前往附近的懸崖、海灘，希望能找到爸或是那位詭異的鳥類學家——我想好好看看他的眼睛——但是卻找不到他們兩個的蹤影。直到接近黃昏，我才放棄計畫，獨自返回牧師窖，而爸已經和往常一樣，一個人坐在吧檯喝啤酒了。他面前擺著好幾個空酒瓶，看來他已經在這裡待很久了。

我在他身邊坐了下來，問他有沒有看見那蓄鬍的賞鳥客。

「好吧，如果你看到他。」我說：「幫幫忙，和他保持距離，好嗎？」

他疑惑地看著我。「為什麼？」

「他就是令我不安，萬一他是精神病患怎麼辦？萬一羊群就是他殺的怎麼辦？」

「你怎麼會有這些奇怪的想法？」

我很想告訴他，我很想解釋一切，我很想聽見他告訴我他可以諒解，並給我一些家長意見。那一瞬間，我甚至希望時間倒轉，回到我們抵達這裡之前，回到我發現裴利隼女士的那封信之前，回到郊區過著平凡無奇、漫無目的的貴公子生活；然而，我只是一言不發地坐在爸身邊。我回想四星期前的生活，覺得過去遙不可及；我想像四星期以後的人生，完全沒有頭緒。我們完全沒有共同的話題，於是我上樓回房，選擇一個人的寂靜。

10

星期二晚上，我推翻了所有原先對自己的認知，而星期天一早，爸和我就要打包行李回家了；我只有幾天的時間決定該何去何從，留下或是離開——但是這兩個選項似乎都不恰當。我怎麼能夠留在這裡，拋開過去所熟悉的一切？獲知這一切真相之後，我又怎能瀟脫地回家？

更糟糕的是，我沒有傾吐的對象。我不可能和爸談。艾瑪時常口沫橫飛地說服我留下來，但是她卻從來沒有顧慮到這意謂我必須拋棄原本的人生（儘管那段人生乏善可陳），她也沒有站在我爸媽的立場著想，我的留下表示他們將面對孩子離奇失蹤。更何況艾瑪自己都坦承圈套中的生活一成不變，常常令她鬱悶、窒息；她只是告訴我。「有你在就好多了。」

裴利隼女士更是一點也幫不上忙。我只希望她好好幫我理性分析，但她總說她沒辦法幫我做這麼大的決定。不過我可以明顯感受到她希望我留下來，不只是為了我的個人安全，而是因為如果我留在圈套裡，大家就可以生活得更安心。但是我實在不願意一輩子做他們的看門狗。（我越來越覺得爺爺和我有同樣的感受，他戰後不肯回去也是基於這個原因。）

與這群特異孩童一起生活意謂我無法完成高中學業、無法上大學，或是像正常人一樣成長。而同時我又必須不斷提醒自己，我並不是**正常人**；只要噬魂怪不放過我，在圈套外生活就是一種冒險，隨時可能提前結束。我必須終生都活在恐懼裡，隨時提心吊膽、噩夢連連，擔心他們回來找我索命。這樣的生活似乎比不念大學還糟。

於是我想：難道沒有第三種選項嗎？我不能像波曼爺爺一樣嗎？五十年來，他一直在圈套外活得好好的，勇敢對抗噬魂怪。但是這時候，腦海中又浮現了自我貶低的聲音。

傻瓜，他受過軍事訓練，心如鐵石，還收藏了滿屋子的短管獵槍。和你比起來，他就像藍波一樣。

我可以去打靶場上課，我樂觀地告訴自己，練空手道、健身。

你在開玩笑嗎？你連高中的霸凌都對付不了，還得賄賂那火爆浪子保護你。如果你真的拿槍指著任何人，肯定會嚇到尿褲子。

不，我不會。

你太弱了，你只是遜咖，所以他始終沒有告訴你你真實的身分，他知道你承受不了。

閉嘴、閉嘴。

這幾天以來，我就這麼反反覆覆，在留下或離開間猶豫不定。在此同時，爸也完全喪失了寫作的動力。他越懶散，情緒就越低落；他情緒越低落，待在酒吧的時間就越長。他一個晚上可以喝上六、七瓶啤酒，我從來沒有看過他喝成這樣，我也不想待在這樣的他身旁。他全身散發著陰暗的氣息，不是沉默不語，就是說些我不想知道的事情。

「你媽總有一天會離開我。」他有天晚上告訴我。「如果我不快點有一番成就，我真的擔心她會走。」

於是我開始躲他。我不知道他有沒有注意到，說謊和捏造我的行蹤變得輕而易舉。

另一方面，裴利隼女士也宣告封鎖孤兒院。這就好像戒嚴時期一樣令大家人心惶惶：如果沒有人護送，年紀較小的孩子哪裡都不准去，年紀較長的孩子也必須兩兩同行，同時，裴利隼女士必須隨時掌握每個人的動向，獲得離開房屋的許可比登天還難。

好幾個學生日夜輪流在大門和屋後站哨。只要天還亮著，甚至大部分的夜裡，你都可以看見一張張死氣沉沉的臉孔貼在窗邊窺看。只要有任何人靠近，他們就會拉扯繩索，帶動裴利隼女士房間裡的搖鈴；換句話說，每次只要我一抵達，她就會在門裡面等著我，徹底訊問一番。圈套外有沒有什麼動靜？我有發現奇怪的人事物嗎？確定沒有人跟蹤我嗎？

不出我所料，孩子們也漸漸變得神經兮兮。小孩子喧鬧不安，大孩子悶悶不樂，大家都竊竊私語，抱怨嚴厲的新規矩。空氣中常常不時傳來誇張的哀聲嘆氣，這往往表示米勒走進房間了。阿修的蜜蜂四處亂飛、亂螫人，最後被孩子們趕出屋外；阿修只好整天待在窗邊，和他的蜜蜂隔著玻璃窗對望。

奧莉芙聲稱忘了把加了鉛塊的鞋子放在哪裡，整天像隻蒼蠅一樣，沿著天花板爬行，同時朝下面的人丟擲米粒；只要有人抬頭發現是她搞的鬼，她就會放聲大笑，也因此飄浮的穩定性跟著受到影響，必須抓著水晶吊燈或是窗簾桿，以免從空中跌落。伊諾的行徑最詭異，他成天躲在地下實驗室裡進行實驗，拿黏土士兵開刀，他的研究恐怕連法蘭肯斯坦博士[20]都自嘆弗如：他有時將兩個士兵的手腳肢解開來，拼裝成另一個八爪蜘蛛人，或是把四顆雞心塞進一個黏土人的胸腔裡，企圖製造能量無窮的超級泥人。不過這些灰色的小人不堪負荷，一個接一個不支倒地，地下室宛如美國南北戰爭中的醫院一般慘不忍睹。

裴利隼女士則保持一貫的警戒狀態，她總是叼著菸斗，一間間房巡視，彷彿一個不留神，孩子就可能隨時消失。阿沃賽女士仍然留宿在這裡，她偶爾提起精神在大廳裡遊盪，聲音淒涼地呼喊她的學生，最後精疲力盡地倒進某人懷裡，緩緩被架回床上。大家議論紛紛，揣測阿沃賽女士為什麼會面臨這樣的苦難，以及噬魂怪為什麼要綁架時鳥。各樣天馬行空的理論應運而生，有人說他們想創造史上最大的圈套，大到可以涵蓋整個地球；也有人樂天得令人莞爾，認為噬魂怪只是太悶、太寂寞，才抓幾個時鳥與他們作伴。

最後，房子裡瀰漫著令人發寒的寂靜，兩天的拘禁令大家了無生氣。裴利隼女士相信對抗憂鬱最好的妙方就是規律生活，所以她加緊為大家上課，重新分配準備餐點、打掃房屋的工作。不過孩子們只要有一點空檔，就意氣消沉地癱在椅子上，無神地望著深鎖的窗戶外，翻閱看過上百次的舊書籍，或是睡覺。

我從來沒有見識過霍瑞斯的特異功能，直到有一天晚上，他忽然厲聲尖叫。我們一大

[20] Dr. Frankenstein。英國小說家瑪莉・雪萊（Mary Shelly）筆下的人物，也是科學怪人的創造者。

群人衝到他負責站哨的二樓閣樓，發現他全身緊繃地坐在椅子上，驚恐地對空氣揮拳舞爪，似乎剛剛從噩夢中醒來。我原本以為他叫完就沒事了，不過他又開始喃喃自語，喊著大海沸騰、天空落下死灰、大地冒出無盡的濃煙。他彷彿獲得天啟般自言自語了幾分鐘，最後身心俱疲，再次不安地睡去。

其他的孩子都見過他這樣失控的表現——裴利隼女士的相簿裡甚至有張照片記錄他發作的瞬間——他們遵照院長的指示，把他抬上床睡覺。霍瑞斯幾個小時後才醒來，他聲稱他不記得做了什麼夢，而且他不記得的夢往往不會成真。其他的孩子選擇相信，因為他們擔心的事情已經夠多了，但是我隱隱覺得他隱瞞了什麼。

像石洲島這樣的小地方，一旦有人失蹤，全鎮絕對沸沸揚揚。所以星期三那天，馬丁沒有去博物館上班，晚上也沒有照例來牧師窖喝一杯，大家立刻懷疑他生病了。凱夫的老婆特地趕去他家問候，卻發現他的大門敞開，他的皮夾和眼鏡擺在廚房的工作臺上，家裡卻沒有人影，馬上就有人懷疑他是不是死了。第二天，他依然沒有現身，有人說他可能醉倒在某處，大隊人馬開始搜索鄰近的廢棄小屋，檢查翻覆的小船底下，找尋這個沒有妻小卻鍾情威士忌的男子。搜索行動剛剛開始，就有人接到無線電通報：有人在海上撈到馬丁的屍體。

我和爸當時正在酒吧裡，只見找到馬丁的漁夫走了進來。雖然中午還不到，他依然照例點了一瓶啤酒，幾分鐘後，他就開始講故事了。

「我當時正在加納角附近捕魚。」他說：「那玩意重得跟什麼一樣，我就覺得很奇怪，因為我平常在那裡都只能撈到一些小魚小蝦而已。我以為我的船撞上了蟹網，於是拿了一根魚叉在船四周的海裡刺，最後終於刺到了什麼。」我們都坐著湊近身子，彷彿幼稚園裡的孩子專注聆聽老師說故事。「結果就是馬丁，他從懸崖跌落後，迅速被沖到那兒，被鯊魚啃得體無完膚。恐怕只有老天知道他半夜三更穿著浴袍到懸崖邊幹什麼。」

「他沒有穿衣服？」凱夫問。

「只能算睡覺穿的衣服吧。」漁夫說：「但絕不適合在這種溼冷的天氣穿上街。」

大家口中念念有詞地為馬丁禱告，接著就開始八卦地揣測各種可能性。幾分鐘後，酒吧裡菸味濃厚，每個醉漢都像是福爾摩斯一樣。

「他很可能是喝醉了。」某人大聲說道。

「也許他正在懸崖邊，搞不好他發現了殺害羊群的凶手，當時正在追捕他。」另一人說。

「那個陰陽怪氣的新訪客呢？」漁夫說：「露營的那個老兄。」

爸忽然從椅子上挺直身體。「我遇過他。」他說：「前天晚上。」

我驚訝地轉向他。「你竟然沒告訴我？」

「我當時正要去藥房買東西，一心想在它打烊前趕到。這位老兄和我的方向相反，正匆忙地離開鎮上。我不小心撞上他的肩膀，他看起來有點火大，停下腳步瞪著我，彷彿在跟我示威。我走到他面前，告訴他我想知道他在搞什麼名堂、到底來這裡幹什麼？我說大家都在背後議論紛紛。」

凱夫靠著吧檯。「然後呢？」

「他看起來好像要揍我一樣，不過最後就走開了。」

大家提出各種問題——鳥類學家來這裡幹嘛？這傢伙為什麼要在野外紮營？我只有一個疑惑，最後終於按捺不住。「你有注意到他有什麼奇怪的地方嗎？他的臉長怎樣？」

爸思考了半晌。「經你這麼一說，是有點奇怪。他戴著太陽眼鏡。」

「在晚上？」

「真的很奇怪。」

我感到一陣反胃，我爸以為他逃過那人一拳，但不知道他當時真正面臨的危險。我知道我得告訴裴利隼女士這一切——越快越好。

「全是胡扯。」凱夫說：「石州島一百年來都沒有發生過謀殺案，又怎麼會有人想謀殺馬丁？一點道理都沒有。我和你們大家賭一輪酒，等到驗屍報告出爐，上面一定寫著馬丁是自己摔死的。」

「那恐怕要拖上好一段時間啊。」漁夫說：「暴風雨就要到了，氣象報告說這次不可小覷，會是一整年來最強烈的一場暴風雨。」

「氣象報告啊。」凱夫嘲諷地說：「我只要知道現在下不下雨就好，才不管那個爛播報員怎麼說。」

島民對於石州島的氣候變化總是抱持陰鬱的想法，畢竟他們的資源有限，天性悲觀；不過這一次，他們最深層的恐懼成真了。一整個星期以來，風雨從未間斷，而那一夜的風雨更像是狂暴的交響樂，天空烏雲密布，海上白浪滔滔。馬丁遭到謀殺的傳言不脛而走，加上天候惡劣，整個城鎮都嚴陣以待，就像孤兒院一樣戰戰兢兢；居民足不出戶，門窗緊閉、反鎖。漁船不斷重擊繫船設備，始終在海港邊擺盪；在這樣的狂風裡駕船出海，無疑是自尋死路。英國本土的警察必須等到風浪平息，才能前來領取馬丁的遺體，鎮民只好代為保管。最後大家一致認為既然魚販掌管全鎮最多的冰塊，遺體就暫時存放在商店後方的冰櫃裡，和鮭魚、鱈魚等海鮮擺放在一起。畢竟這些漁獲和馬丁一樣，都是從大海中捕撈上來的。

爸鄭重地叮嚀我不准離開牧師窖，不過裴利隼女士也吩咐過我，任何風吹草動都要向她報告——如今有人離奇死亡，當然非比尋常。所以那一夜，我假裝感冒，把自己鎖在房裡，接著偷偷從窗戶溜出去，沿著排水管往下爬到地面。沒有人像我一樣傻，敢在這樣的天氣裡出門，所以我無所畏懼地跑在大街上，滂沱大雨不停拍打外套上的帽子。

抵達孤兒院時，裴利隼女士只看了我一眼，就知道大事不妙。「怎麼了？」她說著，布滿血絲的雙眼凝視著我。

我一五一十地告訴她，包括所有拼湊而成的事實和我所偷聽到的謠言；她越聽臉色越蒼白，然後拉著我進入客廳，慌慌張張地召集所有孩童，然後又快步出門，找尋還沒到場的少數幾個孩子。一大群孩子站在客廳裡，表情焦慮而疑惑。

艾瑪和米勒把我拉到牆角。「她在發什麼脾氣？」米勒問。

我小聲告訴他們馬丁的事。米勒倒抽一口氣，艾瑪面色憂慮，雙手互抱在胸前。

「真的有這麼嚴重嗎？」我說：「我的意思是，這應該不是噬魂怪幹的吧。他們只獵殺特異孩童，不是嗎？」

艾瑪唉聲嘆氣。「你來告訴他還是我來？」

「噬魂怪對特異孩童的喜愛遠勝於一般人。」米勒解釋道。「不過為了維生，他們什麼都吃，只要新鮮、肉多就好。」

「如果要判斷有沒有噬魂怪出沒。」艾瑪說：「首先要看附近有沒有屍堆，所以他們往往居無定所。如果他們不時常遊走，很容易會被追蹤到。」

「多常？」我感到脊椎一陣發麻，繼續問道。「他們多常需要進食？」

「喔，很常啊。」米勒說：「偽人大部分的時間都在為噬魂怪打理食物。他們盡可能搜索特異孩童，不過大部分的時間和精神都花在替噬魂怪獵殺平民百姓和動物上，事後還要忙著毀屍滅跡。」他的語氣平順冷靜，彷彿在敘述某種囓齒類動物的生活習性。

「但是偽人不會被抓到嗎？」我說：「既然他們協助謀殺他人，難道……」

「有些確實被抓到過。」艾瑪說：「如果你有看新聞，我猜你可能也聽過好幾個。有這麼一個傢伙，他們在他的冰箱裡發現好幾個人頭，大鍋裡還用小火燉著大塊大塊的屍體，好像在準備耶誕大餐一樣。這件事情應該發生在你的時間裡的不久前。」

我隱約想起某天半夜電視上播放著聳動的新聞特輯，介紹密爾瓦基市的連續殺人、食人魔，新聞中的情節和艾瑪的敘述不謀而合。

「妳是說……傑佛瑞・達莫？」

「那就是那位紳士的名字，我想我記得沒錯。」米勒說：「那是個非常有趣的案例。他對新鮮人肉的美味似乎始終無法忘懷，儘管不當噬魂怪這麼多年，依舊改不了壞習慣。」

「我以為你們不知道未來的事。」我說。

艾瑪露出狡獪的微笑。「大鳥只會瞞著我們未來的好事，但是所有骯髒汙穢的壞事我們都知道。」

這時候，裴利隼女士拖著伊諾和霍瑞斯回來了，大家頓時一片肅穆。

「我們聽說又有新的威脅。」她說著，一邊向我點頭致意。「圈套外有一個男子離奇死亡，我們無法確認死因，也不確定這是否意謂我們的安全受到影響，但是我們必須做好最壞的打算。現在開始，誰也不准離開房子，就連出去院子裡拔菜、抓鵝、準備晚餐的食材都不行。」

大家哀聲連連，裴利隼女士繼續提高音量說：「這是我們的非常時期，拜託各位保持耐性。」

許多人舉手發問，不過她視若無睹，只顧著離開現場，一一檢查每扇門是否上鎖，我緊張地追上去。如果島上真的有危險，我一步出圈套就可能喪命；但是如果我留在這裡，爸不但可能遇害，還會擔心得寢食難安。我隱隱覺得後者更糟。

「我必須離開。」我追在裴利隼女士身後喊道。

她把我拉進一個空房間並關上門。「你給我小聲點。」她命令地說：「你必須遵守我的規矩。你聽見我剛剛說的了，誰也不准離開房子。」

「但是……」

「到目前為止，我一直賦予你別人所沒有的自主權，任你來來去去，這是因為我尊重你獨特的背景。但是你很可能已經被跟蹤了，這表示我的學生可能正處於危險當中。我不能容許你繼續置他們於險境，或是危害你自己。」

「妳難道不懂嗎？」我憤怒地說：「船都停駛了，鎮上的人哪兒都去不了，我爸哪兒都去不了。如果真的有偽人出沒——如果他真的是我想的那個人，那麼他差一點和我爸大打出手。如果這個偽人可以拿一個陌生人開刀，獻給噬魂怪當點心，你覺得他的下一個供品是誰？」

她面不改色。「鎮民的安全與我無關。」她說：「我不會為了任何人讓我的學生陷於危險。」

「他不是隨便一個鎮民，他是我爸。妳真的以為鎖上門就可以阻止我出去嗎？」

「或許不行，但是如果你堅持要離開，那麼你就別想再回來。」

我感到一陣錯愕，只好以笑聲掩飾緊張。「但是妳需要我。」我說。

「是的，我們需要你。」她回答。「我們非常需要你。」

我衝進艾瑪的房間，裡頭氣氛失落、凝重；如果諾曼・洛克威爾[21]有畫過人們在監獄中服刑的景象，恐怕就和眼前的畫面一模一樣。布蘭溫兩眼無神地望著窗外，伊諾坐在地板上削著黏土，艾瑪手肘靠著膝蓋坐在床邊，把筆記本裡的紙張撕成碎片，再用指間的火焰燒成灰燼。

「你回來了！」她見我進門，大聲說道。

「我沒有走。」我回答：「裴利隼女士不讓我離開。」大家聽我訴說我所面臨的難題。

「如果我走了，從此就被驅逐出境了。」

艾瑪的整本筆記本瞬間燃燒。「她不可以這麼做！」她大聲喊道，完全無視於手上的烈焰。

「她想怎麼做就怎麼做。」布蘭溫說：「她是大鳥。」

[21] Norman Rockwell（1894-1978）是美國二十世紀早期的重要畫家、插畫家，作品橫跨商業與愛國宣傳領域。

艾瑪把筆記本丟在地上，把火踩熄。

「我只是來告訴妳，不管她怎麼說，我都要走。我爸可能面臨生命危險，我不要在這裡像個囚犯一樣，也不要像隻鴕鳥把頭埋進沙裡。」

「那我跟你一起走。」艾瑪說。

「妳不是認真的吧？」布蘭溫回應。

「我很認真。」

「你們根本是一對愚男蠢婦。」伊諾說：「妳會變成滿臉皺紋的老太婆，為了什麼？為了他？」

「不會。」艾瑪說：「除非我離開圈套好幾個小時，那些躲過的歲月才會找上我。我們不會花這麼長的時間吧，雅各？」

「我也認為這主意不太好。」我說。

「什麼不太好？」伊諾說：「她根本不知道拿生命做賭注是為了什麼。」

「院長知道就不妙了。」布蘭溫說：「她會殺了我們，小艾。」

艾瑪站起身並把門闔上。「她不會殺了我們。」她說：「那些怪物才會。如果他們不殺死我們，這樣活著連死都不如。大鳥把我們緊緊包覆在她的羽翼下，我們都要窒息了，這全都因為她沒有膽面對外頭的恐懼！」

「說不定外頭什麼也沒有。」米勒說，我這才知道他一直在房間裡。

「但是她一定會不高興的。」布蘭溫又說一次。

艾瑪挑釁地走近她的朋友一步。「妳能躲在那女人的裙襬下面多久？」

「妳難道忘記阿沃賽女士的悲劇了嗎？」米勒說：「她的學生遭到殺害，巫雀女士被綁架，都是因為有人離開圈套。如果他們乖乖待在裡面，根本不會發生壞事。」

「不會發生壞事？」艾瑪質疑地說：「沒錯，噬魂怪沒辦法進入圈套，但是偽人可以，那些孩子就是這樣被騙了出去。我們應該在這裡坐以待斃、等待他們找上門嗎？萬一他們這一次懶得喬裝，直接帶槍殺進來怎麼辦？」

「那我就會這麼做。」伊諾說：「等到大家都熟睡以後，像耶誕老人一樣從煙囪溜進來，接著砰！」他朝艾瑪的枕頭做出開槍的手勢。「腦漿噴滿牆。」

「真是謝謝你。」米勒嘆道。

「我們必須趕在他們發現我們知道他們存在之前先發制人。」艾瑪說：「我們現在還有搶先的機會。」

「但是我們並不確定他們存在！」米勒說。

「我們會查個明白。」

「該怎麼查？到處遊盪，看看會不會遇上噬魂怪？然後呢？問他們『不好意思，請問你們來意為何？是要吃我們嗎？』」

「我們有雅各在。」布蘭溫說：「他可以看見他們。」

我感到喉間緊縮，我知道，如果這支偵查小組真的成形了，我多多少少必須為他們的安全負責。

「我只看過一個。」我警告他們。「所以我不認為自己是專家。」

「那麼萬一他看不到怪物怎麼辦？」米勒說：「這可能表示外頭沒有怪物，也可能表示他們躲起來了。到頭來我們還是摸不著頭緒，就像妳現在一樣。」

大家眉頭深鎖。米勒確實有理。

「好吧，看來邏輯思維再次戰勝了一切。」他說：「我要去盛一點粥，你們這群叛逆學生跟我一起去吃晚餐吧。」

他起身走向門邊，床墊裡的彈簧吱吱作響。正當他準備出門時，伊諾突然一躍而起，大叫。「我有辦法了！」

米勒停下腳步。「什麼辦法？」

伊諾轉向我。「那個很可能被噬魂怪吃了的傢伙，你知道他們把他的遺體保存在哪裡嗎？」

「魚店裡。」

他摩拳擦掌。「那我就有辦法確定了。」

「你倒說說看要怎麼確定。」米勒說。

「我們去問他。」

探險隊就這樣組成。隊員包括說什麼也不讓我獨自行動的艾瑪、不願意惹惱裴利隼女士卻堅持我們需要她協助的布蘭溫，以及想出這個計畫的伊諾。我們雖然很需要米勒的隱形能力，但是他不願意參與行動，我們得還苦苦哀求他別打小報告。

「如果我們全部一起去。」艾瑪理性分析道。「大鳥就不會驅逐雅各了，除非她把我們四個一起驅逐出境。」

「但是我不想被驅逐！」布蘭溫說。

「她不可能這麼做，小溫，所以我們才要一起行動。如果我們趕在熄燈前回來，搞不好她根本不會發現我們出去了。」

我心存懷疑，不過我們都認為值得一試。

這計畫就像越獄一般周延。晚餐之後是屋子裡最混亂、也是裴利隼女士雜務最多的時候，艾瑪假裝去客廳，而我則前往閱覽室。幾分鐘後，我們在二樓的走廊會合，走廊的其中一塊天花板被拆了下來，上面架著一把梯子。艾瑪爬上梯子，我緊跟在後，爬進狹小、陰暗的閣樓，把梯子拉上來，並把天花板復原。閣樓的尾端有一個通風口，我們輕易地把螺絲轉開，最後爬上平坦的屋頂。

涼爽的晚風陣陣吹來，其他人已經在等我們了。布蘭溫給我們一人一個用力的擁抱和她事先準備的黑色雨衣，以因應圈套外的狂風暴雨。正當我思忖該怎麼從屋頂降落地面時，奧莉芙幽幽地飄了上來。

「誰想玩降落傘的遊戲？」她邊說邊咧嘴大笑。她光著腳丫，腰上綁著繩子，我好奇地想知道繩子另一頭綁著什麼，探頭往屋頂外一看，只見費歐娜握著繩子，從下面的窗戶向我揮手。我們顯然有共犯協助。

「你先。」伊諾吼道。

「我？」我邊說邊緊張地退後，遠離屋頂的邊緣。

「抓住奧莉芙往下跳。」艾瑪說。

「當初沒有人告訴我，這計畫得冒著骨盆碎裂的危險。」

「不會的，傻瓜。你只要抓緊奧莉芙就不會有事，超好玩的，我們都玩過好多次了。」她想了一會兒，又說：「不對，一次而已。」

不過我實在沒有別的選擇，只好咬緊牙關，慢慢走向邊緣。「不要害怕！」奧莉芙說。

「妳說得輕鬆。」我回答。「妳又不會摔死。」

她伸出雙臂緊緊抱住我，我也緊緊抱住她，接著她輕聲說：「好了，走吧。」我閉上眼睛，兩腳往前踏空，卻沒有像我所害怕的那樣瞬間跌落，反而像個洩氣的氣球，緩緩飄落地面。

「真好玩。」奧莉芙說：「現在，放手吧！」

我一鬆開手，她就立刻飛上屋頂，一路喊著「喲呼！」大家緊張地拜託她閉嘴，然後一個接著一個抱著她飄下來。全員到齊後，我們在月光照耀下偷偷摸摸前往樹林，費歐娜和奧莉芙則在後頭向我們揮手道別。或許是我的幻覺，但是我似乎看見樹雕的動物也在微風中揮手，而亞當面色凝重地向我們點頭致敬。

我們在沼澤邊停下來喘口氣，伊諾將手探進臃腫的大衣，掏出好幾顆用乳酪紗布包裹的圓球。「拿著。」他說：「我一個人拿不了這麼多。」

「這是什麼？」布蘭溫邊問邊拆開紗布，裡頭包著褐色的大肉塊，上面還有幾根突出的小管。「好噁，臭死了！」她邊叫邊把肉塊拿得遠遠的。

「別大驚小怪，那只是綿羊的心臟而已。」他一邊說著，一邊把另一塊類似的東西塞進我手裡。儘管裹著厚厚的紗布，我還是可以聞到甲醛的臭味，觸感溼潤得令人不舒服。

「我死也不想拿這個東西。」布蘭溫說。

「那妳就去死好了。」伊諾不悅地咕噥。「把它塞進你的雨衣裡，快點趕路吧。」

我們踩著沼澤中的硬地前進。這條路我已經走了太多次，幾乎忘了它多危險，忘了千百年來有多少人命喪此地。抵達石塚之後，我告訴大家把外套扣好。

「萬一有人看到我們怎麼辦？」伊諾問。

「表現得正常點就好。」我說：「我會告訴他們，你們是我美國來的朋友。」

「萬一我們遇到偽人怎麼辦？」布蘭溫問。

「跑。」

「那萬一雅各看到噬魂怪怎麼辦？」

「如果這樣。」艾瑪說：「就沒命一樣地跑。」

我們一個接著一個屈身鑽進石塚，向舒適宜人的夏夜告別，洞穴裡安靜無聲。然而抵達底部的密室後，四周氣壓驟降，氣溫直落，狂風在耳邊聲嘶力竭地呼嘯。我們驚恐地轉身面對聲音的來向，身體動彈不得，只能呆呆站在原地聽陰風怒吼，那風聲彷彿受困籠中的野獸看見久違的晚餐。我們沒有退路，只能迎風前進。

我們一行人跪在地上爬行，石穴外頭依然像個無盡的黑洞。厚重的雷雨雲遮蔽星光，雨水力道十足地抽打我們的肌膚，刺骨的寒風竄進我們的外套，陣陣閃電把大家的臉照得陰森、慘白，也讓隨之而來的黑暗更加深沉。艾瑪企圖生火，但是她的手卻像失靈的打火機，不論怎麼擺動手腕，細微的火花就是無法形成火焰。我們只能拉緊外套，彎著腰迎風衝進難走的沼澤，憑著記憶前進。

小鎮裡，雨水啪啦啪啦拍擊每一扇門窗，家家戶戶大門深鎖，足不出戶，沒有人注意到我們在淹水的大街上奔跑。一路上都是狂風吹垮的屋簷、碎瓦，一隻迷路的綿羊被大雨淋得睜不開眼，頻頻哀嚎，還有一間戶外廁所傾倒在路邊。最後我們到達了魚店，大門上了鎖，不過布蘭溫用力踢了兩腳就把門踹開了。艾瑪把手伸進外套裡抹乾，好不容易生起一顆火球。我帶著大夥兒走進店裡，繞過狄倫一邊發牢騷一邊刮魚鱗的工作臺，走進一扇鏽蝕的鐵門，而玻璃櫃裡的鱒魚一直張大眼睛，彷彿正瞪著我們。鐵門另一頭是一間簡陋的小屋，滿地泥濘，屋頂是用鐵皮搭建而成，牆壁是隨意切割的木板；雨水從縫隙間滴落，陣陣狂風竄入，把木板撞得咯咯作響。小屋子裡有十幾個木架，每個木架上都擺著長方形大水槽，裡頭裝滿了冰塊。

「他被裝在哪一個裡面？」伊諾問。

「我不知道。」我說。

我們在水槽間穿梭前進，艾瑪則捧著火球四處照耀，企圖判斷哪一個水槽最有可能裝得下比魚還要大的東西。然而每個水槽看起來都一模一樣，都像是裝滿冰塊、沒有蓋子的棺材。我們只能一個一個搜查，直到找到他為止。

「我不幹了。」布蘭溫說：「我不想看到他，我不喜歡死掉的東西。」

「我也不喜歡，但是我們得忍著。」艾瑪說：「我們是一個團隊。」

我們一人選了一個水槽，像小狗在花叢間挖寶般挖起冰塊，一把接一把地將冰塊舀出來丟在地上。我才舀到一半，手指已經逐漸麻痺，這時耳邊傳來布蘭溫的尖叫聲。我轉過身，看見她跌跌撞撞地倒退幾步，雙手摀著嘴巴。

我們一擁而上，查看她發現了什麼；只見冰塊裡伸出一隻僵硬的手，指節毛髮濃密。

「看來妳找到我們要的人了。」伊諾一邊說著一邊挖出更多冰塊，我們其他人只是用手遮著眼睛，從指縫中窺看。慢慢地，一隻手臂露了出來，接著是軀幹，最後是馬丁的整個遺體。

眼前的景象慘不忍睹。他的四肢被扭曲成難以想像的角度，他的身軀被剖開，五臟六腑全被掏空，肚子裡塞滿冰塊。大家看見他的臉，全都深深倒抽一口氣；他的半張臉上布滿一條條的紫色挫傷，宛如被撕爛的恐怖面具，另外半張臉稍稍可以辨識：下巴上留著山羊鬍，臉頰和眉毛間傷痕累累，一隻綠色的眼珠霧濛濛，空洞地眺望遠方。他全身只穿著一件四角褲和破爛的毛織浴袍。他絕對不可能一個人半夜穿這樣走到懸崖邊，他一定是被別人——或是別的東西——拖到那兒的。

「他已經死得很徹底了。」伊諾邊說邊檢查馬丁的遺體，彷彿外科醫生評估著生還機會渺茫的病患。「我先告訴你們，這不一定會成功。」

「我們總是得試試看。」布蘭溫說著，勇敢地往水槽踏進一步，走到我們身邊。「我們都已經費了這麼多心力，至少試試看吧。」

伊諾攤開雨衣，從口袋裡掏出一顆裹著紗布的心臟，看起來就像一只捲得小小的紫褐色棒球手套。「如果他醒了。」伊諾說：「一定會很不爽，大家最好往後退一點，別說我沒警告你們。」

我們每個人都往後退一大步，只有伊諾往前靠著水槽，一手伸進馬丁胸中的冰塊裡翻攪，彷彿在冰櫃裡撈汽水一樣。過了一會兒，他似乎抓到什麼，另一手高舉綿羊心臟。

伊諾的身體一陣抽搐，接著綿羊的心臟開始跳動，同時噴濺出血紅色的細微霧氣。伊諾的呼吸又短又淺，彷彿召喚著某種能量。我仔細盯著馬丁的遺體，卻看不出任何變化，他始終靜靜躺在那裡。

伊諾手中的心臟漸漸停止跳動，同時越來越小，最後呈現暗沉的灰色，就像冰箱裡擺放太久的生肉塊。伊諾把羊心丟在地上，朝我伸出手。我從口袋掏出另一顆心臟交給他，他重複著相同的步驟，心臟收縮、噴濺出血液，但沒多久又像上一顆一樣逐漸無力。接著他使用艾瑪保管的心臟，努力了第三次。

最後只剩下布蘭溫保管的心臟，這也是伊諾最後的機會。他的表情瞬間肅穆凝重，和先前截然不同；他將心臟高舉在馬丁的遺體上方，手指用力得似乎想把心擠碎一樣。心臟再次像馬達般抽動，這時伊諾高喊。「醒來吧，死者，醒來吧！」

眼前一閃，冰塊下方似乎有變化。我盡可能傾著身子往前窺探，找尋一絲一毫的生命跡象，不過許久沒有任何動靜。忽然間，他的身體劇烈扭動，彷彿被千萬伏特的電壓掃過一般。艾瑪放聲尖叫，我們其他人則往後跳開。我放下高舉的雙臂，看見馬丁的頭已經轉向我，一隻霧濛濛的眼睛飛快地亂轉，最後漸漸停下來盯著我看。

「他看得見你！」伊諾大喊。

我湊向前，死者聞起來像是腐敗的土壤、發臭的海水，而且更令人作嘔。他舉起顫抖的手停在半空中，碎冰從他手上滑落，然後他發紫的手握住了我的手臂，我努力壓抑想掙脫的渴望。

他張開雙脣，下顎鬆開。我彎下腰聆聽，但是什麼聲音也沒有。當然沒有聲音，我心想，他的肺都破裂了；不過，這時我卻聽見一聲細微的氣音，我貼得更近，耳朵幾乎碰觸到他冰冷的嘴脣。我聯想到我家旁邊的排水溝，每當我在交通冷清時把頭貼在水管上，彷彿可以聽見地下的水流潺潺細訴歷史；那些管線早在當初造鎮時就已經埋在那裡，如今依然流淌不息，始終深埋在黑暗的地底。

其他人跟著湊向前，不過只有我聽得見他說話。他說的第一個詞就是我的名字。

「雅各。」

我感到一陣恐懼。「我在這裡。」

「我剛剛死了。」他說得字字緩慢，如同糖漿般糊成一團。接著他又改口說：「我已經死了。」

「告訴我事情經過。」我說：「你還記得嗎？」

他許久不語。冷風從牆上的縫隙中呼呼竄進來，蓋住了他的聲音。

「請你再說一次，馬丁。」

「他殺了我。」死者輕聲說。

「誰。」

「那老傢伙。」

「你是說奧奇嗎？你伯父？」

「那老傢伙。」他繼續說：「他長大了，變壯了，力氣好大。」

「馬丁，到底是誰？」

他閉上眼睛，我擔心他從此一睡不醒。我望著伊諾，他點點頭，他手中的心臟仍然撲通撲通地跳。

馬丁的眼皮快速抖動，接著又緩慢地說起話，彷彿背誦著什麼。「他沉睡百代，宛如胎兒，蜷曲在大地之母腹中，根莖包覆，黑暗籠罩，歷經無數寒暑，直到老農無心鏟出。」

馬丁停了下來，雙唇微顫。艾瑪看著我細聲問道。「他在說什麼？」

「我不知道。」我說：「但是聽起來像新詩。」

他繼續吟誦，雖然聲音顫抖，但是每個人都聽得到。「他睡得沉靜安詳，黑炭般的肌膚柔嫩，四肢乾瘦如炭石礦脈，雙腳好似浮木上掛著幾顆皺縮的葡萄。」我這才終於明白他在念什麼，這是他為了沼澤男孩所寫的詩。

「喔，雅各，我這麼用心良苦地照顧他！」他說：「我天天幫他擦拭玻璃灰塵，讓他睡得舒舒服服，把他當成自己的孩子一樣。我這麼疼愛他，但是……」他身體抽搐，一顆淚水順著他的臉龐流下。「但是他卻殺了我。」

「你說那個沼澤男孩？老人？」

「讓我走吧。」他哀求道：「太痛苦了。」他冰冷的手按壓我的肩膀，聲音漸漸微弱。

我望著伊諾，拜託他再幫幫忙。他用力擠了一下心臟，接著搖搖頭。「把握時間，快一點。」他說。

我忽然想通了，雖然他敘述的是沼澤男孩，但是殺害他的並非沼澤男孩。只有當他們進食的時候，我們其他人才看得到，裴利隼女士曾經這麼告訴我，換句話說，到這時候已經太晚了。馬丁那一夜在雨中看到的是噬魂怪，當時怪物正在啃噬他的身體，他卻誤以為怪物是他的珍藏品。

熟悉的恐懼感湧上心頭，我全身由內而外發燙。我轉向其他人。「他是被噬魂怪殺死的。」我說：「他一定在島上。」

「問他在哪裡。」伊諾說。

「馬丁，在哪裡？我要知道你在哪裡看到他的。」

「拜託別問，太痛苦了。」

「你在哪裡看到他的？」

「他來我家找我。」

「老人？」

他的呼吸變得異常急促。雖然他的面目難以直視，我仍然強迫自己看著他。只見他目光慢慢移動，最後停在我身後不遠處，我順著他的眼神看過去。

「糟了。」他說：「是他。」

忽然一陣光束掃過，接著聽見有人大聲吼道。「是誰！」

艾瑪闔起手掌，火焰瞬間熄滅。大家全部轉過身，只見一個男子站在門口，一手握著手電筒，一手握著手槍。

伊諾將手從冰塊裡抽出來，艾瑪和布蘭溫則靠到水槽正前方，擋住馬丁的身體。「我們不是有意私闖民宅的。」布蘭溫說：「而且我們正要走，真的！」

「不要動！」男子大喊。他的聲線又乾又扁，沒有口音。我無法透過手電筒的光束看清他的臉，不過他一層又一層的外套洩漏了他的身分。他是那位鳥類學家。

「先生，我們整天沒有吃飯了。」伊諾苦苦哀求，口氣就像個十二歲的孩子。「我們只是想討一兩條魚而已，我對天發誓。」

「是這樣嗎？」男子說：「看來你們已經選了一條大魚，我來看看。」他來回揮舞著手電筒，用光束指示我們讓開。「讓一邊去！」

我們照做，他將手電筒照向馬丁的遺體，那畫面陰森至極。「老天啊，這條魚長得真奇怪，不是嗎？」他語氣平淡，繼續說：「一定很新鮮，他還在動呢！」他照向馬丁的臉，他的眼睛還在轉動，雙脣無聲顫抖，伊諾傳送給他的生命正逐漸消逝。

「你是誰？」布蘭溫大聲地問。

「這得看妳問的是誰。」男子回答。「不過我是誰一點也不重要，重要的是，我知道你們是誰。」他拿著手電筒逐一照向我們，彷彿照本宣科般念著祕密檔案。「艾瑪．布魯，火女，父母找不到想買孩子的人，所以從小就把她遺棄在馬戲團裡。布蘭溫．布朗利，暴漢族，性嗜血，有天夜裡不慎扭斷繼父的脖子才發現自己力大無窮。伊諾．歐康納，死魂召喚者，生長在殯葬業家族，家人始終不了解為什麼顧客不斷流失。」我看見他們每一個人都往後退，這時手電筒朝我照了過來。「還有雅各，謝謝你這些日子來的陪伴。」

「你怎麼知道我的名字？」

他清了清喉嚨，接著以截然不同的聲音繼續說：「你怎麼這麼快就忘了我？」他操著新英格蘭的口音。「不過我只是個可憐又衰老的校車司機，我想你也不會記得。」

我完全想不通這是怎麼一回事，眼前的男子唯妙唯肖地模仿起我國中時的校車駕駛，也就是拜倫先生。他脾氣火爆、不通情理，大家看到他都退避三舍；八年級的最後一天，我們把他在畢業紀念冊上的照片撕下來，上面釘滿釘書針，像遺照一樣貼在他的座椅背後。我記得以前每天下午回家時，他都會在我下車前對我說一句話，而眼前的男子這時卻喊了出來。

「最後一站囉，波曼！」

「拜倫先生？」我懷疑地問道，努力瞇著眼睛觀察光束後方的臉孔。

男子大笑了兩聲，清了清喉嚨，又換上另一個口音。「不是他就是園丁了。」他操著低沉、慵懶的佛羅里達腔。「您的樹需要好好地修一修，我給您開個好價錢！」他的聲音和幫我們家整理庭院、清洗泳池多年的工人一模一樣。

「你是怎麼做到的？」我說：「為什麼你認識那些人？」

「因為我就是那些人。」

我彷彿遭到當頭棒喝。我看過拜倫先生的眼睛嗎？沒有。他臉上永遠戴著又大又老氣的墨鏡。我們家的園丁也都戴著太陽眼鏡和寬邊帽子。我可曾仔細看過他們的長相？這隻變色龍到底還扮演過多少位我生活中的角色？

「這是怎麼一回事？」艾瑪說：「這男人是誰？」

「閉嘴！」他怒道：「還沒輪到妳說話。」

「你一直在觀察我。」我說：「你殺害了羊群，你殺害了馬丁。」

「誰？我？」他故作無辜地說：「我並沒有殺害任何人。」

「但是你是偽人，沒錯吧？」

「這是他們的用語。」他說。

我不懂。自從三年前媽解僱園丁後我就沒看過他了；八年級畢業後，拜倫先生也從我的人生中消失了。難道他們──應該說他──真的一直在跟蹤我？

「你怎麼知道我在這裡？」

「為什麼呢，雅各。」他又換了一個聲音說：「是你自己告訴我的啊。當然，這是我們之間的祕密。」他操著美國中部的腔調，聲音溫柔而優雅，接著把手電筒朝上照向自己的臉。

他臉上的鬍子不見了，我立刻認出他來。

「高倫醫師。」我說道，細微的聲音埋沒在吵雜的雨聲中。

我想到我們幾天前才講過電話，當時他背後傳來許多雜音，他說他在機場。但是他並不是去接他妹妹，而是要來找我。

我退到馬丁躺的水槽邊，全身彷彿失去了知覺。「那個鄰居。」我說：「爺爺死的那天晚上，那個在草坪上澆水的老人也是你。」

他微笑不語。

「但是你的眼睛——」我說。

「隱形眼鏡。」他一邊回答，一邊用大姆指摘下一隻眼睛的隱形眼鏡，露出白茫茫的眼睛。「現代科技真神奇，什麼都可以造假。我可以想見你接下來要問什麼，沒錯，我是合格的心理醫生，我一直很喜歡研究一般人的心智。你也別以為我們的會診都是建立在謊言上，我覺得那並非全然是浪費時間。老實說，我說不定可以繼續幫助你——或者我們也可以互相協助。」

「拜託你，雅各。」艾瑪說：「不要聽他的。」

「不用擔心。」我說：「我以前相信過他，我不會再犯同樣的錯誤。」

高倫醫師彷彿沒聽見我說什麼，繼續說：「我可以保證你平安無事、榮華富貴。我可以讓你過原本正常的生活，雅各，你只需要和我們合作就好了。」

「我們？」

「馬爾薩斯和我。」他說著，回頭對身後喊道。「過來打聲招呼吧，馬爾薩斯。」

他背後的門裡出現一個陰影，隨之而來的是陣陣令人反胃的惡臭。布蘭溫乾嘔一聲，退後一大步。我看見艾瑪雙拳緊握，似乎準備要發動攻擊。我拍拍她的手臂，用嘴形暗示她別衝動。

「我的要求就這麼簡單而已。」高倫裝出通情達理的語氣，繼續說：「協助我們找到更多像你這樣的人，你就不必擔心馬爾薩斯或他的同類找你麻煩，這是我們對你的回報。你可以住在家裡，有空也可以和我遊覽世界。我會付你豐厚的待遇，我們可以告訴你爸媽你是我的研究助理。」

「如果我答應你。」我說：「我的朋友會怎麼樣？」

他不屑地揮揮手上的槍。「他們老早就決定自己的命運了。現在我們有更遠大的計畫要進行，雅各，你可以成為這計畫的一分子。」

我有沒有開始考慮這件事？我想我多少有點動搖，儘管只有一瞬間。高倫醫師開給我的條件正是我一直冀望的第三種選項，我既不必永遠留在這裡，離開了也無須擔心死亡。不過當我望向我的朋友，看見他們臉上擔憂的神情，原本的心動一掃而空。

「好了嗎？」高倫說：「你的答案是什麼？」

「我寧願死也不可能幫助你。」

「唉。」他說：「不過你已經幫我一個大忙了。」他慢慢走向門邊。「雅各，很遺憾我們以後不能繼續進行心理諮商了，但是我想這並非全然是損失，你們四個說不定剛好可以幫馬爾薩斯脫離苦海，從困了他好久的下等形體中獲得解放。」

「喔，不。」伊諾啜泣道。「我不想被吃掉！」

「不要哭，這很沒用。」布蘭溫喝斥道。「我們只要把他們殺掉就好了。」

「我真希望我可以留下來欣賞。」高倫在門口說：「我最喜歡看好戲了！」

他說完就消失了，房間裡只剩下我們和怪物。我可以聽見他在黑暗中喘息，也可以感覺到他像個破損的水管，流淌著黏稠的汁液。我們一行人往後退一步，然後又退一步，最後大家肩膀緊靠牆壁，彷彿死囚面對行刑隊一樣無助。

「我需要光。」我低聲對艾瑪說。她一臉驚恐，似乎忘了自己的能力。

她的手瞬間亮起火光，我在閃爍的光影中看見他潛伏在水槽間。噩夢重現。他彎腰駝背，全身赤裸，沒有毛髮，鬆鬆垮垮的黑灰色皮膚上布滿斑點。他的眼睛四周都是黏答答的膿包，雙腿內彎、雙腳畸形，兩手指節粗大，彷彿遲鈍的鳥爪。他的身體就像年長體衰的老人家一樣乾癟、笨重，只有一點例外。他的嘴巴大得和身體不成比例，兩排突出的牙齒像牛排刀一樣又長又利，嘴巴根本合不攏，所以他的嘴角永遠都微微上揚，露出變態的微笑。

咬緊的兩排牙齒忽然鬆開，三根強韌的舌頭從口中竄出，每一根都像我的手腕一樣粗。舌頭一邊蠕動一邊挺在半空中，長達十英尺以上，半個房間都在攻擊範圍內。怪物臉上的兩個洞不規則地開開合合，似乎在品味我們的氣息，思忖著何時將我們吞噬才最美味。我們之所以還沒有死，只是因為他要殺我們輕而易舉，無須躁進；這道理就像饕客享受佳肴，絕對不能急。

其他人雖然看不到我眼前的景象，但是可以看到牆上的陰影以及粗繩般的舌頭。艾瑪彎曲手臂，火焰燒得更旺了。「他在幹什麼？」她低聲說：「為什麼還沒有攻擊我們？」

「他在玩弄我們。」我說：「他知道我們無路可退了。」

「不要胡說。」布蘭溫喃喃地說：「如果我可以公平地跟他對決，我一定把他打得滿地找牙。」

「如果我是妳，我絕對不會靠近他的牙齒。」我說。

噬魂怪笨重地往前走幾步，再次拉近我們之間的距離；他的舌頭伸得更長，同時往三方延展，一根伸向我，一根伸向伊諾，第三根伸向艾瑪。

「走開！」艾瑪一邊尖叫一邊像揮舞火把一樣揮舞手臂。舌頭碰到火焰，往後猛縮，隨即又作勢攻擊，宛如一隻蠢蠢欲動的蛇。

「我們一定要逃到門外！」我喊道。「噬魂怪現在在左邊數來第三個水槽旁邊，所以我們盡量靠右！」

「我們不可能逃走的！」伊諾哭喊，這時，一根舌頭正好舔拭到他的臉頰，嚇得他放聲尖叫。

「我們數到三、一起跑！」艾瑪大喊。「一……」

只見布蘭溫忽然飛身衝向怪物，同時聲嘶力竭地大喊；怪物也發出淒厲的慘叫，接著坐倒在地，原本鬆垮的皮膚瞬間收縮。正當怪物的三根舌頭同時朝她襲來時，她忽然用盡全身的力氣撞向馬丁躺的水槽，接著雙臂抱住底部，把整個巨大的水槽扛了起來，連同裡頭裝的冰塊、魚，和馬丁的遺體，一起重重砸向噬魂怪。

布蘭溫迅速轉身朝我們衝過來。「跑！」她大喊。我趕緊讓開，只見她一頭撞上我身旁的牆壁，把牆上腐朽的木板踢出一個大洞。伊諾的個頭最小，第一個鑽進洞裡，艾瑪緊接在後，我還來不及吭聲，布蘭溫已經一把抓住我的肩膀，把我丟到牆外，我正面撲倒在一灘水窪中，寒冷刺骨，不過我卻莫名欣喜，此刻任何感覺都比噬魂怪的舌頭纏繞我的脖子來得美妙。

艾瑪和伊諾拉我站起來，我們拔腿就跑。跑了沒多久，艾瑪忽然大喊布蘭溫的名字，然後停下腳步。我們轉過身，才發現她沒有跟上來。

我們呼喚著她，在黑暗中巡視，卻沒人有勇氣往回跑。這時候伊諾忽然喊道。「在那裡！」布蘭溫躲在冰室外的牆角。

「她在幹什麼？」艾瑪呼喊道。「布蘭溫！快跑！」

她看起來似乎在擁抱那棟建築，接著她往後退了幾步，一陣助跑後，肩膀撞向牆角的梁柱，整棟小屋就像火柴屋一樣脆弱地應聲倒地。冷風呼呼吹過，掀起大片碎冰、木屑，在街道上隨處飛揚。

布蘭溫得意地咧嘴大笑，朝我們直奔而來；我們興奮地尖叫、歡呼，在傾盆大雨中相互擁抱、大聲歡笑。不過開心沒多久，大家回想剛才所發生的一切，心情再度陰沉起來。艾瑪轉向我代大家發問，這問題或許大家都想不通。

「雅各，那個偽人為什麼這麼了解你和我們？」

「你叫他醫生？」伊諾說。

「他是我的精神醫師。」

「精神醫師！」伊諾說：「實在是太厲害了！他不但把我們出賣給偽人，還是個神經病！」

「把話收回去！」艾瑪邊喊邊推他一把，正當他要反擊的時候，我趕緊擋在他們兩人中間。

「別鬧了！」我邊說邊把他們往兩邊推開，面向伊諾。「你錯了，我不是神經病。他讓我以為我瘋了，不過他一直知道我不一樣。你有一件事情說對了，我背叛了你們，我把我爺爺的故事告訴一個陌生人。」

「這不是你的錯。」艾瑪說：「你當然不可能知道我們真的存在。」

「當然有可能！」伊諾喊道。「亞伯什麼都告訴他了，甚至還把我們的照片都給他看了！」

「高倫什麼都知道，唯一不知道的就是如何找到你們。」我說：「我卻直接把他領來這裡。」

「但是他騙了你。」布蘭溫說。

「我希望你們能理解，我真的很抱歉。」

艾瑪擁抱我。「沒關係，我們都活著就好。」

「只是現在還活著而已。」伊諾說：「那個變態還在這裡，既然他這麼想拿我們給他的寵物噬魂怪解饞，我敢打賭他一定已經想通進入圈套的辦法了。」

「天啊，我想你說的沒錯。」艾瑪說。

「那好吧。」我說：「我們最好趕在他之前回去。」

「還有他。」布蘭溫也說。我們轉過頭，她指著冰庫的殘骸，碎裂的木板間隱隱有動靜。「我猜他會朝我們直衝而來，我不想再和他正面對決一次。」

不知道是誰大喊快跑！但我們早已經拔腿狂奔，一心想逃到那個噬魂怪抓不到我們的地方——圈套裡。我們在漆黑的雨夜往城鎮外奔跑，遠方的小屋勾勒出模糊的深藍色線條，引領我們往草原的高處前進，然後爬上山坡。流水在我們腳邊沖刷，山路更加險阻崎嶇。

伊諾不慎滑倒，我們一把將他拉起來，繼續往前跑。快要抵達山頂時，布蘭溫也跌了一跤，往下直直滑落二十英尺才停下來。艾瑪和我趕緊掉頭幫忙，我一邊抓住她的手臂一邊回頭眺望，找尋怪物的蹤跡，然而眼前只有漆黑一片，雨水阻礙了視野；儘管我具有看見噬魂怪的能力，但沒有光線就派不上用場。我們繼續往山頂前進，我感到胸口沉重、鬱悶不已。這時，天空忽然閃起一道長長的閃電，我回頭看見他就在那裡。他距離我們一大段路程，不過速度奇快，強而有力的舌頭一邊射進泥堆，一邊拉著他的身軀往山頂躍進，遠看就像一隻大蜘蛛。

「快走！」我大喊，然後順著另一邊的山路直衝而下，四個人一屁股坐在溼軟的泥濘中往下滑，滑到平地又站起來繼續跑。

空中又亮起一道閃電，這一次他距離我們更近。以他的速度看來，我們絕對不可能逃過他的追捕。我們唯一的希望就是以謀略取勝。

「如果他抓到我們，我們全部都會沒命。」我叫道。「但是如果我們分頭前進，他就必須做抉擇。我可以騙他繞遠路，看看能不能把他騙進沼澤，你們趁機盡快回到圈套裡！」

「你瘋了！」艾瑪叫道。「如果真的有人要去調虎離山，那個人也該是我！至少我可以用火和他對抗。」

「但是現在正在下雨。」我說：「況且妳看不到他。」

「我不能讓你自尋死路！」她喊道。

我沒有時間和她爭辯。布蘭溫和伊諾跑在前頭，艾瑪和我則偏離了山路，我一心祈禱怪物會跟上來，他也確實跟來了，而且更近；就算沒有閃電，我都能看見他的位置。我感到腸胃劇烈翻攪。

我們手勾著手往前跑。田野裡布滿犁溝和水道，我們數度絆倒，但慌亂中只能緊緊抓住彼此，踩穩步伐。黑暗中，我沿路搜索可以做為武器的石塊，卻只看到一個建築——那是一棟窗戶損壞、沒有門的破舊小屋。我太過慌張，竟沒有認出它來。

「我們得躲起來！」我氣喘吁吁地說道。

拜託，他最好笨一點，我一邊祈禱一邊衝向小屋，拜託、拜託，他最好笨一點。我們繞到小屋後頭，希望能不被發現地溜進去。

「等等！」當我們溜到小屋後方時，艾瑪忽然大喊，一邊從外套裡掏出伊諾交給她的乳酪紗布，迅速從地上撿起一塊石頭包在裡面，做成一枚彈丸。她將裹著紗布的石塊捧在手中，紗布隨即起火；她把它投向遠方，最後石塊落在遠方的沼澤裡，黑暗中微微閃爍著火光。

「希望這可以引開他。」她解釋完就轉身和我一起鑽進封閉、陰暗的小木屋裡。

那扇門幾乎已從門樞上脫落，我們溜進門裡，一腳踩進一大片又黑又臭的糞便堆。我們的腳步不斷下沉，並感到一陣作嘔，我這才想起這是什麼地方。

「地上到底是什麼？」艾瑪低聲問。耳邊忽然傳來一陣動物的呼吸聲，嚇得我們身子一縮。屋子裡塞滿了躲避風雨的羊群，牠們和我們一樣需要避難所。漸漸適應了黑暗之後，我們看見前方閃著暗淡的光澤，幾十隻眼睛正盯著我們。

「跟我想的一樣，對吧？」她邊說邊小心翼翼地抬起一隻腳。

「不要想這麼多。」我回答。「快點，我們不能一直待在門口。」

我拉住她的手往屋子深處走去，成群的綿羊一碰到我們就怯懦地紛紛走避。我們穿過狹窄的走廊進入一個房間，房間的高處有一扇窗；和其他殘破的房間相較之下，這間房的門還算完好，風雨也進不來。大群羊隻緊張地圍著我們，而我們則瑟縮地跪坐在牆角，靜靜等待、聆聽。

我們盡量避免坐進羊糞堆太深，但最後還是沾了全身糞便。盲目地凝視黑暗一分鐘後，我漸漸看出房間的輪廓。角落堆放著好幾個木箱和紙箱，我們身後的牆壁上掛著生鏽的工具。我試圖找尋稍微銳利的工具好當作武器，牆上似乎掛著一把巨大的剪刀，於是我站起身準備把它拿下來。

「你打算要剪羊毛嗎？」艾瑪說。

「總比什麼都沒有好。」

正當我把剪刀從牆上拿下來時，窗外傳來一陣噪音。羊隻焦躁地咩咩叫不停，接著一根黑色的長舌頭就從沒有玻璃的窗口探了進來。我盡量保持安靜地坐低，艾瑪則摀住嘴巴，蓋住呼吸聲。

舌頭像潛望鏡一樣在房間裡四處探測，彷彿品嘗著空氣。幸好我們躲在全島臭味最濃郁的房間裡，綿羊和糞便想必蓋過了我們的氣息。過了一分鐘，怪物似乎放棄了；他的舌頭抽出窗口，腳步聲漸漸遠離。

艾瑪的手慢慢從嘴巴上滑開，顫抖著大嘆一口氣。「我猜他中計了。」她輕聲說道。

「我要告訴妳一件事。」我說：「如果我們能活下去，我決定留下來。」

她緊抓住我的手。「你是認真的嗎？」

「我不能回家——尤其在發生了這麼多事之後。總之，我虧欠你們的太多了，所以我會盡力協助你們。如果我沒有來這裡，你們就可以平平安安地生活下去。」

「如果我們能活下去。」她靠著我說：「我絕不會對這一切感到後悔。」

我們的頭彷彿被神祕的磁力相互吸引，正當我們雙唇貼近時，隔壁房忽然傳來淒厲、驚悚的羊叫聲，打破原本的寂靜。我們坐正身子，只見四周的羊群被駭人的叫聲嚇得瘋狂亂竄、彼此推撞，也把我們頂到牆邊。

那怪獸並非如我想得那麼笨。

我們可以聽見他在房子裡朝我們走來。我們已經錯過了逃脫時機，現在只能繃緊全身肌肉，坐在臭氣沖天的糞堆裡，祈禱他不要發現我們。

然後，我可以聞到他，他的氣味甚至比這小屋子還要噁心。我也可以感應到他就在門外。綿羊瞬間逃離門口，像是團結的魚群，把我們緊緊圍堵在牆邊，壓迫得我們幾乎不能呼吸。我們牢牢握住彼此的手，誰也不敢吭聲。四周空氣沉重得難以忍受，耳邊只有羊群的慘叫和蹣跚的腳步聲。接著又傳來一陣淒厲、絕望的尖叫，聲音來得突然，也安靜得突然，隨之而來的是骨骼的斷裂聲，清脆而令人悲痛。我不用看也知道那隻羊已經屍骨無存了。

眼前一片混亂。慌亂的動物相互撞擊，頻頻把我們撞到牆邊，令我數度暈眩。噬魂怪發出震耳欲聾的嘶吼，接著把綿羊一隻一隻抓起來塞進血盆大口，血濺四處，接著又把牠們拋到一邊，彷彿中古時期國王貪婪地享受盛宴。他殺了一隻又一隻，逐漸朝我們逼近。我恐懼到動彈不得，所以我無法好好解釋接下來所發生的一切。

我的直覺大聲告訴我躲起來、快鑽進糞堆裡，但是另一個聲音卻清晰無比地穿透我複雜的思緒——**我不能讓我們死在這個大便屋裡**。我把艾瑪推到眼前最大的綿羊身後，獨自衝向大門口。

大門在十英尺外關著，許多羊夾在我和門之間。我像個後衛球員把牠們一個個推到一邊，最後用肩膀把門撞開。

我跌坐在室外，在雨中高喊。「來抓我啊！你這個醜陋的雜碎！」他發出恐怖的怒吼，接著大批羊群從門裡一擁而出，我知道我引起了他的注意。我趕緊爬起來狂奔，確定他在後面追我、艾瑪沒有危險之後，我才往沼澤跑去。

我可以感覺到他距離我不遠。要不是因為我拿著大剪刀，或許可以跑得更快，但是我就是不敢把它丟棄。腳下的地面忽然變軟，我知道我到達沼澤了。

噬魂怪緊追在後，他的舌頭兩度掠過我的背，我兩次都以為它勢必會纏住我的脖子並把我的頭勒斷，但是最後他都一個踉蹌鬆開了舌頭。我之所以能夠保住項上人頭，平安抵達石塚，只是因為我知道哪裡好踩，這都得歸功於艾瑪訓練有素。就算颶風來襲，沒有月光指引，這條路也已經烙印在我的腦海裡。

我爬上石堆，翻到另一頭鑽進洞口，裡面伸手不見五指，但是沒有關係，我只要抵達密室就安全了。我趴在地上匍匐前進，以免用走的會浪費不必要的時間。爬到一半時，我越來越有信心自己可以平安獲救，但是，忽然間，我爬不動了。一根舌頭纏住了我的腳踝。

噬魂怪的兩根舌頭牢牢抓住洞口上方的石塊，他的身軀覆蓋著入口，像個大蓋子般完全封住洞穴。第三根舌頭把我逐漸捲向他，我就像上勾的魚一樣使不上力。

我滿地亂抓，但地上只有細石，手指根本抓不住。我翻過身，試圖用空的那隻手抓住上方的石塊，但是我被拖近的速度太快。我拿著大剪刀朝舌頭猛揮，然而它強韌結實，剪刀又不夠鋒利。我不希望死前所看到最後的景象是他猙獰的血盆大口，所以我把大剪刀握在胸前，緊緊閉上雙眼。時間彷彿靜止下來，他們說汽車車禍、火車意外，或是從飛機上墜落時，時間都會過得比較慢。接著我感到全身骨頭劇痛，身體猛烈撞上噬魂怪。

我氣力全無，接著聽見他放聲尖叫。我們同時跌到洞外，從石堆上滾進沼澤中。我睜開眼，只見大剪刀深深插進怪獸的眼窩裡，剩下刀柄露在外頭。他的叫聲比十隻去勢的豬公還要淒厲，龐大的身軀在雨後上漲的沼澤中翻滾、掙扎。他彷彿流著黑色的眼淚，汙穢的汁液汩汩流出，染黑了生鏽的刀柄。

我可以感覺到他正在死亡，感覺到他的生命逐漸流逝，纏繞著腳踝的舌頭鬆了開來。我也可以感覺到自己內在的變化，緊張、糾結的胃慢慢放鬆。最後，怪物的身體僵硬，漸漸在我眼前沉沒，泥漿覆蓋他的頭，沼澤表面的那一層黑色的血液是他曾經存在的證據。

然而，沼澤同時也拉著我下沉，我越是掙扎，它似乎就越迫切地想吞噬我。我心想，我們兩個就要葬身在泥炭裡、一起封存千年了。

我用力地揮舞手臂，試圖往地面移動，卻反而越陷越深。泥漿似乎不斷往我身上爬上來，爬上我的手臂、我的胸口，像絞索般包圍我的喉嚨。

我大聲呼救。此時，奇蹟發生了，救兵真的來了。我原本以為是一隻閃爍的螢火蟲朝我飛來，接著耳邊傳來艾瑪的聲音，我立刻回應。

一根樹枝落進沼澤裡，我一把抓住，艾瑪則用力往後拉。脫離沼澤之後，我依然全身顫抖，完全站不起來。艾瑪坐在我身邊，而我倒在她的懷裡。

我殺死他了，我心想，*我真的殺死他了*。我總是擔心害怕，卻做夢也沒有想過我竟然可以*殺死怪物*。

我難以置信地說：「他死了，我*殺死*他了。」

我哈哈大笑。艾瑪擁抱著我，我們的臉頰相貼。「我知道，他一定會以你為傲。」她說。

我們相吻。那一吻溫柔而甜美，雨滴暖暖地從我們的鼻子流進微張的嘴裡。她很快就輕輕推開我，低聲說：「你之前說的……是認真的嗎？」

「我會留下來。」我說：「只要裴利隼女士答應。」

「她一定會，我向你保證。」

「先別擔心那個，我們得先找到我的精神醫師，搶走他的槍。」

「對。」她表情轉為嚴肅，說：「那麼，事不宜遲。」

我們離開大雨滂沱的世界，進入了硝煙四起、砲聲隆隆的另一邊。圈套裡還是九月三號，沼澤裡盡是砲彈炸出的坑洞，軍機在天上劃出一條條白線，橙色的火焰像一道火牆，侵蝕著遠方的樹林。我原本打算建議艾瑪等到今天變成昨天、一切回歸平靜後再啟程前往孤兒院，一雙粗壯有力的臂膀卻忽然緊緊抱住我。

「你還活著！」布蘭溫大叫。她鬆開手後，陪在她身邊的伊諾和阿修跟著圍上來，一邊和我握手，一邊上下打量我。

「對不起，我不該叫你叛徒。」伊諾說：「還好你沒有死。」

「我也很慶幸。」我回答。

「別來無恙吧？」阿修打量著我問道。

「兩隻手、兩條腿都還在。」我邊說邊揮舞四肢，證明自己平安無事。「而且你們不必擔心噬魂怪了，我們已經把他殺死了。」

「拜託，你別謙虛了。」艾瑪驕傲地說：「是你殺死的。」

「太好了。」阿修說，不過他和其他兩人臉上都沒有一絲笑意。

「怎麼了？」我問道。「等等，為什麼你們三個沒有待在孤兒院？裴利隼女士呢？」

「她不見了。」布蘭溫嘴唇顫抖地說：「阿沃賽女士也不見了，他把她們抓走了。」

「老天啊。」艾瑪說。我們回來晚了。

「他帶著槍。」阿修低頭說：「他原本把克萊兒扣為人質，不過克萊兒用背後的嘴巴咬了他一大口，所以他改抓我。我想要掙脫，結果他拿槍重重打了我的後腦勺。」他摸摸耳後，手指上沾滿血跡。「他把大家鎖在地下室，還威脅院長和阿沃賽女士，說如果她們不變成鳥，就要讓我腦袋開花。她們只好就範，然後他就把她們裝進籠子了。」

「他有鳥籠？」艾瑪說。

阿修點點頭。「而且很小，所以她們沒有空間自救，不能變回來、也飛不走。我還以為自己死定了，不過他後來把我推進地下室和其他人關在一起，自己帶著鳥跑走了。」

「我們回去時，他們全都一副窩囊樣。」伊諾挖苦地說：「像一群懦夫一樣躲在地下室。」

「我們沒有躲！」阿修吼道。「他把我們鎖在裡頭！他本來還要殺死我們！」

「別吵了。」艾瑪打斷他們。「他跑去哪了？為什麼你們不去追他？」

「我們不知道他去哪兒了。」布蘭溫說：「我們還希望你們會知道他在哪裡。」

「不，我們沒有遇到他！」艾瑪邊說邊失望地踢飛石塚邊的岩塊。

阿修從衣服裡掏出一張紙，那是一張小照片。「他臨走前把這個塞在我的口袋，還說如果我們要找他，下場就會是這樣。」

嘎嘎嘎

布蘭溫一把搶走阿修手上的照片。「喔。」她倒抽一口氣。「這是拉文女士（Raven）嗎？」

「我覺得是克羅（Crow）女士。」阿修邊說邊搓著自己的臉。

「沒戲唱了，她們想必死定了。」伊諾哀嚎道。「我就知道這一天遲早會來！」

「我們當初不該離開孤兒院的。」艾瑪哀戚地說：「米勒說的沒錯。」

一顆炸彈無聲墜落在遠處的沼澤，黏稠的泥漿如雨滴般四處飛濺。

「等等。」我說：「第一，我們不知道這到底是不是克羅女士或拉文女士，這搞不好只是一隻普通烏鴉的照片。再說，如果高倫真的要殺裴利隼女士和阿沃賽女士，他又何必大費周章地綁架她們？如果他想置她們於死地，她們早就死了。」我轉向艾瑪。「如果我們沒有離開，我們就會和其他人一樣被鎖在地下室，那麼噬魂怪現在仍然四處作亂！」

「不要安撫我！」她說：「這一切都是你的錯！」

「十分鐘前妳才說很慶幸有我在！」

「十分鐘前裴利隼女士還沒有被綁架！」

「你們有完沒完！」阿修說：「大鳥已經不見了，現在重要的是把她找回來！」

「好吧。」我說：「我們動動腦，如果你是偽人，你會帶著兩隻時鳥上哪去？」

「那得看要拿他們做什麼？」伊諾說：「但是我們不知道他的目的是什麼。」

「你必須先帶他們離開這島。」艾瑪說：「所以會需要一艘船。」

「但是離開哪一座島？」阿修問。「圈套裡還是圈套外？」

「圈套外風雨交加。」我說：「搭船絕對走不了太遠。」

「所以他一定是在我們這一邊。」艾瑪語氣稍有希望地說：「所以我們還在這裡發什麼愣？快點去碼頭！」

「說不定他還在碼頭。」伊諾說：「前提是他還沒有離開。就算他還沒有離開、就算我們真的摸黑找到他、就算我們一路上沒有被流彈、砲火打到腦袋開花，大家別忘了，他還有手槍。所以，你們都瘋了嗎？你們希望大鳥被綁架，還是希望她在我們面前被槍殺？」

「那好吧！」阿修叫道。「大家乾脆放棄希望，直接回家吧！誰想上床睡覺前順便來杯熱茶？趁著大鳥不在，乾脆一人喝杯棕櫚酒好了！」他憤怒地擦拭眼睛，他哭了。「她為我們付出這麼多，你怎麼可以連試都不試？」

伊諾還來不及反駁，只聽見前方的小路傳來聲聲呼喊。阿修瞇著眼睛走向前，臉上隨即露出詭異的神情。「是費歐娜。」他說。在此之前，我從來沒聽過費歐娜吭過一聲。軍機在空中穿梭，遠處砲火隆隆，我完全聽不見費歐娜說什麼，所以我們一群人跑向沼澤的另一邊。

抵達沼澤對岸之後，我們氣喘吁吁，費歐娜也喊得聲嘶力竭，眼神和她的頭髮一樣狂亂。她立刻拉著我們往城裡奔去，一邊用濃厚的愛爾蘭腔氣急敗壞地呼天喊地，但是我們完全聽不懂她在說什麼。這時候，阿修忽然抓住她的肩膀，拜託她說慢一點。

她全身虛弱地發顫，接著深吸一口氣，指向身後。「米勒跟蹤他！」她說：「那個男人把我們關進地下室，米勒偷偷躲在一邊，然後一路跟蹤他離開！」

「他們去哪了？」我說。

「他有一艘船。」

「聽到沒！」艾瑪呼喊。「去碼頭！」

「不。」費歐娜說：「艾瑪，是妳的船。是妳偷偷藏在海邊、以為大家都不知道的那艘小船。他拎著鳥籠駕船逃跑，不過風浪太大，他始終駛不了太遠，所以在燈塔旁的岩岸停了下來，現在還在那裡。」

我們拚了命地朝燈塔的方向狂奔，來到一面得以俯瞰燈塔的斷崖邊，其他的孩子全都躲在崖邊茂密的鋸齒草間。

「蹲低！」米勒嘶聲喊道。

我們立刻跪倒在地，小心地爬向他們。孩子們蹲在草叢後圍成一團，輪流窺探燈塔。他們看起來驚魂未定，彷彿還無法完全接受這場突如其來的夢魘，年幼的孩子尤其恐慌，我們幾乎都忘了自己才剛剛經歷過一場可怕的噩夢。

我穿過草叢，爬向崖邊窺視，艾瑪的獨木舟就綁在沉船後方的岩石上，而高倫和時鳥卻不見蹤影。

「他在那裡幹什麼？」我說。

「大家都想知道。」米勒回答。「應該是等別人來接他，或是等風浪稍稍平息再繼續往前划。」

「划我的小船？」艾瑪懷疑地說。

「我說了我們不知道。」

耳邊接連傳來震耳欲聾的三聲巨響，天空閃過一抹橘光，我們全部緊張得彎低身子。

「米勒，這一帶有遭到砲火攻擊嗎？」艾瑪問。

「我的研究以人類和動物的行為為主。」他回答。「炸彈並不是我的學術領域。」

「對我們一點屁用也沒有。」伊諾說。

「妳還有別艘船藏在這附近嗎？」我問艾瑪。

「恐怕沒有了。」她說：「我們只能游過去。」

「游過去，然後呢？」米勒說：「腦袋中彈開花？」

「會有辦法的。」她回答。

米勒嘆了一口氣。「喔，真有妳的，自殺還可以隨機應變。」

「所以呢？」艾瑪看著我們。「誰有更好的主意？」

「要是我的軍隊在的話……」伊諾說。

「他們泡在水裡就支離破碎了。」米勒說。

伊諾垂頭喪氣，其他人也沉默無語。

「就這麼決定了。」艾瑪說：「誰要一起來？」

我舉起手，布蘭溫緊接在後。「你們需要一個偽人看不見的同伴。」米勒說：「就算我一個吧。」

「四個就夠了。」艾瑪說：「希望你們都是游泳健將。」

沒有時間研擬計畫或依依不捨。其他人匆匆祝我們好運，於是我們就啟程了。

我們像精銳突擊隊般彎低身子，披著黑外套在草地上大步前進，前往通往海灘的小徑。我們坐在坡地上順勢往下溜，細沙在腳邊崩落，掉進我們的褲子裡。

忽然間，一架軍機在我們頭上呼嘯而過，聲音吵雜得宛如五十把鏈鋸同時啟動。我們趕緊彎下腰，狂風吹襲我們的頭髮，捲起一陣沙塵暴。我咬緊牙根，等待砲火從天而降，炸得我們粉身碎骨。但是沒有。

我們繼續前進。抵達海邊後，艾瑪召集大家圍過來。

「從這裡到燈塔的中間有一艘沉船。」她說：「你們跟著我前進，在水裡盡量蹲低，不要讓他看到了。抵達沉船之後，我們再決定下一步。」

「我們一定要把時鳥救回來！」布蘭溫說。

我們迎著海浪匍匐前進，身子漸漸沒入冰冷的海水裡。起初還很容易，不過游得離岸邊越遠，海浪就越猛烈，不停將我們推回去。又一架軍機從頭上呼嘯而過，砲彈濺起大片水花，拍打得我們全身發痛。

到達沉船時，我們都快要喘不過氣了。大家扶著鏽蝕的船殼，只有頭露在水面；大家緊盯著前方的燈塔和包圍它的荒涼小島，卻找不到我的變態心理醫師。一輪滿月低掛在空中，月光不時穿透濃厚的硝煙灑落在海面，宛如燈塔詭異的分身。

我們在沉船上一步步前進，最後來到船身邊緣；燈塔就在前方，再游五十碼就可以抵達下方的岩岸了。

「你們聽聽看我的提議。」艾瑪說：「他已經知道小溫有多強壯了，所以她最危險。雅各和我先去找高倫，引起他的注意之後，小溫再從背後趁虛而入，出其不意給他重重一擊，同時米勒負責搶鳥籠。有其他意見嗎？」

槍聲響起，彷彿附和提議。我們起初沒有意識到那是什麼聲音，因為它不像我們以往所熟悉的槍聲那麼遙遠、震撼。那是一把小口徑的手槍，槍聲像是啵而非砰。直到我們聽見第二聲槍響以及不遠處隨之而來的水花，才發現那是高倫發動的攻擊。

「退後！」艾瑪高呼，接著一行人全部站起身，衝向沉船的另一邊，直到最後一步踩空，潛入深不見底的海面下。過了一會兒，大夥兒才一個接一個浮出水面，大口喘氣。

「還說什麼要出其不意給他重重一擊！」米勒說。

高倫已經停了下來，不過我們仍然可以看見他提高警覺地站在燈塔門口，手裡握著槍。

「雖然他邪惡萬分，不過倒是不蠢。」布蘭溫說：「他知道我們會來找他。」

「但是我們現在沒辦法了。」艾瑪邊說邊打水。「他會把我們射成碎片！」

米勒踏回沉船上。「他看不到就沒辦法開槍，我去。」

「你在海裡沒辦法隱形，傻瓜。」艾瑪說。確實如此，海水中出現了一個身體形狀的空洞，那正是他所在的位置。

「至少比妳好。」他回答。「不論如何，我已經跟蹤他了這麼一大段路，他都沒發現我。再多幾百公尺，我想也沒有什麼困難。」

我們啞口無言，因為其他兩個選擇方案更糟：一個是放棄，另一個是投身槍林彈雨。

「好吧。」艾瑪說：「如果你真的有信心。」

「總得有人當英雄吧。」他邊說邊走向沉船的前方。

「講這句話很不吉利。」我喃喃說道。

濃霧瀰漫中，我看見高倫在燈塔門口單膝跪地，一隻手臂靠在欄杆上，舉槍瞄準目標。

「小心！」我放聲大喊，不過為時已晚。

槍聲響起。米勒尖叫。

我們全部爬上沉船，衝到米勒身邊。我十分確定自己隨時會中彈，甚至一度以為自己腳步所踩起的浪花是天外飛來的子彈。但是槍聲停了下來——我心想，子彈正在上膛——我們得以喘息片刻。

米勒神智不清地跪在海裡，鮮血順著他的身軀汩汩流下。這是我第一次看清他的身體，只是被染成了紅色。

艾瑪抓著他的手臂。「米勒！你還好嗎？快說話！」

「真對不起。」他說：「看來我不小心中彈了。」

「我們必須盡快幫他止血！」艾瑪說：「趕快帶他回岸上！」

「不要胡說八道。」米勒說：「你不會再有機會這麼靠近那個人，如果現在掉頭，裴利隼女士就真的沒救了。」

好幾聲槍聲再次響起，我感到一枚子彈掠過我的耳際。

「這邊！」艾瑪喊道。「潛進水裡！」

我一開始不明白她在說什麼，因為我們距離船邊還有一百英尺。只見她跑向船身中間的黑洞，我才知道她指的是通往貨艙的那扇門。

布蘭溫和我抬起米勒，緊跟在她身後。腳下傳來金屬彈殼和船身碰撞的聲音，彷彿有人踢著垃圾桶。

「憋住氣。」我對米勒說，然後我們站在洞口，縱身躍下。

我一手扶著梯子的橫擋，一手抱著米勒往下爬了幾階，馬上就停下來。我試圖睜開眼，不過海水實在太鹹。我可以嘗到血液的味道。

艾瑪將呼吸管遞給我，我們幾個人輪流呼吸。不過我一路奔跑，缺氧缺得緊，好幾秒鐘才呼吸一次實在不夠。我的肺臟刺痛，頭腦漸漸暈眩。

有人拉扯我的上衣。**上**來。我扶著階梯慢慢往上爬，布蘭溫、艾瑪和我一一把頭探出水面，一邊呼吸一邊討論對策，而米勒則一個人在海裡拿著管子呼吸。

我們一邊盯著燈塔，一邊輕聲細語。

「我們不能待在這裡。」艾瑪說：「米勒會失血過多而死。」

「回到岸邊可能得花上二十分鐘。」我說：「他也很可能半路喪命。」

「我不知道還能怎麼做！」

「燈塔比較近。」布蘭溫說：「還不如帶他去那裡。」

「那麼高倫會讓我們每個人都失血而死！」我說。

「不，他不會。」布蘭溫說。

「為什麼？難道妳刀槍不入嗎？」

「說不定喔。」布蘭溫神祕兮兮地說完，吸了一口氣，又爬下梯子。

「她在說什麼？」我說。

艾瑪神色焦慮。「我一點也不知道，但是不管她打的是什麼算盤，她都非得快些不可。」我低頭想看看布蘭溫在做什麼，卻只看見米勒靠在階梯旁，身邊圍著大群好奇的閃光魚。我感到腳邊的船身晃動，過了一會兒，布蘭溫抱著一塊長方型金屬浮出水面，這塊金屬長六英尺、寬四英尺，上方還有一個圓孔。原來她把貨艙的門拆了下來。

「妳要拿它做什麼？」艾瑪說。

「去燈塔那裡。」她一邊回答，一邊站起身，把門架在前面。

「小溫，他會射死妳！」艾瑪才說完，槍聲再度響起，子彈撞上門就彈飛了。

「太棒了！」我說：「像盾牌一樣！」

艾瑪大笑。「小溫，妳是天才！」

「米勒可以坐在我背上。」她說：「其他人都躲在後面。」

艾瑪把米勒抱到水面，並將他的手臂環抱在布蘭溫的頸部。「下面太絢爛奪目了。」他說：「艾瑪，你怎麼從來沒告訴過我這些小天使的存在？」

「什麼小天使？」

「下面的綠色小天使啊。」他渾身發抖，聲音虛弱。「他們很善良，還說要帶我去天堂。」

「誰都不可以上天堂。」艾瑪神色擔憂地說：「你好好抱著布蘭溫，可以嗎？」

「好吧。」他無力地說。

艾瑪走在米勒身後，一路推著他，以免他從布蘭溫背上滑下來；而我跟在艾瑪背後，一行人就像跳康加舞一樣，緩慢地沿著沉船往燈塔推進。

我們太過明顯，高倫立刻開槍發動攻擊。子彈射中金屬門隨即彈飛，聲音刺痛耳膜，同時卻讓人安心不已。他發射十幾槍之後停了下來，不過我沒那麼樂觀，我知道他住手並非因為子彈沒了。

抵達沉船邊緣後，布蘭溫繼續舉著大門，一邊小心地引領我們進入海裡，原本的康加舞隊形變成一串游泳者以狗爬式前進。艾瑪一路上都在和米勒說話，強迫他回答問題，以免他失去意識。

「米勒！首相是誰？」

「邱吉爾。」他說：「妳變蠢了嗎？」

「緬甸的首都是哪裡？」

「老天，我真不知道耶。仰光？」

「很好！你的生日是什麼時候？」

「妳可不可以不要大呼小叫，讓我靜靜地流血好嗎！」

沒花多少工夫，我們就越過了海洋，到達燈塔下方。布蘭溫高舉盾牌，帶領我們爬上岩石，這時候高倫又開了好幾槍，令她瞬間失去平衡，她的體重加上大門的重量勢必會將我們全部壓得潰不成軍。我們蜷縮在布蘭溫背後，眼看她搖搖晃晃，就要重心不穩、跌下石塊了，艾瑪猛然將兩手貼著她的下背拚命推，好不容易把布蘭溫和金屬門往前推上陸地。我們狼狽地跟著她爬上來，刺骨的寒風吹得我們發顫。

燈塔所在的岩堆其實算是一座非常小的島，最寬處大約五十碼。燈塔底部生鏽的基座旁有十幾階石階，石階上方的大門敞著；高倫就站在門口，握著手槍對準我們。

我鼓起勇氣從金屬門的圓窗口往後偷窺，只見他一手提著一只小鳥籠，鳥籠裡的兩隻鳥頻頻不安地振翅鼓譟，緊緊互相依偎，我幾乎無法分辨兩隻鳥有什麼不一樣。

槍聲劃過耳邊，我縮成一團。

「你們再靠近，我就殺了她們！」高倫搖著籠子大喊。

「他在說謊。」我說：「他需要她們。」

「你無法確定。」艾瑪說：「畢竟他是個瘋子。」

「我們不能坐以待斃！」

「撞他！」布蘭溫說：「他會不知所措，但是如果要成功，我們一定要趁現在！」

我們還來不及思考，布蘭溫已經舉著盾牌往燈塔直衝，而我們別無選擇，只能跟著往前跑。接著槍聲大作，子彈乒乒乓乓地打在金屬門上，其中幾枚還擊碎了我們腳邊的石頭。

這感覺就好像坐在高速飛馳的火車末座一樣嚇人。布蘭溫令人心生畏懼：她像一頭野獸放聲嚎叫，脖子上的血管突出，米勒的血沾滿她的手和她的背。那一瞬間，我慶幸自己並不在金屬門的另一邊。

接近燈塔時，布蘭溫喊道。「躲到牆後面！」艾瑪和我扶著米勒一個箭步向左，衝向燈塔遠處的牆壁後方。我們一邊奔跑一邊回頭看，布蘭溫正高舉金屬門，用力往高倫的方向投擲過去。

耳邊傳來劇烈的撞擊聲，淒厲的尖叫隨之而來。過了一會兒，布蘭溫跟著躲到牆後，激動地大口喘氣。

「我覺得我打中他了！」她興奮地說。

「大鳥呢？」艾瑪說：「妳有想到她們嗎？」

「他失手把籠子弄掉了，她們沒事。」

「好吧，下次妳發飆之前，最好先詢問我們的意見，不要拿我們的生命當賭注！」艾瑪大吼。

「安靜點。」我用氣音說道。遠處傳來金屬碰撞的咯咯聲。「那到底是什麼聲音？」

「他在爬樓梯。」艾瑪回答。

「你們最好趕快去追。」米勒有氣無力地說。我們訝異地看著他，他虛弱地靠在牆邊。

「我們要先把你照顧好。」我說：「誰會綁止血帶？」

布蘭溫彎腰撕破自己的褲管。「我會。」她說：「我幫他止血，你們去追偽人。他已經身受重傷了，但是這樣還不夠，不要讓他有機會翻身。」

我回頭看艾瑪。「妳準備好了嗎？」

「如果你說的是把偽人的臉燒熔。」她說著，兩手間竄出一道火焰。「那麼我當然準備好了。」

從船上拆下來的金屬門扭曲變形，落在臺階上，艾瑪和我從門上面爬過去，進入燈塔內部。建築裡是狹窄、細長的垂直空間，就像個巨大的樓梯間；單薄的樓梯由下盤旋而上，連接一樓和上方一百多英尺的石頭平臺。我們可以聽見高倫不斷往上爬的腳步聲，不過燈塔裡太暗了，無法得知他距離塔頂還有多遠。

「妳看得到他嗎？」我邊說邊抬頭觀望，燈塔的高度令我暈眩。

一枚子彈擊向旁邊的牆壁，隨即彈飛，另一枚射中我腳邊的地板。我往後跳一步，心跳加速。

「這裡！」艾瑪大喊。她抓住我的手臂，把我拉向深處；我們躲在樓梯的正下方，高倫的子彈完全射不到。

我們才往上爬了幾階，樓梯就像暴風雨中的船一樣晃動劇烈。「實在太可怕了！」艾瑪尖叫，緊握樓梯扶手的手指用力得都發白了。「就算我們平安抵達塔頂，他也會把我們殺了！」

「如果我們上不去。」我說：「那也許只能讓他下來。」我站在樓梯上前後搖晃，一邊拉扯扶手，一邊跳上跳下，樓梯隨之震動。艾瑪看著我，把我當成瘋子一樣，但她很快就了解我的用意，跟著我一起搖晃、跳動，樓梯搖搖欲墜。

「萬一真的垮了怎麼辦？」艾瑪大叫。

「只能祈禱了！」

我們搖得更用力，螺絲和螺栓紛紛從上方掉落，欄杆嚴重鬆動、歪斜，抓都抓不穩。我聽見高倫連聲咒罵，接著一陣哐啷巨響，不知道什麼東西從樓梯上滾下來，落在不遠處。

我的第一個反應是糟糕了，萬一是鳥籠怎麼辦？我立刻推開艾瑪，衝下樓查看。

「你在幹什麼！」艾瑪吼道：「他會開槍！」

「不，他不會！」我一邊說著，一邊得意地舉起高倫的手槍。它握起來還殘留著多次開槍的餘溫，又重又沉，我不知道裡面是否還有子彈，也不知道該怎麼在黑暗中檢查。我試著回憶爺爺曾經幫我上過的少數幾堂射擊課程，卻想不到什麼有幫助的細節，最後只好跑上樓找艾瑪。

「他被困在樓上了。」我說：「我們要慢慢來，和他講道理，不然不知道他會對大鳥做出什麼事。」

「我只想把他推下樓。」艾瑪咬牙切齒地回應。

我們開始往上爬。樓梯劇烈搖晃，狹窄難行；我們一前一後前進，還得彎低身子以免撞到頭上的樓梯。我暗自祈禱剛才沒有撞鬆太重要的零件。

我們越接近樓頂，越放慢腳步。我不敢往下看，下方是鬆動的樓梯，我一手扶著搖晃的欄杆，一手握著槍，其餘什麼也沒有。

我步步為營，隨時準備面對突如其來的攻擊，不過始終沒有動靜。我們到達樓梯的頂端，即將通往上方的石板地；我感覺到凜冽的夜風在頭上劃過，耳邊是風聲的陣陣呼嘯。我舉槍把手伸往上方的出口，接著才探出頭。我全身緊繃，隨時準備應戰，卻不見高倫的蹤影。巨大的探照燈裝置在厚實的透明玻璃裡，刺眼的燈光從我身旁近距離掃過，迫使我閉上雙眼；另一邊是結構單薄的護欄，護欄外什麼也沒有，十層樓高的距離下方才是石頭和波濤洶湧的大海。

我踏上狹窄的走道之後，回頭拉艾瑪上來。我們的背貼著探照燈溫暖的外殼，身體正面迎接寒風。「大鳥就在附近。」艾瑪低聲說：「我可以感覺到她。」

她輕揮手腕，一團鮮紅的火球竄了出來。從火球的色澤和亮度看來，它不只能提供光線而已，而是一種武器。

「我們分頭前進。」我說：「妳往一邊走，我走另外一邊，這樣他就溜不掉了。」

「我很害怕，雅各。」

「我也是，但是他受傷了，他的槍也在我們這裡。」

她點點頭，摸了一下我的手臂，接著轉身前進。

我緊握著不知道還有沒有子彈的手槍，小心翼翼順著弧形走道前進，一步步邁向探照燈的另一邊。

我看見高倫垂著頭坐在地上，背靠著護欄，兩膝間夾著鳥籠。他的鼻梁嚴重割裂，血流不止，臉上彷彿流著一串串紅色的淚水。

鳥籠的鐵條上夾著一個小紅燈，每幾秒鐘閃一次。

我繼續往前一步，他抬起頭看著我。他的臉上沾滿凝結的血塊，白色的眼珠泛著血絲，嘴角流著唾液。

他一手提著鳥籠，搖搖晃晃地站起身。

「放下來。」

他彎腰作勢順從，隨即轉身逃跑；我大喊一聲追上前。他才剛剛消失在探照燈後方，我就看見艾瑪所投出的火球照亮地板。高倫一邊哀嚎，一邊朝我的方向跑回來。他的頭髮冒著煙，一手摀住臉。

「給我停下來！」我朝他吼道。他知道自己被兩面夾攻，把鳥籠高舉在胸前，不懷好意地甩了甩。兩隻鳥吱吱叫不停，同時透過鐵條啄咬他的手。

「這就是你們想要的結果嗎？」高倫嘶吼道。「那就來吧，燒死我吧！兩隻鳥也會跟著燒死！你們敢對我開槍，我就把她們丟下去！」

「如果我正中你的腦袋就另當別論了！」

他哈哈大笑。「你不可能對我開槍的。你別忘了，我對你脆弱、可悲的心理狀況了若指掌，開槍會讓你惡夢連連的。」

我試圖想像：手指扣在扳機上，輕輕一壓，隨之而來的後座力和可怕的槍響。這到底有什麼困難的？為什麼光用想的，我的手就顫抖不止？我爺爺殺了多少偽人？幾十個？幾百個？如果爺爺在這裡，高倫根本沒有機會從護欄邊爬起來，他一定早就死了。我已經錯過了大好機會，我的膽小懦弱、優柔寡斷可能害兩隻時鳥喪命。

巨大的探照燈不停旋轉，強光照射下，我們的身體彷彿變成白色的剪影。光束照向高倫的正面，他一邊竊笑一邊轉過頭。*又錯過一個機會*，我心想。

「把她們放下來，跟我們走。」我說：「沒有人會受傷。」

「這我不確定。」艾瑪說：「如果米勒有什麼三長兩短，我可不會放過他。」

「你們想殺我？」高倫說：「好啊，快動手吧。不過你們就算拖得了一時，該來的還是會來，而且你們的處境只會越來越艱辛。我們已經知道你們的藏身處了，更多像我一樣的人會找上門來。我可以向你保證，他們所帶來的傷亡絕對更慘重，到時候你們就知道我算是宅心仁厚了。」

「快動手？」艾瑪說著，手中的火球燒得更旺，火花竄向天際。「誰告訴你我們打算快動手？」

「我說過了，我會殺了她們。」他把鳥籠抱近胸前說道。

她往前走近一步。「我已經八十八歲了。」她說：「我看起來像是需要兩個保母的人嗎？」她臉色凝重，令人無法參透。「我們巴不得這個女人從此不要管東管西。我對天發誓，你幫了我們一個大忙。」

高倫來回看著我們兩個，緊張得不知所措。她是認真的嗎？他的眼神瞬間變得莫名惶恐，但隨即又鎮定地說：「妳在胡扯。」

艾瑪搓了搓掌心，將兩手慢慢拉開，拉出一個巨大的火圈。「你很快就會知道了。」

我不知道艾瑪願意冒多大的風險。我忍不住挺身而出，生怕兩隻鳥真的會被燒死或被拋到護欄外。

「告訴我們，你抓時鳥到底要做什麼，說不定她會讓你好過點。」我說。

「我們只是想完成一開始未完成的任務。」高倫說：「只是這樣而已。」

「你是指那個實驗。」艾瑪說：「你們嘗試過了，看看下場有多慘，你們把自己變成怪物了！」

「沒錯。」他說：「不過如果凡事第一次就能成功，那麼人生豈不是太缺乏挑戰性。」他露出微笑。「這一次，我們掌握了全世界最會操控時間的人，好比這兩位女士，我們不會再失敗了。我們花了一百年的時間，終於知道哪裡出了差錯。原來我們的規模還不夠大。」

「還不夠大？」我說：「上次你們把半個西伯利亞都炸毀了！」

「既然要失敗。」他豪氣地說：「也要失敗得漂漂亮亮！」

我回想起霍瑞斯的噩夢，夢中風雲變色、大地焦黑，我現在才知道他夢中的畫面是什麼。如果偽人和噬魂怪再次失敗，這一次毀滅的絕對不只綿延五百英里的荒野和森林。如果他們成功了，如果他們真的把自己變成永生不滅的半神半人……我想到都發毛。在他們的陰影中生活宛如人間地獄。

燈光繞回來，再次令高倫睜不開眼。我肌肉緊繃，準備往前衝刺，可惜時機稍縱即逝。

「隨便你。」艾瑪說：「你就算把所有的時鳥都綁架走也沒關係，她們不會幫你的。」

「會的，她們會，她們不幫的話，我就把她們一個一個殺光光。如果這樣還沒有用，我就把你們一個一個殺光光，讓她們在旁邊欣賞。」

「你心理有病。」我對他說。

兩隻鳥慌張地吱吱亂叫，而高倫的聲音更響亮。

「不！真正心理有病的是你們這些特異者。你們明明可以掌控世界，卻選擇離群索居；明明可以超越死亡，卻向死亡臣服；明明可以奴役天生基因拙劣的人類，卻被他們逼得不敢抬頭挺胸，他們才是奴隸！」他每說一句都大力搖一下鳥籠，加重語氣。「這才是心理有病！」

「住手！」艾瑪吼道。

「所以你還是關心她們！」他更用力地搖著鳥籠，夾在籠子鐵條上的小紅光忽然間閃爍得更加明亮。高倫猛然回頭，似乎在黑暗中找尋什麼，接著他又轉向艾瑪說：「你想要她們？拿去！」他把鳥籠往後甩，作勢往艾瑪臉上砸去。

艾瑪高呼一聲，低頭閃躲。高倫像個鐵餅選手把鳥籠往上拋，直到它掠過艾瑪的頭上方才鬆手。鳥籠往前飛去，越過護欄，在半空中繞了好幾圈，最後消失在黑夜中。

我破口大罵，艾瑪一邊尖叫一邊撲身衝向護欄。她雙手在空中拚命揮舞，卻只能眼睜睜看著鳥籠落向大海。高倫趁著一片慌亂，縱身躍起並把我壓倒在地，一拳捶向我的肚子，接著又毆打我的下巴。

我感到天旋地轉，無法呼吸。他伸手奪我的手槍，我使盡全身力氣抵抗。從他急切的模樣看來，槍裡面想必有子彈。我想把手槍丟到護欄外，但是眼看他就要搶到了，我完全不敢鬆手。艾瑪尖叫著，混蛋，你這個混蛋，然後她的手燃起熊熊烈火，從高倫背後拉住他的脖子。

我聽見高倫的肌膚發出嘶嘶的燒焦聲，就像冰冷的牛排放上灼燙的鐵板一樣。他稀疏的頭髮起火燃燒，一邊痛苦哀號，一邊從我身體上方滾開，轉身掐住艾瑪的脖子；他彷彿不在乎烈焰灼燒，只要能掐死艾瑪就好。我趕緊從地上爬起來，雙手舉著槍，瞄準目標。

那一瞬間，機會就在眼前。我努力放空思緒，專注穩定雙臂，想像一條隱形的直線從我的肩膀、目光，連接到我的目標——那個人頭。不，那不是人，他連人都不如，他只是個不值一提的東西。他一手策劃了爺爺的死，摧毀了我簡單、平凡、沒什麼值得誇口的人生，用盡各種卑劣的手段把我引誘到此時此地，左右我的生活和決定。**放鬆你的手，深吸，閉氣。**現在我終於有機會報仇了，而這渺茫的機會正在逐漸流逝。

現在，扣扳機。

手槍撞向我的手掌，槍響像大地裂開的聲音，劇烈、震撼得迫使我閉上雙眼。當我再次睜開眼時，眼前的一切彷彿凝結住了。高倫仍然站在艾瑪背後反抓她的雙臂，用力把她拖到護欄邊，不過他們的身體卻像銅像般定格在原地。難道時鳥變回人形，及時施展魔力？然而，畫面馬上又動了起來，艾瑪使勁掙脫雙臂，高倫踉蹌地往後退，重心不穩地壓坐在護欄上。

高倫滿臉錯愕地瞪著我，張開口卻說不出話。他雙手摀住喉間硬幣大小的洞，鮮血順著指縫汩汩流出，往下劃過他的手臂，接著只見他全身虛脫地往後倒，就這樣不見了。

高倫才消失在眼前就立刻被遺忘了。艾瑪指著下方的大海高喊。「在那裡，在那裡！」我順著她指的方向瞇著眼睛望去，隱約看見海浪上閃爍著紅色的ＬＥＤ燈。於是我們跑向樓梯口，頭也不回地往下衝，衝下迂迴無盡的樓梯；明知道搶救鳥籠的機會渺茫，仍然奮不顧身地放手一試。

我們衝到燈塔外，米勒身上綁著止血帶，布蘭溫陪伴在他旁邊。他含糊地喊著我聽不清楚的話語，但至少確定他還活著。我抓著艾瑪的肩膀說：「船！」同時指向綁在石頭上的失竊獨木舟，不過它位在燈塔的另一邊，距離我們太遠了，時間絕對不夠。接著艾瑪拉著我衝向大海，於是我們跳進水裡。

我幾乎感覺不到寒冷，滿腦子想的都是鳥籠，我必須盡快在海水吞噬她們之前，把鳥籠搶救回來。我們瘋狂地拍打海水，黑色的浪潮撲來，把我們沖得又咳又嗆。我們無法得知那燈光距離我們多遠，只能看到黑暗、洶湧的浪濤中那一點微光，時亮時暗。我們兩次都跟丟了，不得已只好停下來，最後又在別處發現紅光。

猛烈的浪潮把鳥籠和我們越捲越遠。如果我們不快點找到，遲早會沒有力氣，最後只有死路一條。我把這可怕的念頭暗暗放在心裡，不過當信號燈第三次消失，我們怎麼找也找不到，也不確定黑色的浪潮把它捲向何方時，我終於忍不住大喊。「我們得回去了！」

艾瑪聽若無聞，自顧自的游到我前方，往更深的海裡前進。我抓住她擺動的雙腿，但是她用力把我踢開。

「它不見了！我們找不到的！」

「閉嘴！閉嘴！」她怒喊道。從她急促的聲音聽來，我知道她和我一樣精疲力盡。「給我閉嘴，我就好了！」

我抓著她，朝她正面吼了幾聲，而她又踹了我幾腳。我緊抓著她不放，她掙脫不了，最後只能無助地哭泣，風中迴盪著絕望的嗚咽聲。

我試圖把她拉回燈塔，不過她就像海裡的大石塊一動也不動，反而讓我下沉。「妳一定要游泳！」我喊道。「不游的話，我們都會淹死！」

這時候，我看見了，我看見那微弱的紅色閃光。它就在海面下，距離我們不遠。我起初不敢吭聲，生怕是我的幻覺，但是它又閃了一次。

艾瑪興奮地高呼。鳥籠似乎落在另一艘沉船上，否則怎麼可能沉沒在這麼淺的地方？我告訴自己，它才沉沒沒多久，兩隻鳥很可能還活著。

我們又游了一會兒後，準備潛水撈出鳥籠；我們已經沒有什麼力氣，也不知道自己能不能撐到那裡。接著，奇怪的事發生了，鳥籠似乎朝我們浮了上來。

「發生什麼事？」我喊道：「那是沉船嗎？」

「不可能，這裡沒有沉船！」

「那到底是什麼？」

它看起來彷彿是一隻修長、巨大的灰色鯨魚，又像是一艘廢棄已久的幽靈船，準備浮出海面。一股強勁的力道忽然從海底往上竄，將我們沖到一邊。我們努力地打水，拚命往回游，身體卻像被海嘯吞沒般，完全使不上力。接著，硬物碰撞我們的腳下，我們被它抬出水面。

它一邊往上浮，一邊發出鏗鏗鏘鏘的撞擊聲，宛如龐大的機械怪獸。泛著泡沫的巨浪忽然往四面八方湧去，把我們衝到一面金屬網板上。我們的手指緊緊扣著網板，生怕落入海裡。我瞇著眼睛，隱隱透過水花看見怪物背上似乎有兩塊突出的鰭狀物，一大一小，而鳥籠就正好落在兩片鰭的中間。這時候，燈塔的探照燈瞬間掃過，我這才看清那並不是鰭，而是指揮塔和大型砲臺。我們腳下的東西並非怪物、沉船或鯨魚……

「是德國潛水艇！」我高喊。這絕非巧合，潛水艇不可能剛好這時候從海底冒出來，它一定是為了高倫而來。

艾瑪已經一躍而起，往鳥籠的方向奔去。我搖搖晃晃地站起身，才跑沒兩步，一陣大浪迎面襲來，把我們兩個都沖倒了。

耳邊傳來一陣呼喊，我抬頭一看，只見一個穿著灰色軍服的男子站在指揮塔的艙門口，舉槍瞄準我們。

子彈朝我們接連射來，幸好都只擊中甲板。鳥籠離我們太遠了，如果硬要前去搶救，我們絕對小命不保，不過艾瑪看起來還是打算孤注一擲。

我衝向前一把將她撂倒，兩個人一起滾向甲板邊緣，然後跳進海裡。我們躲在黑暗的水面下，看著子彈如雨點般灑落，形成一條條軌跡般的泡沫。

我們將頭探出水面之後，她揪著我尖叫道。「你為什麼要這麼做？我差點就可以救到她們了！」

「他差點把你殺了！」我邊說邊把她推開。我這才發現她眼裡只有鳥籠，並沒有注意到那個人。我指著甲板上的槍手，這時他正朝著鳥籠大步走去。他提起鳥籠甩了甩，鳥籠的門沒關，我隱約看見裡面有動靜，心中燃起一絲希望。燈塔的光束掠過，槍手的面貌頓時清晰無比；他斜著嘴竊笑，雙眼空洞無神：他是個偽人。

他把手伸進籠子裡，抓出一隻羽毛溼透的小鳥。另一位士兵從指揮塔對他吹了一聲口哨，接著他就匆匆握著小鳥跑回艙門。

潛水艇發出隆隆聲響，四周的海水像沸騰般冒泡、翻攪。

「快游，不然我們就會被捲進海底了！」我對艾瑪高喊，但是她似乎沒聽見。她的目光鎖定在船尾附近的海水上。

她往船尾游去。我試圖阻止她，但是她一把將我推開。這時候，我聽見了，潛艇的隆隆引擎聲中似乎夾雜著高亢、尖銳的叫聲。裴利隼女士！

她在海浪中掙扎著抬頭，一邊翅膀奮力拍動，另一邊看起來受傷了。艾瑪把她撈起來捧在手心，我在一旁大喊該走了。

我們使盡所剩不多的體力，能游多遠就游多遠。潛水艇漸漸沒入海中，只見背後出現一個巨大的漩渦，四周的海水瞬間湧進它剛才停泊的地方。海水彷彿吞噬著自己，也企圖將我們吞噬；然而我們獲得了象徵性的勝利（或者該說半個勝利），忽然又有力氣對抗威猛的海流。這時候，我們聽見布蘭溫高喊我們的名字，她精力充沛地游過巨浪，大力將我們拖回安全之地。

我們躺在石頭上仰望清朗的夜空，一邊大口吸著新鮮空氣，一邊虛弱地顫抖。米勒和布蘭溫頻頻發問，不過我們沒有力氣回答他們。他們看見高倫的身體倒下，看見潛艇浮出水面又沉了下去，看見裴利隼女士獲救，也知道阿沃賽女士未能逃脫。無論如何，他們知道我們需要什麼。他們把我們擁入懷中，直到我們的身體停止發抖了才鬆手，接著布蘭溫把院長塞進衣服裡取暖。等到漸漸恢復體力之後，我們才划著艾瑪的獨木舟往海岸前進。

抵達岸邊時，孩子們全部踩著水迎接我們。

「我們聽見槍聲！」

「那艘怪船是什麼？」

「裴利隼女士呢？」

我們爬出小船，布蘭溫掀開衣服，大鳥正貼著她的身體舒適地睡著。孩子們一擁而上，裴利隼女士抬起頭對著他們吱吱叫，證明自己只是疲憊，沒有大礙。歡呼聲響起。

「你成功了！」阿修大叫。

奧莉芙開心地跳起舞，一邊唱道。「大鳥、大鳥、大鳥！艾瑪和雅各救了大鳥！」

然而慶祝的歡愉氣氛維持不了太久，大家很快就注意到阿沃賽女士沒有逃脫，米勒也還沒有脫離險境。他的止血帶雖然綁得很緊，但是已經失血過多，身體極為虛弱。伊諾脫下外套披在他身上，費歐娜也幫他戴上自己的毛帽。

「我們帶你去鎮上看醫生。」艾瑪對他說。

「別胡說了。」米勒回應。「他根本沒看過隱形人，就算他看過也不知道該怎麼治。我看他八成找不到傷口，或者直接尖叫著逃跑。」

「就算他尖叫著逃跑也沒關係。」艾瑪說：「等到圈套重新設置，他就什麼都不記得了。」

「妳自己看看周遭，圈套一個小時前就該重新設置了。」

米勒說的沒錯。天空很寧靜，戰爭結束了，不過一縷縷的硝煙依然夾雜在雲霧間。

「看起來不太妙。」伊諾說，所有人頓時沉默不語。

「不論如何。」米勒說：「我需要的物資都在屋子裡。給我一些鴉片，幫我在傷口上塗一些酒精。反正只是皮肉傷，三天之後我就活蹦亂跳了。」

「但是它還在流血。」布蘭溫一邊說，一邊指著沙子上的血滴。

「那就把該死的止血帶再綁緊一點！」

布蘭溫照辦。米勒痛苦地喘著氣，忽然間失去意識，昏倒在她懷裡，大家看了都感到一陣酸楚。

「他沒事吧？」克萊兒問道。

「只是昏倒而已。」伊諾說：「他一直都在逞強。」

「那現在怎麼辦？」

「問裴利隼女士！」奧莉芙說。

「沒錯。快把她放下來，好讓她變回人形。」伊諾說：「只要她還是鳥的形體，就沒有辦法告訴我們該怎麼做。」

於是布蘭溫把她放在乾燥的沙地上，我們退後一步，靜靜等待。裴利隼女士跳了幾下，拍動完好的那一隻翅膀，接著回過頭對我們眨眨眼——就這樣而已。她還是一隻鳥。

「也許她想要一些隱私。」艾瑪提議道。「我們回過頭吧。」

我們轉過身，在她四周圍成一圈。「現在安全了，裴利隼女士。」奧莉芙說：「沒有人偷看妳！」

過了一分鐘，阿修偷偷回頭看了一眼，說：「沒變，還是鳥。」

「也許她太累、太冷了。」克萊兒說，其他人也多半這麼認為，一致決定先回屋子裡再說，當務之急是拿現有的物資治療米勒的傷勢。大家只能默默祈禱，等到好好休息過後，院長和圈套都能恢復正常。

11

我們像一群飽受戰爭折磨的老兵，排成一列踏上險峻的山路，越過山脊再慢慢往下走。布蘭溫雙手抱著米勒，裴利隼女士則棲息在費歐娜鳥巢般的頭髮裡。一路上都是煙霧揮之不去的彈坑以及鬆動的土堆，大地彷彿被巨大的野狗挖過一樣。我們都不知道屋子變成什麼樣子，也沒有人敢問。

我們還沒有離開森林就已經得到了答案。伊諾踢到了東西，低頭一看，是半塊焦黑的磚塊。

孩子們陷入恐慌，紛紛沿著小徑往前狂奔，一到達草皮，年幼的孩子就開始放聲痛哭。硝煙四處飄盪。炸彈並沒有像往常一樣停駐在亞當的指尖，反而把他從中間炸成灰燼。屋子的後方一角傾垮，宛如廢墟般冒著煙，其中兩間房間的外牆焦黑、損毀，還可以看見裡頭亮著火光。亞當原本所處的地方只剩一個巨大的坑洞，深得足以把一個人直直埋進去。我不難想像這個地方未來會變成什麼樣子：我幾個星期前就看過它淒涼、荒蕪的模樣，那是一棟噩夢之屋。

裴利隼女士從費歐娜的頭上躍下，在燒焦的草皮上慌張地跳來跳去，一邊大聲嘎嘎叫。

「院長，發生了什麼事？」奧莉芙說：「為什麼沒有時光逆轉？」

裴利隼女士只叫了幾聲，看起來跟其他人一樣驚恐。

「拜託妳快點變回來！」克萊兒跪在她面前懇求道。

裴利隼女士不停拍動翅膀，上下跳動，似乎耗盡力氣，但就是無法變回人形。孩子們擔憂地包圍在她身邊。

「不太對勁。」艾瑪說：「如果她是因為太累才無法變回人形，現在也該休息夠了。」

「也許這就是圈套破裂的原因。」伊諾猜測道。「你們還記得洪隼女士（Kestrel）很久以前的故事嗎？她當時騎腳踏車出車禍撞到了腦袋，一整個星期都無法從洪隼變回人形，她的圈套就是那時候破裂的。」

「那跟裴利隼女士有什麼關聯？」

伊諾嘆了一口氣。「也許她只是傷到腦袋，我們等一個星期，說不定她就可以恢復正常了。」

「被卡車高速撞上是一回事。」艾瑪說：「被偽人凌虐又是另一回事。我們不知道在我們找到她之前，那些混蛋對她做了什麼。」

「那些？不只一個人？」

「阿沃賽女士就是被其他偽人帶走的。」我說。

「你怎麼知道？」伊諾逼問。

「他們一定是高倫的同夥，不是嗎？有一個人對我們開槍，我有看到他的眼睛，毫無疑問，他絕對是偽人。」

「那阿沃賽女士必死無疑。」阿修說：「他們一定會殺了她。」

「那可不一定。」我回應道。「至少不是現在。」

「如果要我說出偽人的最大特點。」伊諾說：「那就是他們專殺特異者，這是他們的天性，他們的工作。」

「不，雅各說的對。」艾瑪說：「那個偽人死前告訴我們他們為什麼要綁架這麼多時鳥，他們想要利用時鳥重新進行當初製造出噬魂怪的那個實驗，不過這一次規模更大，大多了。」

我聽見有人倒抽一口氣，其他人則陷入沉默。我回頭看看裴利隼女士，她哀戚地站在原本亞當所在的彈坑邊。

「我們一定要阻止他。」阿修說：「我們必須調查他們把時鳥帶去哪了。」

「怎麼做？」伊諾說：「跟蹤潛水艇？」

背後傳來清喉嚨的聲音，大家紛紛回頭，只見霍瑞斯盤腿坐在地上。「我知道他們去哪裡了。」他小聲地說。

「你知道？什麼意思？」

「你們不用管他怎麼知道，總之他就是知道。」艾瑪說：「霍瑞斯，他們把她帶去哪了？」

他搖搖頭。「我不知道那個地方的名字。」他說：「但是我看過。」

「那麼把它畫出來。」我說。

他思考了一會兒，接著僵硬地站起身。他的黑西裝破破爛爛，看起來就像個窮愁潦倒的傳教士。他拖著沉重的步伐走到一堆灰燼前，彎腰抓起一把灰。他在柔和的月光下，用手往牆上抹出一道道粗黑的線條。

大家圍聚在他身旁，只見他畫了好幾條粗黑的垂直線，然後又在垂直線上方畫了較細的線圈，看起來就像欄杆和鐵絲網。一邊是黑暗的森林，地上的黑色線條象徵白雪靄靄。如此而已。

畫完之後，他跌跌撞撞地走回原本的位置，重重坐在草地上，雙眼呆滯無神。艾瑪輕輕摸著他的肩膀說：「霍瑞斯，關於這個地方，你還知道什麼嗎？」

「那裡很冷。」

布蘭溫走向前，仔細端詳霍瑞斯所畫的線條。她一手勾著奧莉芙的手臂，嬌小的奧莉芙則安詳地把頭靠在她肩上。「看起來好像監獄。」布蘭溫說。

奧莉芙抬起頭。「好吧。」她輕輕說：「我們什麼時候出發？」

「去哪裡？」伊諾邊說邊把雙手往兩旁一攤。「這只是一堆看不懂的塗鴉而已。」

「它代表某個地方。」艾瑪轉向他說道。

「我們不可能隨便去個下雪的地方找一座監獄啊。」

「我們也不能待在這裡。」

「為什麼不能？」

「看看這裡變成什麼樣子，看看院長。這裡曾經有很多美好的回憶，但是已經結束了。」

伊諾和艾瑪一來一往、針鋒相對了好一陣子，其他的孩子則各自選邊站。伊諾認為他們已經與世隔絕太久了，一旦離開這裡，很可能會捲入戰爭中，或是被噬魂怪抓走；他認為留在這裡比較安全，至少他們了解周遭的環境。另一派則認為如今戰爭和噬魂怪已經主動找上門來，他們沒有別的選擇；噬魂怪和偽人勢必會回來抓裴利隼女士，下一次陣仗會更驚人，況且裴利隼女士的狀況還不穩定。

「我們去找別的時鳥。」艾瑪提議。「院長的朋友應該知道該怎麼幫助她。」

「萬一其他的圈套也都破滅了怎麼辦？」阿修說：「萬一其他的時鳥都被綁架了怎麼辦？」

「我們不能這麼消極，一定還有一些時鳥在。」

「艾瑪說的對。」米勒躺在地上，頭下枕著一塊碎裂的石材。「如果只是留在這裡等待，祈禱噬魂怪不要來，希望院長早日康復，這根本沒有任何幫助。」

原本持反對意見的孩子終於羞愧地同意離開。他們決定捨棄大房子、打包行李，同時去港口僱幾艘船，大伙兒一早就出發。

我問艾瑪他們打算怎麼在海上航行，畢竟孩子們已經在島上待了將近八十年，而且裴利隼女士不能說話也不能飛。

「有一本地圖。」她告訴我，接著轉身望向煙塵瀰漫的廢墟。「只是不知道它有沒有被燒毀。」

我自動自發地幫她一起搜索。我們把溼布包覆在臉上，小心翼翼穿過垮塌的磚牆，進入房子裡。四周窗戶碎裂，煙味嗆鼻，艾瑪用手生起一團明亮的火球，帶我找到通往閱覽室的路。書架像骨牌一般倒成一排，我們彎腰把它們一一推開，在散落一地的書中摸索。我們很幸運地找到了那本地圖集，那是閱覽室裡最大的一本書。艾瑪興奮地歡呼，一邊把書撿起來。

我們在離開房子的途中找到米勒需要的酒精、鴉片和紗布。我們幫他清潔、包紮完畢後，就一起坐在地上翻閱這本書。這是一本完整的地圖集，外面是染成酒紅色的牛皮封套，內頁看似羊皮紙，精緻手繪而成。書本很大，攤開來足以蓋住艾瑪的大腿。它散發著高雅而古老的氣息。

「這是歲月地圖（Map of Days）。」她說：「裡面記載了所有存在過的圈套。」她所翻到的那一頁看似土耳其地圖，但是上面沒有道路也沒有劃分區域，只有許多零星的小型螺旋狀符號，我心想這大概就是圈套的位置。每一個螺旋的中央都有一個特殊的符號，每一個符號都再次出現在那一頁下方的註腳裡，旁邊還有一連串的數字和破折號。其中一個寫著 29-3-316 / ?-?-399，我指著這串數字說：「這是什麼？某種密碼嗎？」

艾瑪指著這串數字說：「這個圈套是西元三百一十六年，三月二十九日，它一直到三百九十九年才破滅，不過詳細日期不詳。」

「三百九十九年發生了什麼事？」

她聳聳肩。「它沒有寫。」

我湊上前，翻到希臘地圖那一頁，上面的螺旋和數字更多了。「但是列出這些圈套有什麼意義？」我說：「要怎麼進入這些古老的圈套裡？」

「時空跳躍。」米勒說：「這方法非常複雜，也非常危險。舉例來說，我們如果進入五十年前的圈套中，就可已在其中發現這五十年來破滅的許許多多圈套，我們就一個跳一個，進行時空跳躍。如果你可以進入這些圈套，就可以找到更多其他的圈套，以此類推。」

「就像時光旅行一樣。」我目瞪口呆地說：「**真正的**時光旅行。」

「對，可以這麼說。」

「所以這個地方。」我指著霍瑞斯在牆上用黑灰畫的圖說：「我們不只要知道它在哪裡，還要知道它在何時？」

「恐怕確實如此。偽人一向擅長時空跳躍，如果阿沃賽女士真的被他們抓走了，那麼她和其他時鳥被帶往的地方很可能在過去的某個時間點，找她們不只困難，前往那個時間點也很危險。我們的敵人都很清楚這些歷史圈套的位置，他們往往會駐守在入口。」

「那好吧。」我說：「還好有我跟你們同行。」

艾瑪立刻轉過頭看著我。「喔，太棒了！」她一邊高呼，一邊擁抱著我。「你確定嗎？」

我告訴他我確定。儘管孩子們身心俱疲，他們還是熱烈地鼓掌、歡呼，就連伊諾也過來和我握手。但是當我再次望向艾瑪時，她方才臉上的笑容卻消失了。

「怎麼了？」我說。

她顯得手足無措，渾身不自在。「有件事情必須讓你知道。」她說：「你知道了以後，恐怕就不會想跟我們一起來了。」

「不會的。」我向她保證。

「我們一旦離開這裡，這個圈套就會關閉，你很可能永遠回不去你的時代，至少沒那麼簡單。」

「那裡沒有什麼值得我眷戀的。」我立刻說：「就算我可以回去，我也未必願意。」

「我要你想清楚，再確定地告訴我。」

我點點頭，接著站起身。

「你要去哪裡？」她問道。

「散散步。」

我並沒有走太遠，只是沿著院子周遭慢慢繞。天上的硝煙正逐漸散去，我抬頭仰望著繁星點點。星星也是時間的旅人。有多少星星是受到恆星的光芒照耀而發亮？其中許多恆星或許已經死亡。又有多少星星在此刻誕生？它們的光芒或許還無法立刻傳送到地球。如果除了我們的太陽以外，所有的恆星都在此刻殞落，我們要花上幾輩子才能發現自己是孤獨的？我一直知道天空中充滿謎團，但是我現在才知道地球上的謎團就已經夠多了。

我順著小徑來到樹林旁，繼續走下去就是回家的方向，那裡有我所熟悉的一切，沒有謎團、平凡、安全。

但是並非如此，不盡然，再也不可能和以前一樣了。怪物殺害了波曼爺爺，現在又盯上我，他們遲早會再次發動攻擊。我會不會有天回家發現爸倒在地上，失血過多而死？媽呢？而在小徑的另一頭，孩子們緊張地圍聚在一塊兒研擬計畫，他們已經忘了上次做未來的打算是什麼時候了。

我往艾瑪的方向走去，她依然仔細翻閱著巨大的地圖集。裴利隼女士站在她旁邊，用喙子在地圖上指指點點。艾瑪發現我慢慢靠近，抬頭看著我。

「我確定。」我說。

她露出微笑。「我很高興。」

「但是出發之前，我還有一件事要做。」

我趕在破曉前回到鎮上。大雨終於停歇，地平線上透露著一抹湛藍。馬路宛如一隻血管被扒除的手臂，洪水沖刷碎石過後，留下一道道細長的凹痕。

我走進空無一人的酒吧，直接往樓上的房間前進。窗簾還是關著的，爸的房門緊閉；我頓時鬆了一口氣，因為我還沒有想清楚該怎麼向他陳述一切。於是我坐在桌子前，拿著一張紙、一枝筆，準備寫信告訴他。

我試圖解釋來龍去脈，我解釋了特異孩童和噬魂怪的恩怨，告訴他波曼爺爺的故事原來都是真的，也告訴他裴利隼女士和阿沃賽女士的悲慘遭遇，希望他能夠理解我為什麼必須離開。我懇求他不要為我擔心。

然後我停下筆來，重新念了一遍我寫的信。這並不妥，他不可能相信的。他會以為我跟爺爺一樣發瘋了，以為我想遠走高飛，甚至以為我被綁架或跳崖自殺了。不論如何，我都會毀了他的生活；最後我把信紙揉成一團，丟進垃圾桶裡。

「雅各？」

我轉頭看見爸倚在門柱旁，睡眼惺忪，頭髮亂翹，襯衫和牛仔褲上沾滿泥漬。

「早安，爸。」

「我只要問你一個簡單、直接的問題。」他說：「我希望你也能簡單、直接地回答我。你昨天晚上去哪裡了？」我可以感覺到他努力維持鎮靜。

我決定，我不要繼續說謊。「爸，我沒事。我和我朋友在一起。」

我的答案彷彿觸動了手榴彈的插梢。

「你的朋友是你幻想出來的！」他嘶吼道，然後面紅耳赤地走向我。「我真希望你媽和我沒有聽那個蒙古大夫的話把你帶來這裡，這趟旅行簡直就是場大災難！你到現在還在撒謊！現在立刻給我回房打包行李，我們坐下一班渡輪離開！」

「爸？」

「等我們回家之後，你再也不准給我出門，一切等到我們找到夠格的精神醫師之後再說。」

「爸！」

我當下猶豫著該不該逃跑。我幻想爸把我制服在地，大聲呼叫別人幫忙，為我套上精神病患穿的約束衣，強押我上渡輪。

「我不要跟你走。」我說。

他瞇著眼、揚起頭，彷彿沒聽清楚我的話。正當我準備再說一遍時，門外忽然傳來敲門聲。

「走開！」爸怒吼。

敲門聲再次響起，這一次更迫切。他衝到門邊，大力把門拉開。艾瑪就站在樓梯口，手上捧著一小團閃動的藍色火球，奧莉芙跟在一旁。

「你好。」奧莉芙說：「我們是來找雅各的。」

他難以置信地凝視著她們。「這到底……」

她們兩個繞過他身邊，走進房裡。

「你們來這裡幹什麼？」我輕聲喝斥道。

「我們只是想來自我介紹。」艾瑪邊回答，邊對爸露出燦爛的微笑。「我們最近和你兒子相處得很融洽，所以我們認為應該親自登門拜訪，不能失禮。」

「好的。」爸說著，目光在她們兩個身上來回游走。

「他真的是個很好的男孩。」奧莉芙說：「超勇敢的！」

「還很帥喔！」艾瑪補充道，一邊對我拋了一個媚眼。她把火球當成玩具，在兩手間交替把玩，爸看得目瞪口呆。

「對……對啊。」他結結巴巴地說：「他真的很棒。」

「你介不介意我把鞋脫掉？」奧莉芙問道，不過還沒等爸回答，她已經把鞋一脫，浮上了天花板。「謝啦，這樣舒服多了！」

「爸，這些就是我的朋友，我有跟你提過她們吧。這是艾瑪，天花板上的是奧莉芙。」

他踉蹌地後退一步。「我還沒睡醒。」他口齒不清地說：「我好累……」

一張椅子突然從地上飛起來往他背後飄去，只見空氣中有一個包紮完好的紗布來回擺動。「累就快坐下休息吧。」米勒說。

「好。」爸一邊回答一邊坐在椅子上。

「你來這裡做什麼？」我輕聲問米勒。「你不是應該要多休養嗎？」

「我剛好在附近。」他拿出一個現代的藥瓶。「我不得不承認未來的止痛藥真的神奇又有效！」

「爸，這是米勒。」我說：「你看不到他，因為他是隱形人。」

「很高興認識你。」

「我也是。」米勒說。

我走到爸身邊，跪坐在他的椅子旁。他的頭微微搖晃。「爸，我要去很遠的地方，你可能好一段時間看不到我。」

「喔，這樣嗎？你要去哪裡？」

「去旅行。」

「旅行。」他重複我的話。「那你什麼時候回來？」

「我也不知道。」

他搖搖頭。「跟你爺爺一樣。」米勒倒了一杯自來水遞給他，爸伸手接過，彷彿認為杯子飄浮在空中沒有什麼稀奇。我猜他大概真的以為自己在做夢。「好吧，晚安。」他說完就扶著椅子站起來，搖搖晃晃地走回寢室。他忽然在門邊停下來，回頭看著我。

「小雅？」

「爸，怎麼了？」

「小心點，好嗎？」

我點點頭。他轉身把門關上。過了一會兒，我聽見他重重倒上床。

我邊搓著臉邊坐下，一時之間理不清千頭萬緒。

「我們有幫上忙嗎？」奧莉芙在天花板上問道。

「我不確定。」我說：「我不認為有，他等等醒來後只會以為自己在做夢。」

「你可以寫一封信。」米勒建議。「想說什麼就說什麼，反正他也不可能找到我們。」

「我剛剛寫了一封信，但是那不能證明什麼。」

「唉。」他回應。「沒錯，我知道你的難處了。」

「有這樣的難處真好。」奧莉芙說：「真希望我的爸媽也這麼愛我。我離開時他們一點也不擔心。」

艾瑪牽著我的手用力握了一下，接著說：「我也許能向他證明。」她從洋裝的腰帶間取出一個小皮夾，從中抽出一張照片。她把照片遞給我，那是爺爺年輕時和她的合照。她深情款款地看著他，不過他看起來若有所思，畫面唯美，卻帶著些許哀傷，恰恰說明了他們兩個的關係。

「這是亞伯去打仗前拍的照。」艾瑪說：「你爸爸應該會認得我吧？」

我對她微笑。「妳看起來一點也沒有變。」

「絕妙！」米勒說：「這就是最好的證據。」

「妳一直帶著這張照片嗎？」我邊問邊把照片還給她。

「對，但是我不需要了。」她走到桌子前，拿筆在照片後方寫字。「你爸爸叫什麼名字？」

「富蘭克林。」

她寫完後把照片交給我。我前後看了看，接著從垃圾桶撿出剛才寫的信並把它攤平，和照片一起放在桌上。

「準備好了嗎？」我說。

我的朋友們已經站在門口等著我。

「你準備好就好了。」艾瑪回答。

親愛的富蘭克林：

很開心見到你。這張照片是你爸爸以前住在這裡的時候和我一起拍的，我希望你能相信我真的存在，雅各的故事也絕非幻想。

雅各會和我以及我的朋友旅遊一段時間，我們會竭盡所能保護彼此的安全。等到危機解除了以後，他就會回去找你。我向你保證。

艾瑪．布魯　敬上

P.S. 我知道你可能發現過我多年前寫給你爸爸的信，我知道這實在不得體。但是我可以向你保證，他絕對沒有回信給我。他是我所認識最正直、可敬的人。

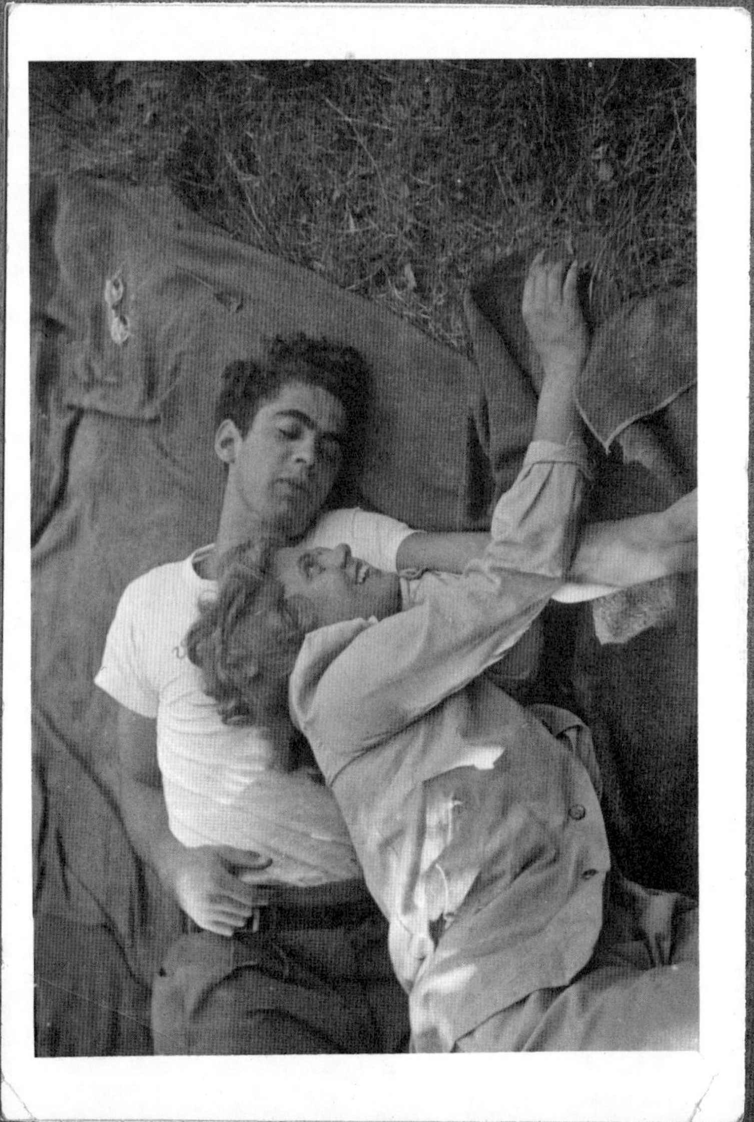

Dear Franklin,

It was a great pleasure meeting you. This is a photograph of your father and me taken when he lived here. I hope it will be sufficient to convince you that I am still among the living, and that Jacob's stories are no fantasy.

Jacob will be traveling with my friends and me for a time. We will keep one another as safe as anyone like us can be. One day, when the danger has passed, he will come back to you. You have my word.

Very sincerely yours,

Emma Bloom

P.S. I understand you may have discovered a letter I sent your father many years ago. It was inappropriate, and I assure you, unsolicited; he did not respond in kind. He was one of the most honorable men I have ever known.

我們啟程往山脊前進。我以往都會在接近山頂前停下來，回頭眺望來時的路，但是這一次我沒有佇足。有時候不要回頭比較好。

抵達石塚時，奧莉芙輕輕拍撫石頭，像拍撫著心愛的寵物。「再見了，老圈套。」她說：「你是個很好的圈套，我們會想念你的。」艾瑪捏了捏她的肩膀，接著她們就彎腰鑽進洞中。

我們來到底部的密室後，艾瑪用火球照亮四周的牆壁，我這才發現石牆上刻著許多日期和英文字母。「這些日期表示這個圈套在其他時間曾經被使用過。」她解釋道。「它並非一直在這一天循環而已。」

我盯著牆上的文字，其中一個刻著 P.M. 3-2-1853，一個刻著 J.R.R. 1-4-1797，另一個潦草難辯，似乎是 X.J. 1580。石牆底部還有些怪異的符號，我完全看不懂。

「這是盧恩文。」艾瑪說：「非常古老的符文。」

米勒在石堆中摸索，最後找到一塊尖銳的石頭。他拿另一塊石頭當槌子，在其他幾行字下面慢慢敲出 A.P. 3-9-1940。

「A.P. 是誰？」奧莉芙問。

「阿爾瑪・裴利隼（Alma Peregrine）。」米勒說完嘆了一口氣。「應該由她親自刻的，不是由我。」

奧莉芙撫摸著粗糙的刻痕。「你認為其他時鳥以後會來這裡建造自己的圈套嗎？」

「但願如此。」他說：「我誠心這麼希望。」

我們把維多葬了。布蘭溫把他所躺的整張床搬到戶外，所有的孩子都聚集在草皮上和他道別。布蘭溫掀起被子，小心翼翼蓋在他身上，最後輕輕親吻他的額頭。男孩子像護柩者般抬著床的四個角，把他放進炸彈炸出的大坑洞，接著大家一一爬出坑外，只有伊諾依依不捨。他從口袋掏出了一個黏土人，溫柔地放在維多胸口。

「這是我最聽話的士兵。」他說：「他會好好陪著你。」黏土人坐起身，但伊諾用大姆指把他推平，只見黏土人翻過身，一手枕在頭下，看似準備就寢。

大家把坑洞填平後，費歐娜拔了些灌木和藤蔓過來，把植物種在這片土地上。等到大家打包好行李，亞當已經回到他的老位子上，守護維多的墳墓。

孩子們紛紛和孤兒院道別，有人揀了幾塊碎磚破瓦，有人在花園摘了幾朵小花留念，然後大家把石洲島走了最後一遍：穿過焦黑迷離的樹林、表面布滿彈洞的沼澤，越過山脊，來到硝煙瀰漫的小鎮。鎮民或是在門廊上游盪，或是倚靠著門柱，看起來身心俱疲、六神無主，完全沒注意到眼前這一群古怪的孩子大搖大擺地經過。

我們很安靜，內心卻異常興奮。孩子們徹夜未眠，但是你絕對看不出來。這一天是九月四號，時間已經好久好久沒有往前走了。有人說他們可以感覺到不同，他們感到胸間的空氣更飽滿，血液循環更快了，他們感到更有活力，更真實。

我也是。

我曾經幻想著逃離平凡無奇的人生，但是我的人生原來一直並非平凡無奇，我只是沒有注意到自己多麼奇特不凡。同樣的，我也從來沒有想過自己會想家；但是當我們站在港口裝載行李時，我赫然發現自己即將揮別「之前」，義無反顧地往「之後」邁進。我的腦海中瞬間浮現我即將拋棄的一切──我的父母、我的城鎮、我曾經的、唯一的朋友──我這才了解離開並不如我想像得那麼輕鬆容易。回憶清晰而沉重，將伴著我一起遠走。

然而，原本的生活絕對回不去了，就像孩子們的大房子被炸成廢墟一樣，籠子的門已經炸開了。

我們又把許多不必要的東西留在碼頭，最後三艘堅固的小船正好塞得下十個不凡的孩童和一隻不凡的鳥。行李裝載完畢後，艾瑪建議該有人發表臨別感言或精神喊話，但是大家都沉默不語。伊諾舉起裴利隼女士的鳥籠，只聽她發出尖銳高亢的啼聲，大家跟著放聲高喊，一方面慶祝未來的勝利，同時緬懷過去所失落的一切。

我和阿修划著第一艘船。伊諾坐在船頭看著我們，隨時準備換手。艾瑪頭戴遮陽帽，凝視著逐漸消失的小島。大海像是一面不平整的玻璃，一望無際。天氣很暖和，涼爽的海風不時徐徐吹來，我覺得我可以開心地划上好幾個小時。我無法想像這樣平和的海面外是烽火連天的世界。

我看見布蘭溫在旁邊的船上揮著手，一邊把裴利隼女士的相機拿到眼前。我對著鏡頭微笑。我們連一本舊相簿也沒有帶，或許這會是嶄新相簿中的第一張照片。有一天，我或許也會有自己的一大疊泛黃照片，或許我會有一群半信半疑的孫子、孫女，或許我可以和他們分享這些照片和我親身經歷的精采故事。

布蘭溫放下相機，舉起手指向前。遠方的朝陽間有一排黑影，好幾艘戰艦在海平面上無聲地前進。

我們划得更快了。

後記

書中的所有照片都真實可信，歷歷可考，只有少數幾張經過些許後製處理。這些照片出自十位收藏家的個人珍藏，他們多年來走訪各地的跳蚤市場、古董商行、庭院大拍賣，慢慢在大型紙箱中挖寶，才能從凌亂的相片堆中找到這些少數的佳作，拯救出這些具有歷史意義的畫面，使得美麗得以保存，不致淪為垃圾。這些收藏家不為人知的努力是愛的表現，我認為他們是攝影界的無名英雄。

頁數／名稱／收藏家

10 隱形男　羅伯・傑克森（Robert Jackson）
11 飄浮女　葉菲・托夫比斯（Yefim Tovbis）
12 舉起巨岩的男孩　羅伯・傑克森
13 彩繪的頭　羅伯・傑克森
22 亞伯小憩　羅伯・傑克森
47 瓶中的女孩　羅伯・傑克森

怪奇孤兒院

173 克萊兒的金色鬈髮　大衛・巴斯（David Bass）
178 華麗的表演　羅伯・傑克森
195 布蘭溫・布朗利　羅伯・傑克森
198 女孩和雞　約翰・凡・諾特（John Van Noate）
199 吉兒與仙豆　羅伯・傑克森
202 時尚追隨者　羅伯・傑克森
221 葉鷹女士與問題學生　作者
225 伊諾的人偶　大衛・巴斯
230 維多　羅伯・傑克森
237 我的性感尤物　彼得・柯恩
238 削馬鈴薯皮　羅伯・傑克森
239 240 艾瑪的側影　羅伯・傑克森
241 這就是原因　羅伯・傑克森
267 打獵之旅　作者
276 百貨公司的耶誕老人　作者
277 維多利亞時代的牙醫　桑納托斯資料庫
278 瑪西和偽人　羅伯・傑克森

致謝

我要感謝：

Quirk 出版社的所有員工，特別感謝傑森．雷庫拉克，他總是有無窮的耐心與很多傑出的想法；感謝史蒂芬．席高仔細地校閱和精闢的見解；感謝杜奇．霍納，他絕對堪稱當今最優秀的書籍設計者和秀場喜劇表演者。

謝謝我貼心又黏人的經紀人凱特．雪佛．泰斯特曼。

謝謝我的妻子艾比這麼多個月來一直容忍我的焦躁踱步和滿臉鬍子，也謝謝她的父母拜瑞與菲莉絲的支持。拜瑞的父母——亞伯拉罕和葛拉迪絲——當年求生的故事啟發了我的靈感。

當然更感謝我的媽媽，我對妳的虧欠永遠還不完。

謝謝我所有的照片收藏家友人：慷慨的彼得．柯恩、為我四處引薦的雷納．萊富、羅絲琳．利伯威茲、桑納托斯資料庫的傑克．莫德、史帝夫．巴諾斯、約翰．凡．諾特、大衛．巴斯、馬丁．艾薩克、茉莉兒．穆特、茉莉亞．羅倫、葉菲．托夫比斯，尤其感謝羅伯．傑克森，我在他的客廳裡見識到許多奇特的照片，度過不少愉快的時光。

克里斯・賀金斯是我心目中對於時空旅行了解最深入的權威，謝謝他不厭其煩接我的電話。

謝謝羅莉・波特為我拍攝書套上的個人照，那是我們一起去莫哈維沙漠旅遊、探索廢棄房舍的紀念。

高寶書版集團
gobooks.com.tw

MS 014
怪奇孤兒院
Miss Peregrine's Home for Peculiar Children
作　者　蘭森．瑞格斯（Ransom Riggs）
譯　者　伍立人
編　輯　林立文
校　對　葉子華
排　版　趙小芳
封面設計　陸聖欣
出　版　英屬維京群島商高寶國際有限公司台灣分公司
Global Group Holdings, Ltd.
地　址　台北市內湖區洲子街88號3樓
網　址　gobooks.com.tw
電　話　(02) 27992788
電　郵　readers@gobooks.com.tw（讀者服務部）
pr@gobooks.com.tw（公關諮詢部）
傳　真　出版部　(02) 27990909　行銷部 (02) 27993088
郵政劃撥　19394552
戶　名　英屬維京群島商高寶國際有限公司台灣分公司
發　行　希代多媒體書版股份有限公司/Printed in Taiwan
初版日期　2012年9月

國家圖書館出版品預行編目(CIP)資料

怪奇孤兒院／蘭森．瑞格斯（Ransom Riggs）著;
伍立人譯. -- 初版. -- 臺北市：
高寶國際出版：希代多媒體發行,
2012.09　面；　公分. -- (Myst；MS 014)
譯自：Miss Peregrine's Home for Peculiar
Children

ISBN 978-986-185-745-9(平裝)

874.57　　101014759